古典詩歌研究彙刊

第八輯

龔鵬程　主編

第 12 冊

韓愈詩研究

柯 萬 成 著

國家圖書館出版品預行編目資料

韓愈詩研究／柯萬成 著 — 增訂新版 — 台北縣永和市：花木
蘭文化出版社，2010〔民 99〕
序 2+ 目 2+248 面；17×24 公分
（古典詩歌研究彙刊 第八輯；第 12 冊）
ISBN 978-986-254-320-7（精裝）
1.（唐）韓愈 2. 學術思想 3. 唐詩 4. 詩評
851.4417 99016399

ISBN - 978-986-2543-20-7

9 789862 543207

古典詩歌研究彙刊
第八輯 第十二冊 ISBN：978-986-254-320-7

韓愈詩研究

作　者 柯萬成
主　編 龔鵬程
總編輯 杜潔祥
出　版 花木蘭文化出版社
發行所 花木蘭文化出版社
發行人 高小娟
聯絡地址 台北縣永和市中正路五九五號七樓之三
　　　　 電話：02-2923-1455／傳眞：02-2923-1452
網　址 http://www.huamulan.tw 信箱 sut81518@ms59.hinet.net
印　刷 普羅文化出版廣告事業
增訂新版 2010 年 9 月
定　價 第八輯 20 冊（精裝）新台幣 28,000 元

韓愈詩研究

柯萬成 著

作者簡介

柯萬成（1947-）字慕韓。廣東省中山縣人。臺灣師範大學文學士，香港新亞研究所文學碩士、文學博士。曾任台港澳三地中學教員十一年。中年，始奮發攻讀研究所，因親炙大師，得受薰陶，識見遂開，慨然乃知學問之廣大，與師師傳道之恩義。博士畢業後，1989 年後來臺，先後任職於靜宜大學中文系及雲林科技大學漢學資料整理研究所。專長為：文章學、文體學、韓學（愈）、唐詩學、史記學。著作有：《韓愈詩研究》、《韓愈古文新論》、《屏東縣內埔鄉昌黎祠沿革志》、《法門寺佛骨考》等；所發表的學術論文包括韓愈論文及史記論文，凡二十餘篇。

提　　要

　　文章者經國之大業，不朽之盛事。詩文明道，輔政教化也。詩之與文，雖文章一技，大抵蓄道德而後能之。實則，詩外有事，詩中有人；詩雖一技，造其極者必為讀書修身之人。

　　韓昌黎一代之文宗也。宋蘇東坡譽為「文起八代」，實兼詩而言。其詩，思雄力大、恢奇瑰麗，繼李杜之後，兼有其長，拔奇而起，自具面目，自成大家。其詩，「經誥之指歸，遷雄之氣格，相如之駢麗」，李白之瑰奇，杜甫之沉鬱，兼而有之，誠如何師遜翁云：真詩霸也。孔子勉士子：「志於道、據於德、依於仁、游於藝」，據此言，韓愈於政事之餘暇而作詩，是亦依仁游藝之意也。

　　本書分七章，分述韓愈之人格操守、韓愈詩淵源、內容、技巧、風格、詩論，兼論以文為詩等問題。大抵心中自有爐錘，就眾說裁量，能自出新意。

　　此中，淵源、風格、技巧、以文為詩，皆為用力之處。其中，韓愈詩內容、敘寫生活情趣，以句法用韻，分析昌黎詩之技巧，係就宋儒歐陽修《六一詩話》言韓愈詩特色舉例言之，而擴充之，尤見精采云。

目

次

自　序

論唐代詩人，李杜韓三家並峙。

清人趙翼〈過韓文公廟詩〉：「況公日星河嶽氣，立朝大節炳千古；絕脈能開道學先，餘事亦號文章祖。」

聊聊四句，而昌黎之爲人、爲官、爲學、爲詩；其正氣、其大節、其道統說、其詩文，宛然飛動。

昌黎爲唐代大賢，主持風雅，以道己任。其古文固爲明道而作，其詩亦羽翼乎道，雖稱餘事所爲，竟成此大奇觀。1981 年秋，筆者入讀研究所，遂此爲研究方向。

本論文完成於 1983 年 8 月。兩年間，筆者懇辭教職，專心致意，孜孜矻矻，落筆有神；猶憶小兒銘澤鈔寫目錄，時爲七歲，自言喜寫難字；今日思之，依稀昨天事也。

復以論旨端正、結構完整、寫作矜愼，幸蒙指導教授蘇文擢先生、審查委員何敬群教授謬賞；再得推荐，攻讀博士班。余遂續究韓愈古文至今。

何教授敬羣評語，恭爲迻錄：

> 唐詩自當以王維、李白、杜甫、韓愈四家爲典型，世謂王詩淡雅爲詩佛，李詩飄逸爲詩仙，杜詩沉鬱瓌瑋爲詩聖；而韓詩則特爲雄桀排奡，宜爲詩霸矣！惟其爲霸，故後人奉之爲圭臬者有之。詆之爲獷悍者亦有之，遂乃入主出奴，呶呶爭辨，至今而未已！實則詩爲永言游藝之文，有簫韶九成之音，即不能無鐘鼓鏘鏘之金奏。唐詩有韓愈之一型，則正以雅以南，肆夏之金奏也！

此論文能網羅眾說，一一抉別之，明辨之，爲之折衷。亦能論得其要，言皆有據，使韓詩評價，愈辨而愈明，愈明而愈高，誠有如論文作者所云，足爲研究唐詩者，添一眼目。全文條理分明，文筆流暢，而以詩見昌黎生活情趣，以句法韻法，分析昌黎作詩之技巧，尤見精采。雖間有附會之處，則羊棗膾炙，各有所嗜。是爲小疵，無傷大雅。衡以論文程式，允宜列之甲科。

復次，敬錄蘇教授文擢先生之評語：

以文明道，事本昌黎；以詩明道，語源白傅；比而論之，其趨一揆，大抵蓄道德而後能文章，詩固文章一技也。本文即以此爲開宗明義，首言詩外有事，詩中有人，又謂詩雖一技，造其極者必爲讀書修身之人，此義一明，則世之浮淺邪濫，驢鳴蛙吠者，舉無足與於詩人之列，故論文宗旨甚正，持論甚嚴，於韓詩確能識曲聽眞矣。

作者於韓詩閱覽頗周，於詩學詩法之源流均有基礎，故緒論及淵源、風格、藝術，以文爲詩諸章，皆有其用力之處，大抵裁量眾說，自有鑪錘；十五萬言中，筆誤僅三五見，尤矜愼可取。

既荷厚愛，固知揄揚爲鞭策，不可不自勵也。歲華忽忽，廿七年歸於一瞬矣；而含飴喜孫，舊時小兒已然成家矣。年初，承花木蘭出版社雅意付梓刊行；乃重爲批閱，充之美之，寖寖然成新著矣。

吾華文化，傳統有天地君親師三祭。書既成，固當敬獻於先考妣、蘇教授文擢，何教授敬群，王韶生教授居天之靈，資之以報。

而歷代箋注《昌黎集》者眾，號五百家，錢仲聯氏《集釋》載之矣；津梁寶筏，合當致其禮焉。

校書事煩，內人梁潔芳董其事，可記也。

是書雖頗增改，惟其譾陋，錯所不免，方家祈賜正之，幸甚。謹序。

柯萬成　民國九十九年（西元 2010 年）歲次庚寅立秋

緒　論

第一節　研究動機

論唐文，當推韓愈（768～824）、柳宗元（773～879）；論唐詩，應數李白（699～762）、杜甫（712～770）、韓愈三家。

宋人王安石（1021～1086）稱李杜韓三家詩所得：「『清水出芙蓉，天然去雕飾』，此李白所得也。『或看翡翠蘭苕上，未掣鯨鯢碧海中』，此杜甫所得也。『橫空盤硬語，妥帖力排奡』，此韓愈所得也。」

何師敬羣（1903～1995？）提出「詩家三譜」說，以李杜韓爲代表：「昔人謂杜子美之詩，凹入紙骨；韓昌黎之詩，凸現紙面；李太白之詩，飛出紙上。」尤爲生動。

中唐時，韓愈固爲雄文大手。時人以「文至高」贊韓愈，以「長於五言」許孟郊（751～814），合稱「孟詩韓筆」；又以儒者視之，品題未及於詩，《新、舊唐書・本傳》亦然。自司空圖（837～908）贊爲「撐持天地」，歐陽修（1007～1072）稱之「工於用韻」，陳後山（1052～1101）論其「以文爲詩」。清代，古文大盛，葉燮（1627～1703）、沈德潛（1673～1709）、趙翼（1727～1814）大啓其秘，而其詩藝愈辨愈明。影響乃至清末。茲舉二說。

其一，清人趙翼論蘇軾詩謂：「『以文爲詩』自昌黎始，至東坡（1036

～1101）益大放詞，別開生面，成一代之大觀。」又言：「昌黎之後，放翁之前，東坡自成一家，不可方物。」

其二，近人李詳（1858～1931）言：「韓公之詩，蓋承李杜而善變者也。……竊嘗論詩，必具酸鹹苦辛之旨，濟以遒麗典贍之詞，始能及遠。李杜之詩善矣，學韓公詩，於騷、雅、陶、謝，一一具在。」

李詳復引其友鄭君之言：「由宋以來詩人，縱不能學杜，未嘗不於韓公門庭閱歷一番。」並撫掌以為名言。（《韓愈志‧韓集籀讀錄》）可見影響深遠。

昌黎「以文為詩」，實開無限法門。兩漢之際，《樂府》「感於哀樂，緣事而發」，內容龐雜，題材零碎，體制未完整；《古詩十九首》始作人生詠歌，語言錘鍊，融情於事，「驚心動魄，一字千金」。至建安七子，始有文學自覺，題材擴大，出現詠物詩與詠史詩。「建安風骨」「慷慨以任氣」，以詩抒情。惟其《樂府》《古詩十九首》之詩，大多不過十韻，都為游子之歌、思婦之詞；無論寫景、贈別，一切細事長語，皆著不得；自昌黎「以古文筆法為之」，於是長篇敘事、議論，世間情事遂得漸漸廓露。明人李東陽（1447～1516）曾論：

> 昔人論詩，謂韓不如柳，蘇不如黃，雖黃亦云：「世有文章名一世，而詩不逮古人者」，殆蘇之謂也，是大不然，漢魏以前，詩格簡古，世間一切細事長語，皆著不得，其勢必久而漸窮。賴杜詩一出，乃稍為開擴，庶幾可盡天下之情事，韓一衍之，蘇再衍之。於是情與事，無不可盡，而其為格，亦漸龐矣。（《懷麓堂詩話》）

論五言長篇，首見於〈孔雀東南飛〉，三百五十六句；杜甫〈北征〉百三十句，已著「以文為詩」先鞭；昌黎則續加開擴，專力為之，成其特色，而與杜甫爭勝，是故杜韓並稱矣。宋人千家註杜，百家注韓，杜詩韓文早成軌範，霑漑後生無窮矣。若言宋後詩人，縱不能學杜，莫不於韓氏門庭閱歷一番，其理在此。然則，昌黎詩之影響，由上概見之矣。

上論昌黎詩之面目及影響。以下回顧前輩之評論。

韓愈詩風格，唐末司空圖（720？～790？）著眼於氣勢，即曰：「其驅駕氣勢，若折雷挾電，撐扶於天地之間，物狀奇怪，不得不鼓舞而徇其呼吸也。」（《二十四詩品》）

嗣後，北宋時歐陽修注及，諧謔與用韻：

> 退之筆力無施不可，而嘗以詩為文章末事，……；然其資談笑、助諧謔，敘人情，狀物態，一寓於詩，而曲盡其妙，此在雄文大手，固不足論。而余獨愛其工於用韻也。（《六一詩話》）

其後，蘇軾（1049～1100）、黃庭堅（1045～1105）、秦觀（1049～1100）、陳後山（1052～1101）紛紛有論。高之者譽為集大成；卑之者，指為酒令。詳見第六章諸人異說平議。

兩宋，著重於《韓愈集》的整理出版。明代，流行點評之學；清代，諸儒宏觀鉅視，以葉燮、沈德潛、趙翼為杰出。

葉燮以「通變」論述，彰顯昌黎詩「去陳言」的特色：

> 唐詩為八代以來一大變，韓愈為唐詩之一大變，其力大，其思雄，崛起特為鼻祖。宋之蘇、梅、歐、蘇、王、黃，皆愈為之發其端，可謂極盛。而俗儒且謂愈詩大變漢、魏，大變盛唐，格格而不許，何異居蚯蚓之穴，習聞其長鳴，聽洪鐘之響而怪之，竊竊然議之也。且愈豈不能擁其鼻，肖其吻，而效俗儒為建安、開、寶之詩乎哉？開、寶之詩，一時非不盛。遞至大曆、貞元、元和之間，沿其影響字句者且百年。此百餘年之詩，其傳者已少殊尤出類之作，不傳者更可知矣。必待有人焉，起而撥正之，則不得不改絃而更張之。愈嘗自謂「陳言之務去」，想其時陳言之為禍，必有出于目不忍見，耳不堪聞者，使天下人之心思智慧，日腐爛埋沒於陳言中，排之者比於救焚拯溺，可不力乎？而俗儒且栩栩然俎豆愈所斥之陳言，以為祕異而相授受，可不哀邪！故晚唐詩人亦以陳言為病，但無愈之才力，故日趨於尖新纖巧。俗儒即以此為晚唐詬屬。嗚呼，亦可謂

愚矣！（《原詩》）

《唐宋詩醇》則從詩體淵源處發揮：

> 韓愈文起八代之衰，而其詩亦卓絕千古。論者常以文掩其詩，甚或謂於詩本無解處。夫唐人以詩名家者多，以文名家者少，謂韓文重於韓詩可也，直斥其詩爲不工，則羣兒之愚也。大抵議韓詩者，謂詩自有體，此押韻之文，格不近詩；又豪放有餘，深婉不足，常苦意與語俱盡。蓋自劉攽、沈括，時有異同。而黃魯直、陳師道輩，遂羣相訾謷。歷宋、元、明，異論間出。此實昧於昌黎得有之所在，未嘗沿波以討其源，則眞不辨詩體者也。

揭示風雅頌體格異同，進稱其詩本於雅頌：

> 六義肇興，體裁斯別。言簡的意見亥節短而韻長，含吐抑揚，雖重複其詞，而彌有不盡之味，此風人之旨也。至於二雅三頌，鋪陳終始，竭情盡致。義存乎揚厲，而不病其夸；情迫於呼號，而不嫌其激。其爲體迥異於風，非特詞有繁簡，其意之隱顯固殊焉。千古以來，寧有以少含蓄爲雅頌之病者乎？然則唐詩如王、孟一派，源出於風；而愈則本之雅頌，以大暢厥辭者也。

沈德潛論昌黎詩係專門學李杜者：

> 生平論時，專主李、杜。而於治水之航，摩天之刃，慷慨追慕，誠欲效其震蕩乾坤，陵暴萬類，而後得盡吐其奇傑之氣。……今試取韓詩讀之，其壯浪縱恣，擺去拘束，誠不減於李；其渾涵汪茫，千彙萬狀，誠不減於杜。而風骨峻嶒，腕力矯變，得李、杜之神而不襲其貌，則又拔奇於二子之外，而自成一家。夫詩至足與李、杜鼎立，而論定猶有待于千載之後，其矣詩道之難言也。

趙翼則指爲專學杜甫奇崛者：

> 韓昌黎生平所心摹力追者，惟李、杜二公。顧李、杜之前，未有李、杜，故二公才氣橫恣，各開生面，遂獨有千古。至昌黎時，李、杜已在前，縱極力變化，終不能再闢一徑。惟少陵奇險處，尚有可推擴，故一眼覷定，欲從此闢山開

道，自成一家。此昌黎注意所在也。（《甌北詩話》）

近人李詳，謂其詩善變李杜而成家：

> 韓公之詩，蓋承李、杜而善變者也。公之生也，去太白測
> 沒時僅六年。少陵之沒，公已三歲。而公於李杜則云：「李
> 杜文章在，光燄萬丈長。」又云：「少陵無人謫仙死，才薄
> 將奈石鼓何！」又云：「昔年因讀李白、杜甫詩，長恨二人
> 不相從。」又云：「遠追甫白感至誠。」又云：「近憐李杜
> 無檢束，爛漫常醉多文詞。」又云：「勃興得李杜，萬類困
> 陵暴。」此宋洪容齋所稱者。余更益以公《城南聯句》云：
> 「蜀雄李杜拔。」以公剛方屈彊之性，於並世詩人，服膺
> 讚歎如此。又能遺貌取神，不相剽襲，自成一家，獨立千
> 載。此韓公之詩，所以與天地比壽，日月齊光者也。（《韓詩
> 萃精・序》）

黃節（1873〜1935）《詩學》則從源流正變剖析；提倡詩教，鍼
砭末俗。其總論唐代作者，足以轉移風氣，起衰救敝者：陳子昂、李
白、杜甫、韓愈四人。其書分七章：「詩學起源」、「漢魏詩學」、「六
朝詩學」、「唐至五代詩學」、「金元詩學」、「明代詩學」。其論昌黎詩
五七言古詩，云：

> 李杜而後，降及貞元元和間，學杜而得其至者惟韓昌黎一
> 人而已。雖然昌黎之學杜，非逐其聲響而求之也。昌黎七
> 言古詩王漁洋極稱之。然以五言論，則亦何後於李杜。……
> 昌黎五言古詩，如歸彭城、烽火等篇，感懷時事，不減杜
> 甫潼關石壕諸作。又如此日足可惜、贈張籍、秋懷十一首、
> 縣齋有懷、齪齪等篇，其自述身 世亦陳子昂感遇李白古風
> 杜甫遣興之遺也。至如合江亭、陪杜侍御游湘西兩寺、岳
> 陽樓別竇司直等篇，則雄奇閎肆。其氣格駸駸乎直過李杜；
> 故謂昌黎五言之長不可沒也。若其七言古詩。則汴州亂、
> 桃源圖、永貞行、感春等篇，亦等諸杜甫麗人兵車之作，
> 若贈張功曹、謁衡嶽廟、杏花、寒食日出遊、送區宏南歸、
> 石鼓歌等篇，則哀麗悱惻，而出以奇放，慷慨動人，可獨

步千古矣。故謂昌黎尤長七言此其最也。

近人陳寅恪（1890～1969）〈論韓愈〉，從唐代文化史舉六項，指為唐代承先啟後、轉舊為新關捩點人物。筆者以為：昌黎詩，亦唐宋詩承先啟後之人物也。讀者祈為留意焉。

近人錢基博先生（1910～2006）於昌黎詩匯合李杜之長，發為長論：

> 愈文起八代之衰，而詩亦參李、杜之長，融裁以別開一派。蓋杜甫詩有二種：一種氣調高渾，珠圓玉潤，而出以雍容；一種筆力拗怒，獅跳虎臥，而故為雄矯。愈則效其拗怒而祛其雍容，以想像出詼詭，以生劃為刻畫，以單駛見奔迸，以排纂臻妥帖，學杜而亦參李。觀其《調張籍》曰：「（略）。」即此可以見生平蘄尚及功力之所在焉。蓋以想像出詼詭，以單駛見奔迸，其源自李；而以生劃為刻畫，以排纂臻妥帖，則得之杜也。杜工於刻畫；而李富有想像。李任性自然，初非琢鍊之勞；而愈則以生劃為琱鎪，此其得之於杜，所以殊於李也。杜物態曲盡，工為寫實之篇；而愈則以想像融事實，此其得之於李，所以異於杜也。李天懷坦蕩，不為淒屬；而愈則淒屬而有殊坦蕩。杜身世迍邅，不為沈鬱；而愈則恣肆而不為沈鬱。（《韓愈志·韓集籀讀錄》卷六）

所撰《韓愈志》，分六章：〈古文淵源〉、〈韓愈行實錄〉、〈韓愈軼事狀〉、〈韓友四子傳〉、〈韓門弟子記〉、〈韓集籀讀錄〉；附錄〈韓集論彙集總目〉。錢先生 1930 年寫成此書，時年 43 歲。1957 年覆勘一過，隨篇增訂。末篇〈韓集籀讀錄〉，原題〈韓文籀討集〉，只論韓文，就韓論韓，未能旁推交通，以窮其原委，因踵寫此篇，易為今名。

近人王力（1900～1986）撰《漢語詩律學》，洋洋大著，剖析詩律，歸納古人詩作以為態樣，指出韓愈古詩完全仿古的特性：

> 韓愈古詩完全仿古。……五言古詩方面，多用本韻，少用對仗，避律句，乃至用通韻寫風，不純然用韻寬，少愛拘束，也有仿古的心理。七言古詩方面，中唐以前，除栢梁體外，七古極少一韻到底，只有杜甫的七古，有些是一韻

到底。直到韓愈以後，一韻到底的七古纔漸漸流行。又稱一韻到底的七古以不入律爲常，宋人漸尚此體，歐王蘇黃都學杜韓，於是平仄多拗。

羅聯添教授（1927～）著《韓愈研究》，第八章即論韓詩特色；餘七章論家世、事蹟、交遊、學術思想、古文運動、文學理論、韓文評論。羅先生以奇詭、散文化、剛勁壯偉三項說明韓詩特色。而奇詭一項則從用字、用韻、題材、想像四目闡述。文約 7000 字。

羅先生指出：「（韓愈）好作長篇古詩，是因爲把詩視爲應用文。他用詩敘事、寫景、用詩代書信、用詩寫傳記、用詩作爲競勝才力的工具」，頗有見地。關於韓愈詩的開創性，羅先生採用了清人趙翼及錢基博的觀點。

古文方面，昌黎是古文宗師，古來諸家論之頗多。如蘇師文擢（1925～1997？）所著《韓文四論》分論韓文「淵源」「明道」「法古」「本色」。頗能提要鉤元，發古文之精髓。其他，論韓愈古文之書尚多，恕不細舉。

誠如上述，古來韓愈詩的研究，止乎一章一節，一鱗一爪，未見全體，稍有遺憾；筆者不揣淺陋，撰寫《韓愈詩研究》，以爲貢獻之意。

第二節　文獻檢討

韓愈高才博學，宋後迄清，評論者多，資料龐雜，研究不易。幸而詩文集方面有《東雅堂昌黎集註》；詩集有錢仲聯《韓愈詩繫年集釋》，上二書，資料頗豐；而錢氏書末所附「諸家詩話」，有著啓導作用。

以下試對《韓愈詩繫年集釋》作一檢討。

近人錢仲聯先生（1908～2003）編撰《韓昌黎詩繫年集釋》（下稱《集釋》），被譽爲《韓愈詩》集大成之作。體例有四：一曰集校，二曰集箋、三曰集注、四曰集評。

此書所據《韓愈集》版本爲十家：方崧卿（1119～1178）《韓集舉正十卷、外集舉正一卷》，祝充《音注韓文公文集四十卷・外集十二卷》，朱熹（1130～1200）《韓文考異》十卷，魏懷忠《新刊五百家注音辨昌黎先生文集四十卷、外集十卷》，廖瑩中《昌黎先生集四十卷、外集十卷、遺文一卷》，王伯大《朱文公校昌黎先生文集四十卷、外集十卷、遺文一卷》、《韓文四十卷、外集十卷、遺文一卷》、蔣之翹輯注《韓昌黎集四十卷、外集十卷、附錄一卷》、顧嗣立（1665～1722）《昌黎先生詩集注十一卷》，方世舉（1675～1759））《韓昌黎詩集編年箋注十二卷》，又別採輯諸說凡 210 家。

其書繫年部分，置於校、箋之中，是《集釋》的重要組成部分。該書初版於 1957 年，1978 年再版，作了修改和增刪。目錄方面作了頗大的改動，將 315 首詩分列年綱之下，便於尋檢。

錢先生在書序中，概述動機、方法與體例。歸納五點：回顧韓集舊注的成果、檢討韓集注本之由來及優劣、檢討《顧注》、《方注》之優劣、贊譽清人治韓集成績斐然，由於資料繁多，故需整理云云。錢氏說：

> 韓集舊注，宋人即有洪興祖（1090～1159）、樊汝霖（1142前後）、韓醇、孫汝聽（1169？～1170？）、祝充、蔡夢弼、蔡元定（1135～1198）、文讜（1149 前後）諸家。其外各注，則僅賴魏懷忠輯入《五百家注》中，不至淹沒；宋末廖瑩中刊韓集，以《考異》散入正文之下，又刪節《魏本》諸家舊說以入之，而全沒其名，遴擇失當，文義疏舛，世所謂『世綵堂本』者是。自經明末『東雅堂』之覆雕，流行始廣。《魏本》久不行世。其詩集之單注，則自清初長洲顧嗣立（1665～1722）創爲之。世所謂『秀野堂本』也，其書號爲刪補舊注，而所云補注，頗有舊注所已有，不過改移數字，別無異義也。至舊注所有而刪去者，細核之，亦多不必刪與不可刪者也。其刪去《考異》之文，尤爲買櫝還珠。繼顧氏爲詩注者，有桐城方世舉（1675～1759），創

為編年，用力已劬，增補注釋，附會史事，互有得失，雖校訂未遑，謬訛不免，要其篳路藍縷之功，視顧氏所得為不侔矣。

又謂：

有清迄今三百餘年，學術昌明，超邁唐宋，學者以其餘緒，旁治韓集，已迥非疏漏如宋明人者所及，有如：陳景雲（1670～1747）、王元啓（1714～1786）、王鳴盛（1722～1797）、李黼平（1770～1832）、沈欽韓（1775～1831）、陳沆（1785～1826）、方成珪（1785～1850）、鄭珍（1806～1864）、俞樾（1821～1906）、李詳（1858～1931）、徐震（1412～1490）諸家，或校訂字句，或辨明訓詁，或推證本事，或溯厥詞源，既補苴匡正，沉沉夥頤；而如朱彝尊（1629～1709）、何焯（1661～1722）、查慎行（1650～1724）、姚範（1702～1771）、翁方綱（1733～1818）、方東樹（1772～1851）、劉熙載（1813～1881）、程學恂、（1629～1709）汪佑南（1827～1860）諸家之商榷詞章，亦復鹽腦易髓，凡此則皆顧、方二氏所不及網羅者也。

於是，錢先生發願整理：

簡編繁浩，未有會歸，其他短書筆記，旁證遺聞，上自天水，下暨叔世，狐白待集腋而成裘，故琴需改弦而更張矣！

錢先生的《集釋》，有甚麼方法提供後人借鑒？就是：抄錄諸家異說，先成長編，繫年排比，整理研究，偶出己見。

　　錢氏《集釋》的優點是甚麼？錢鍾書曾寫書評，這樣說：

韓詩在清代是跟韓文一樣走紅的，詩人和學者接二連三的在上面花工夫，校正和補充了前人的注釋和評論。這許多分散甚至埋藏在文集選本、筆記、詩話等書裡的資料由錢仲聯先生廣博的搜掘，長久的累積，仔細的編排，還加上了些自己的心得，成為這本著作。〔註1〕

〔註 1〕錢鍾書：〈對錢著韓昌黎詩繫年集釋之書評〉，《錢鍾書論學文選》第6冊。

缺點有四：

> 第一有些地方雖然「奇辭奧旨，遠溯其朔」，似乎還沒有「窺古人文心所在」。第二，有些地方推求作者背景，似乎並不需要。第三，注釋裡喜歡徵引傍人的詩句來和韓愈的聯系作比較，似乎還美中不足。引徵的詩句未必都確當，這倒在其次：主要的是更應該多把韓愈自己的東西彼此聯系，多找唐人的篇什來跟他比較。第四，對近人的詩話、詩評，似乎往往只有采用，不加訂正。〔註2〕

錢基博先生無愧一代宗師，他的書評，態度客觀。末後的建議，已然為後學指引方向；筆者冒昧，就是從此努力。

誠如錢先生所期盼，本論文的撰作目的就是：1、窺探韓愈文心所在；2、引韓愈自己的詩文聯系，找唐人的篇什來跟他比較；3、訂正詩話、詩評。

第三節　研究目的與方法

本論文的研究目的，除上述三項外；筆者當然注意到以下問題：

韓愈「餘事」作詩。何謂餘事？餘事作詩人，表示了甚麼？他「餘事」所作的詩，與詩人專門作詩，功力有何差異？有無立言祈向？

何謂以文為詩？他的律詩，有沒有以文為詩？為何寫古詩，喜歡以文為詩？其詩為何有正負評價？有人說不是詩？有人說詩正如此？筆者嘗試找出原因，平議諸人之說。

韓愈詩風奇崛。甚麼是奇崛？還有沒有其他風格？

於是，筆者深入閱讀《集釋》，以及相關文獻後，經過杷疏、分類、歸納，分析，然後提出己見。

筆者歸納為幾個問題：「韓愈的詩心」、「韓愈詩淵源」、「韓愈詩內容」、「韓愈詩風格」、「韓愈詩技巧」、「韓愈的詩論」，「韓愈詩特色」；分章分節次第論述。參考前人詩論，復引昌黎詩文為證，行文中，適

〔註2〕同上註。

時點出寫作主旨；期盼此書，能於韓愈及其詩歌藝術研究，增添一眼目。

第一章　韓愈詩心研究

第一節　昌黎的大節

韓愈，字退之，河陽人。（今河南孟州）郡望昌黎、南陽。世代爲仕宦之家。唐代宗大曆三年生，生未二月，失恃；三歲，失怙。就養於伯兄韓會家，由嫂鄭氏撫育成人。貞元八年進士擢第。歷官四門博士、監察御史、陽山縣令、都官員外郎、河南縣令、比部郎中、考功郎中知制誥、中書舍人、刑部侍郎、潮州刺史、袁州刺史、國子祭酒、京兆尹兼御史大夫、兵部侍郎、吏部侍郎。卒於穆宗長慶四年，享年五十七歲。《新唐書》、《舊唐書》有傳。

昌黎的大節，清人趙翼扼述爲二項：主持風雅、以道自任：

> 昌黎以主持風雅爲己任，故調護氣類，宏獎後進，往往不遺餘力……，其於友誼亦最篤。……。（《甌北詩話》卷三）

> 昌黎以道自任，因孟子距揚墨，故終身亦闢佛老。（《甌北詩話》卷三）

所謂主持風雅，就是勇於爲師；如《舊唐書・本傳》所載：

> 愈性弘通，與人交，榮悴不易。少時與洛陽人孟郊，東郡人張籍友善，二人名位未振，愈不避寒暑，稱薦於公卿間，而籍終成科第，榮於祿仕。後雖通貴，每退公之隙，則相與談讌，論文賦詩，如平昔焉。而觀諸權門豪士，如僕隸

焉，瞪然不顧。而頗能誘屬後進，館之者十六七，雖晨炊不給，怡然不介意。大抵以興起名教、弘獎仁義爲事。凡嫁內外及友朋孤女僅十人。

又見《新唐書・本傳》所記：

愈性明銳，不詭隨。與人交，終始不少變。成就後進士，往往知名。經愈指授，皆稱「韓門弟子」。愈官顯，稍謝遣。凡內外親若交友無後者，爲嫁遣孤女而卹其家。嫂鄭喪，爲服期以報。

所謂以道自任，古人稱爲以天下爲己任。就是：排斥佛老，諫迎佛骨；張揚儒家道統，以詩文明道皆是。《舊唐書・本傳贊》總評爲：

唐興，承五代剖分，王政不綱，文弊質窮，蠹俚混並。……至貞元、元和間，愈遂以《六經》之文，爲諸儒倡，障隄末流，反刓以樸，劃僞以眞。然愈之才，自視司馬遷、揚雄，至班固以下不論也。當其所得，粹然一出於正，刊落陳言，橫鶩別驅，汪洋大肆，要之無抵捂聖人者。其道蓋自比孟軻，以荀況、揚雄爲未淳，寧不信然？至進諫陳謀，排難卹孤，矯拂諭末，皇皇於仁義，可謂篤道君子矣。

昌黎〈爭臣論〉所說：「君子居其位，則思死其官，未得位則思修其辭，以明其道。」就是他一生出處的自白。

未得位時，「思修其辭，以明其道」。昌黎「以文明道」，誠如《新書》所言：「深究本之，卓然樹立，成一家言，其〈原道〉、〈原性〉、〈師說〉等數十篇，皆奧衍閎深，與孟軻、揚雄相表裏，而佐佑《六經》。」

他得位時，忠臣直氣，勇於諫諍，如上〈天旱人饑疏〉、〈論佛骨表〉，它如奉使宣慰王廷湊，凜然完成使命：〔註1〕都是「居其位，思死其官」的例子。

復次，值得一提的是，他地位低微時，仍舊以蒼生爲念，以無由

〔註1〕關於宣諭鎮州，《新唐書・本傳》述其慷慨之言，《舊唐書》則略而言之。

報國爲憂；以〈齪齪〉詩爲例，此詩作於貞元十五年徐州幕府：

> 齪齪當世士，所憂在飢寒。但見賤者悲，不聞貴者歎。大
> 賢事業異，遠抱非俗觀，報國心皎潔，念時涕汍瀾。(《集釋》
> 卷一)

翌年又作〈歸彭城〉，表露心志：

> 天下兵又動，太平竟何時？訏謨者誰子？無乃失所宜。前
> 年關中旱，閭井多死飢。去歲東郡水，生民爲流屍。上天
> 不虛應，禍福各有隨。我欲進短策，無由進彤墀。刳肝以
> 爲紙，瀝血以書辭。上言陳堯舜，下言引龍夔。(《集釋》卷
> 一)

他關心兵亂、水旱之災，不忍「閭井多死飢，生民爲流屍」，直言朝廷失策，「訏謨者誰子，無乃失所宜」，而「我欲進短策，無由進彤墀」。這時，客居徐幕，期盼張建封薦他爲「諫諍官」，爲民做事。「報國心皎潔，念時涕汍瀾」二句，可以體會報國的眞誠。

至於諫迎佛骨，更顯大節。鳳翔法門寺有護國眞身塔，塔內有釋迦牟尼佛指骨一節。其塔依例「三十年一開，開則歲豐人泰」云云。元和十四年正月憲宗依舊例往鳳翔法門寺迎佛骨入禁中供奉，三日之後，令諸寺遞相供養。而當時，「京都士庶，老少奔波，棄其生業，焚頂燒指，百十爲羣，解衣散錢，自朝至暮，轉相仿效，惟恐後時。」韓愈時爲刑部侍郎，認爲茲事體大，「若不加禁遏，更歷諸寺，必有斷臂臠身以爲供養者，傷風敗俗，傳笑四方，非細事也。」於是上〈論佛骨表〉，結果，觸及憲宗忌諱，甚欲致死，幸大臣緩頰，皇帝亦自責，乃貶潮州刺史。

諫迎佛骨時，昌黎官拜刑部侍郎，本非職責所在，可以不理；又是新春假後，可以不管，但素志興儒排佛，爲維護風俗、而國君求福，將私領域的事影響到公領域來，而在「大臣不言其失，御史不言其非」的情況下，勇批逆鱗；非有雄直的正氣、至誠的信念，廣大的胸襟，忠懇的內懷，是作不出來的。由此益見，昌黎出仕是忠君愛民，而非做官。

曾子曰：「士不可以不弘毅，任重而致遠，仁以爲己任，不亦重乎？死而後已，不亦遠乎？」昌黎就是承擔天下責任的仁者，是當代豪傑。

金無足赤，人無完人，昌黎一生行事中，容許有爭議的地方，但論人物，必須從大行大節處掌握。以下，再論其詩文。

第二節　韓詩的性情

昌黎「直道雄剛，事君孤峭」。《新唐書・韓愈傳》有載。其浩氣直節淵源於「見道」；他的「見道」，表現於學術思想方面則爲：尊儒道、排佛老、建立道統、推崇孟子，這爲宋儒新儒學奠立基礎；體現於文學方面，則爲「明道」的古文理論與創作，以及「吟詠性情」、「關乎風教」的詩篇。

大家詩文皆有面目，昌黎詩的面目本色，見於前輩詩話：

作詩者在抒寫性情，……作詩有性情，必有面目。……舉韓愈之一篇一句，無處不可見其骨相稜增，俯視一切，進則不容於朝，退又不肯獨善於野，疾惡甚嚴，愛才若渴，此韓愈之面目也。（葉燮《原詩》）

古人之詩，必有古人之品量。其詩百代者，品量亦百代。古人之品量，見之古人之居心，其所居之心，即古盛世賢宰相之心也。宰相所有事，經綸宰製，無所不急，而必以樂善愛才爲首務，無毫髮媢疾忌忮之心，方爲眞宰相，百代之詩人亦然。（葉燮《原詩》）

韓子高於孟東野，而爲雲爲龍，顧四方上下逐之，古人胸襟，廣大爾許。（沈德潛《說詩晬語》）

性情面目，人人各具，世不我容，愛才若渴者，昌黎之詩也。（沈德潛《說詩晬語》）

韓昌黎學力正大，俯視羣蒙，匡君之心，一飯不忘；救時之念，一刻不懈；惟是疾惡太嚴，進不獲用，而愛才若渴，

退不獨善，嘗謂直接孔孟薪傳，信不誣也。(薛雪《一瓢詩話》)

有德者必有言，詩雖吟詠短章，足當著書，可以覘其人之德性學識，操持之本末，古今不過數人而已；阮公、陶公、杜、韓也。(方東樹《昭昧詹言》)

杜韓之眞氣脈作用，在讀聖賢古人書，義理、志氣、胸襟、源頭、本領上，今以猥鄙不學淺士，徒向紙上求之，曰：吾學杜，吾學韓，是奚足辨其塗轍，窺其深際。(方東樹《昭昧詹言》)

杜韓盡讀萬卷書，其志氣以稷契周孔爲心；又於古人詩文變態萬方，無不融會於胸中，而以其不出世之筆力變化出之，此豈尋常齷齪之士所能辨哉？(方東樹《昭昧詹言》)

前輩提到的「性情」、「面目」、「品量」、「胸襟」、「主持風雅」、「以道自任」、「德性學養」、「志氣」、「以稷契周孔爲心」……等等，此皆是昌黎的德性學養；有此品量、胸襟、志氣，於是見其性情、面目：這都是可見韓愈的本色，方東樹即言：「惟大家學有本源本領，故說自己本分話；雖一滴一勺，一卷一撮，皆足見其本。孟子所謂容光水瀾也。」(《昭昧詹言》)

第三節　餘事作詩人

昌黎自言：「多情懷酒伴，餘事作人。」見於〈和席八十二韻〉。席八是席夔，行次十八，故稱。此時知制誥，昌黎曾爲同僚，故有和詩（據鄭珍語）。班固《賓戲》：「著作，前烈之餘事。」所謂餘事，即是著作；此處指作詩。

太上有三不朽，立德、立功、立言。據《左傳‧襄公二十四年》孔穎達疏：立德謂創制垂法、博施濟眾，如黃帝、堯舜；立功謂拯厄扶危、功濟於時，如禹稷；立言謂言得其要、理足以傳，如史逸、周任。清高宗《唐宋文醇》序云：「不朽有三，立言其一。」所謂立言，就是言得其要、理足以傳的至文；足與「日月麗天」之天文；「百穀

草木麗乎土」之地文相比，永傳後世

　　韓愈所謂「餘事作詩人」，當由此瞭解。復次，筆者尚欲探論其深藏的意蘊。

　　所謂「餘事作詩人」，此語不簡單！它清楚地表示：詩外大有事，而詩有其人，義理非常深。詩外有甚麼大事？就關涉及古人所謂「道、藝」本末的問題。

　　孔子論士人求學行事，「志於道、據於德、依於仁、游於藝」，唐人裴行儉（619～682）據之發揮：「士必先器識而後文藝」；［註2］清人姚永樸亦說：「文辭，藝也；道德，實也。篤其實而藝者書之，美則愛，愛則傳焉。賢者得以學而至之，是爲教。」又說：「不知務道德而第以文辭可能者藝焉而已。」姚氏溯其源流，指出這種「道本藝末」思想是源自「成周大司徒以鄉三物教萬民而賓興之，一曰六德；二曰六行；三曰六藝。而鄉大夫、州長、黨正以下書而考之，皆不外德行學藝四者」，他說：「是故爲文章者苟欲根本盛大，枝葉扶疏，首在於明道。」（《文學研究法》）姚氏之前，清初古文家汪琬（1624～1691）也說：「爲詩文者，要以義理經濟爲之原。」（《堯峰文鈔》），陳衍（1856～1937）說：「作詩文要有眞實懷抱、眞實道理、眞實本領」（《石遺室詩話》），這種「務道德而後文藝」的思想，由周至清，一直是我國詩文和古文家創作與評鑑的最高信條。曹丕（187～226）說的「文章經國之大業」（《典論・論文》）著眼於文章的內涵有經世濟民的價值。曹植（192～232）說：「辭賦小道，因未足以揄揚大義」（〈答楊德祖書〉）就是以經世的觀點批判辭賦，是有抱負的「壯夫不爲」，他的抱負就是「庶幾戮力上國，流惠下民，建永世之業，流金石之功」；若「道不行」，才退求其次：「將史官之實錄，辨時俗之得

［註2］　《唐書・裴行儉》卷108：「李敬玄盛稱王勃、楊炯、盧照鄰、駱賓王之才，引示行儉，行儉曰：『士之致遠，先器識，後文藝。如勃等，雖有才，而浮躁衒露，豈享爵祿者哉？炯頗沈默，可令至長，餘皆不得其死。』」

失，定仁義之衷，成一家之言」。曹植這種「戮力上國，流惠下民」，而不甘於「徒以翰墨為勳績、辭賦為君子」的意識，正代表著我國古代士人在「道、藝」本末的通識。視「文章一小技，於道未為尊」的杜甫，和自言「餘事作詩人」、「蓄道德能文章」的韓愈，其二人皆抱「經世濟民」的心志，不徒以詩人自限，顯而易見。

「文以明道」，詩主「性情」和「風教」。文章之講論道德仁義，用直接的說教式；而詩則相反，不著一個道德仁義的字，「風以動之，教以化之」，以為「薰陶」默化。明人楊慎（1488～1559）說：「三百篇皆約情合性而歸之道德也。然未嘗有道德字也，未嘗有道德性情句也。」（《升庵詩話》）。詩文二者雖表面上的體式各異，其終極之旨趣無有不同。

劉勰（465～522）《文心・明詩》說：「詩者，持也。持人情性，三百之義，義歸無邪。」《毛詩・序》：「上以風化下，下以風刺上，主文而譎諫，言之者無罪，聞之者足以戒，故曰風。」即使變風也是「吟詠情性以風其上」「發乎情，止乎禮義」，以上說「吟詠性情」一面。

《毛詩・序》：「故正得失、動天地、感鬼神，莫近於詩。先王以是經夫婦、成孝敬、厚人倫、美教化、移風俗」；孔子說：「興於詩」，又說：「詩可以興、可以觀、可以群、可以怨，邇之事父，遠之事君，多識於鳥獸草木之名」。以上說「風教」一面。

西周政教，係先以大司樂以樂語為教，以道，諷講語言，然後「克己復禮」，「一張一弛」而致和平的。這麼說來，詩不但可「言志」、「觀人」，其大者關乎風俗教化。至於雕章琢句、格律聲色只為詩的技巧而已。

在古代「先王之教」下，「義寄於詩，而俗行之國」，配合「興於詩、立於禮、成於樂」之教，化成「雍雍熙熙」之世。可惜詩義廢而國族亦隨之而衰。〈詩序〉曰：「小雅盡廢，則四夷交侵，中國微矣」，春秋以後，采風，采詩、誦詩、獻詩亦告寢息。自漢武崇儒，罷黜百

家，三百篇的地位被尊爲經，漢人的尊詩，只是尊其經義。此後，《詩經》的詩和漢代〈大風歌〉以下的詩，如辭賦、樂府、五言詩，似乎截然分爲兩事：前者是經典，後者是文學；前者可引爲訓示，施之於教化，而後者則偏重於吟詠性情和雅尚辭采了。

易言之，自漢以後，「吟詠性情」之作漸多，有關「風教」之作日少。所以鍾嶸（468～538）《詩品》全書每就藝術感受而言，矢口不談政教。流風所扇，便是陳子昂所譏之「麗采競繁，興寄都絕」，李白所譏爲「綺麗不足珍」，白居易所謂「嘲風月弄花草」，昌黎所斥之「眾作等蟬噪」的「齊梁體」了。

昌黎顯然以古文明道濟世，同樣以詩歌言志風世。即使「舒憂娛悲」之作，亦合於《詩·序》所云：「一國之事，繫一人之本」，詩人之喜、怒、哀、樂，無不與世同其休戚。這也是古人說的風骨、風雅。

這就是白居易所云：「詩以明道」；以現代看來，便是跳躍著時代的脈博。

自古說詩「理性情」。性情是人心之流露，是故「詩心」即「人心」，「詩格」可徵「人格」。古人說：「詩中有人」，即指這個「性情」「面目」。

原因是詩體可變，其辭可變，三百篇可以降爲楚辭，楚辭可以降爲漢魏，漢魏可以降爲六朝，六朝可以降而爲唐。唐以後，儘有詞、曲之分，而人之性情因人因時有異，感物觸志而有詩，聞其詩聽其音，則其人性情可知，時代之治亂亦可知矣。詩有「溫柔敦厚、噍殺浮僻」之異，性情有「中正和平、姦惡邪敗」之別，而要以「發乎情止乎禮義」「憤而不失其正」作爲衡鑑詩藝的極則。

方東樹（1772～1851）說：「詩……可以觀其人之德性、學識、操持之本末。」（《昭昧詹言》）詩人發自「眞性情」、「說自己本分話」，「雖一滴一勺、一卷一撮，皆足見其本。」即孟子所謂的「容光水瀾」，一滴一勺皆見其歸宿。史遷譽屈原「爭光日月」，豈不在其「正道直

行」〔註3〕「志出於正」〔註4〕、「依經立義」？〔註5〕蘇李詩「怊悵纏綿」傳誦千載，豈不在其忠義「悱惻」、「以德相勗」？〔註6〕阮籍詠懷，有救世之志〔註7〕豈徒憂生之嗟；陶詩眞率，以其品賦自高，固由學本經術；〔註8〕李青蓮雖學仙而「不忘從政」；〔註9〕杜甫雖褊性畏人，「芒刺在眼」而「一飯不忘君」；〔註10〕「白樂天、黃山谷、陸務觀之詩，無一不以利國福民爲兢兢」，〔註11〕潘、陸詩格綺靡，所作無關風教，豈不因其仕於亂朝，大節有虧？〔註12〕是以王荊公難免於「狠戾之性見於詩文」之譏，〔註13〕韓愈於孟郊特重其「行身踐規矩，甘辱恥媚竈」〔註14〕之節，可知詩雖一藝，造其極者必在修身讀書之人。此義並非創自韓公，而能言之而能行之，實大聲宏足以沾丐後人者，較之杜工部，表現尤爲強烈。

　　尤有言者，風雅之盛衰關乎人材之升降、士節之隆污。魏晉以迄南朝詩格不高，乃由士人之寡廉鮮恥；唐詩之盛歸因陳子昂振起風雅；李、杜、韓繼之，及至晚唐，此風闃然；即因世變日亟，氣節陵夷，不足以振起之故。

〔註3〕《史記・屈賈列傳》卷八十四。
〔註4〕朱彝尊《靜志居詩話》。
〔註5〕《文心・辨騷》卷一。
〔註6〕《石遺詩話》：「蘇詩則懇至悱惻。」
　　　《漢書・蘇武傳》卷五十四：「昭帝即位。數年，匈奴與漢和親。漢使求武等，……李陵置酒賀武……陵起舞歌曰：『徑萬里兮度河幕，爲君將兮奮匈奴。路窮絕兮矢刃摧，士眾滅兮名已隤。老母已死，雖欲報恩將安歸。』」仍有「報恩」之語，可見其忠義不忘。
　　　「以德相勗」見明孫礦評「攜手上河梁」，《詮評》五十注2引。
〔註7〕黃節《詩學》，頁廿五。
〔註8〕劉熙載《詩概》。
〔註9〕《甌北詩話》卷一：「青蓮少好學仙，……然又慕功名，欲有所建立垂名後世。」
〔註10〕《岢溪詩話》，《詩人玉屑》卷十四引，「李杜二公優劣」條。
〔註11〕姚永樸《文學研究法》根本第二，頁九。
〔註12〕《韻語陽秋》卷十、十一。
〔註13〕王漁詳評〈明妃曲〉。
〔註14〕〈薦士〉。

　　經由上論，昌黎於詩義的體認，正是從「舒憂娛悲」以見其情，從明道立教以見其性，所以稱爲「餘事」者，較之立身行道及宗經爲文而言，非指詩爲雕蟲小技也。曾國藩（1811～1872）說杜甫：「詩外大有事在」，豈非如東坡所云：「流落飢寒，一飯不忘君國」；然則，韓之文也、詩也，皆言詩文之外大有事在。吾人學習韓愈的詩文，必須從他畢生的大節方面以立其本，其理在此。

　　翁方綱（1733～1818）云：「韓文公約六經之旨以成文，其詩亦每於極瑣碎質實處，直接六經之脈，爻象繇占典謨誓命，筆削記載之法，悉醞入風雅正旨，而具有其遺味。」（《石洲詩話》）此於韓愈詩「餘事」有深刻的體會。

本章小結

　　韓愈以古文名家。詩名爲文名所掩。實則，詩亦專能。所謂餘事作詩人，當依三不朽次序而瞭解，不是輕視。而立言之中，當以古文爲先，以詩爲羽翼。

　　在心爲志，發言爲詩，詩是心聲的流露，是胸襟學養的發抒。昌黎志學古道，浸潤仁義，以古文明道，溢而爲詩，以詩述義，以詩爲教，皆爲其本體的容光波瀾也。

第二章　韓愈詩淵源研究

　　本章觀察昌黎詩的淵源學習，以見繼承與借鑒一面。昌黎遠紹風雅，憑陵漢魏，近追李杜，自成風格。《文心》所謂：「摹體以定習，因性以練才」是也。下分風雅頌、楚騷、樂府、陶謝，李杜、選詩六節，以見其「文章由學」一面。

第一節　源於風雅頌

　　詩三百篇，有風、雅、頌三種體裁。風的體格是甚麼？嚴粲《詩緝》說：「蓋優柔委曲，意在言外者，風之體也。」〔註1〕以下抄錄諸家評語，以見昌黎學風一斑。

　　1.〈古風〉詩云：

　　　今日曷不樂？幸時不用兵。無日既蹙矣，乃尚可以生。彼州之賦，去汝不顧；此州之役，去我奚適？一邑之水，可走而違；天下湯湯，曷其而歸？好我衣服，甘我飲食，無念百年，聊樂一日。（《集釋》卷一）

蔣抱玄評此詩：「婉而多風。」

　　2.〈河之水二首寄子姪老成〉詩云：

<hr>

〔註1〕《詩緝》卷一第十二節。引自《說詩晬語詮評》，頁63。（下稱《詮評》）

> 河之水，去悠悠，我不如，水東流。我有孤姪在海陬，三年不見兮，使我生憂。日復日，夜復夜，三年不見汝，使我鬢髮未老而先化。

> 河之水，悠悠去，我不如，水東注。我有孤姪在海浦，三年不見兮，使我心苦。采蕨於山，緡魚於泉；我徂京師，不遠其還。（《集釋》卷一）

朱彝尊評此詩：「是學國風。」

程學恂評曰：「二詩剴切深厚，眞得三百篇遺意。」

3. 〈陪杜侍御遊湘西兩寺獨宿有題一首因獻楊常侍〉詩云：

> 長沙千里平，勝地猶在險。況當江闊處，鬥起勢匪漸。深林高玲瓏，青山上琬琰。路窮臺殿闢，佛事煥且儼。剖竹走泉源，開廊架崖广。是時秋之殘，暑氣尚未斂。群行忘後先，朋息棄拘檢。客堂喜空涼，華榻有清簟。澗蔬煮蒿芹，水果剝菱芡。伊餘鳳所慕，陪賞亦云忝。幸逢車馬歸，獨宿門不掩。山樓黑無月，漁火燦星點。夜風一何喧，杉檜屢磨颭。猶疑在波濤，怵惕夢成魘。靜思屈原沈，遠憶賈誼貶。椒蘭爭妬忌，絳灌共讒諂。誰令悲生腸？坐使淚盈臉。翻飛乏羽翼，指摘困瑕玷。班貂藩維重，政化類分陝。禮賢道何優，奉己事苦儉，大廈棟方隆，巨川檝行剡。經營誠少暇，遊宴固已歉。旅程愧淹留，徂歲嗟荏苒。平生每多感，柔翰遇頻染，展轉嶺猿鳴，曙燈青睒睒。（《集釋》卷三）

程學恂評此詩：「妙在因獨宿而述所感……如雲無定質，因風卷舒。毛詩三百篇都是如此，離騷廿五卷都是如此。」

4. 〈感春五首〉之二：

> 洛陽東風幾時來？川波岸柳春全迴。宮門一鎖不復啓，雖有九陌無塵埃。策馬上橋朝日出，樓闕赤白正崔嵬。孤吟屢闋莫與和，寸恨至短誰能裁？（《集釋》卷七）

張鴻評「宮門一鎖不復啓，雖有九陌無塵埃」句：「故宮禾黍之哀也。」

5.〈和李相公攝事南郊覽物興懷呈一二知舊〉詩：

　　燦燦辰角曙，亭亭寒露朝。川原共澄映，雲日還浮飄。上
　　宰嚴祀事，清途振華鑣。圓丘峻且坦，前對南山標。村樹
　　黃復綠，中田稼何饒？顧瞻想巖穀，興嘆倦塵囂。惟彼顯
　　瞑者，去公豈不遙？為仁朝自治，用靜兵以銷。勿憚吐捉
　　勤，可歌風雨調。聖賢相遇少。功德今宣昭。(《集釋》卷十
　　二)

鄭珍論云：「逢吉嫉功妒能，妨賢樹黨，實不仁不靜，不能吐握者。
公詩力砭其病，而渾無痕跡，言者無罪，聞之足戒，正溫柔敦厚之旨。」
〔註2〕筆者以為，藉頌贊寄寓規勸，是古人常用方法。

6.〈華山女〉詩：

　　街東街西講佛經，撞鐘吹螺鬧宮庭。廣張罪福資誘脅，聽
　　眾狎恰排浮萍。黃衣道士亦講說，座下寥落如明星。華山
　　女兒家奉道，欲驅異教歸仙靈。洗粧拭面著冠帔，白咽紅
　　頰長眉青。遂來昇座演真訣，觀門不許人開扃。不知誰人
　　暗相報，訇然振動如雷霆。掃除眾寺人跡絕，驊騮塞路連
　　輜軿。觀中人滿坐觀外，後至無地無由聽。抽釵脫釧解環
　　佩，堆金疊玉光青熒。天門貴人傳詔召，六宮願識師顏形。
　　玉皇頷首許歸去，乘龍駕鶴來青冥。豪家少年豈知道，來
　　繞百匝腳不停。雲窗霧閣事慌惚，重重翠幔深金屏。仙梯
　　難攀俗緣重，浪憑青鳥通丁寧。(《集釋》卷十一)

沈德潛評曰：「〈謝自然〉顯斥之，〈華山女〉微刺之，總是神仙之說
之惑人也。」(《唐詩別裁》)

　　程學恂云：「此便勝〈謝自然篇〉，其中諷刺都在隱約，結處不關
仙教之失，而云登仙之難，正是妙於諷興。」

7.〈左遷至藍關示姪孫湘〉詩：

　　一封朝奏九重天，夕貶潮州路八千。欲為聖明除弊事，肯
　　將衰朽惜殘年。雲橫秦嶺家何在？雪擁藍關馬不前。知汝

〔註2〕鄭珍跋韓詩。見《集釋》卷十二，頁561。

遠來應有意，好收吾骨瘴江邊。(《集釋》卷十一)

蔣抱玄評曰：「此詩能得忠臣愛國，責己正人之意，曲曲寫出，不特怨而不怒，近風人之旨已也。」

此詩作於貶潮之初，行至藍關，姪孫聞訊遠道趕來相陪南下，昌黎感懷家國，借景抒情，申言己志，慨息家破，怨而不怒。

8.〈路傍堠〉詩：

堆堆路傍堠，一雙復一隻。迎我出秦關，送我入楚澤。千以高山遮，萬以遠水隔。吾君勤聽治，照與日月敵。臣愚幸可哀，臣罪庶可釋。何當迎送歸，緣路高歷歷。(《集釋》卷十一)

蔣抱玄評「吾君勤聽治，照與日月敵。臣愚幸可哀，臣罪庶可釋」句云：「怨而不怒。」此詩作於元和十四年春貶潮途中。

9.〈鎮州初歸〉詩：

別來楊柳街頭樹，擺弄春風只欲飛。還有小園桃李在，留花不發待郎歸。(《集釋》卷十二)

蔣之翹評：「韓公之意，蓋感慨故園景色，如《詩‧東山》：『有敦瓜苦，烝在栗薪。自我不見，於今三年』同旨。」

此詩爲長慶二年二月奉使赴鎮州宣撫亂軍，畢事後，初歸長安時，敘寫想家的心情。所謂近鄉情怯也。

10.〈鄆州谿堂詩〉詩：

帝奠九壪，有葉有年。有荒不條，河岱之間。及我憲考，一牧正之。視邦選侯，以公來尸。公來尸之，人始未信。公不飲食，以訓以徇。孰飢無食？孰呻孰歎？孰冤不問，不得分願？孰爲邦蟊，節根之螟？羊狼狼貪，以口覆城。吹之煦之，摩手拊之，箴之石之，膊而磔之。凡公四封，既富以彊。謂公吾父，孰違公令？可以師征，不寧守邦。公作谿堂，播播流水。淺有蒲蓮，深有兼葦。公以賓燕，其鼓駭駭。公燕谿堂，賓校醉飽。流有跳魚，岸有集鳥，既歌以舞，其鼓考考。公在谿堂，公御琴瑟。公暨賓贊，

　　稽經諏律。施用不差，人用不屈。谿有罾苗，有龜有魚。
　　公在中流，右詩左書。無我斁遺，此邦是麻。（《集釋》卷十
　　二）

張表臣評曰：「〈鄆州谿堂〉之什，依於國風。」（《珊瑚鉤詩話》）
蔣抱玄曰：「音節幾通三百，乃不知有漢，無論魏晉。」

　　此詩揄揚馬總。元和十四年詔馬總以爲鄆曹濮節度使鎮其地，人
吏安之。此詩敘寫鄆州谿堂建造的經過，及宴饗之樂，以彰其功業。
全詩四言，五十四句，平仄換韻，取法國風。

11. 〈寄崔二十六立之〉，詩云：

　　西城員外丞，心跡兩屈奇。往歲戰詞賦，不將勢力隨。下
　　驢入省門，左右驚紛披，傲兀坐試席，深叢見孤羆。文如
　　翻水成，初不用意爲。四座各低面，不敢捩眼窺。升階揖
　　侍郎，歸舍日未敧。佳句喧眾口，考官敢瑕疵？連年收科
　　第，若摘頷底髭。迴首卿相位，通途無佗歧。豈論校書郎，
　　袍笏光參差。童稚見稱說，祝身得如斯。儔輩妒且熱，喘
　　如竹筒吹。老婦願嫁女，約不論財貲。老翁不量分，累月
　　笞其兒。攪攪爭附託，無人角雄雌。由來人間事，翻覆不
　　可知。安有巢中鷇，插翅飛天陲？駒麛著爪牙，猛虎借與
　　皮。汝頭有韁繫，汝腳有索縻，陷身泥溝間，誰復枲指撝？
　　不脫吏部選，可見偶與奇。又作朝士貶，得非命所施？客
　　居京城中，十日營一炊。逼迫走巴蠻，恩愛坐上離。昨來
　　漢水頭，始得完孤羈。桁掛新衣裳，盎棄食殘糜。苟無飢
　　寒苦，那用分高卑？憐我還好古，宦途同險巇。每旬遺我
　　書，竟歲無差池。新篇奚其思？風幡肆逶迤；又論諸毛功，
　　劈水看蛟螭，雷電生眵睗，角鱗相撐披。屬我感窮景，抱
　　華不能擒。倡來和相報，愧歎俾我疵。又寄百尺綵，緋紅
　　相盛衰。巧能喻其誠，深淺抽肝脾。開展放我側，方餐涕
　　垂匙。朋交日凋謝，存者逐利移。子寧獨迷誤？綴綴意益
　　彌。舉頭庭樹豁，狂飆卷寒曦。迢遞山水隔，何由應塡麾？
　　別來就十年，君馬記騧驪。長女當及事，誰助出帨縭？諸

男皆秀朗，幾能守家規。文字銳氣在，輝輝見旌麾。摧腸與感容，能復持酒巵？我雖未耋老，髮秃骨力羸。所餘十九齒，飄颻盡浮危。玄花著兩眼，視物隔褷褵。燕席謝不詣，游鞍懸莫騎，敦敦憑書案，譬彼鳥黏黐。且吾聞之師，不以物自隳。孤豚眠糞壤，不慕太廟犧。君看一時人，幾輩先騰馳？過半黑頭死，陰蟲食枯骴，歡華不滿眼，咎責塞兩儀。觀名計之利，詎足相陪牌？仁者恥貪冒，受祿量所宜。無能食國惠，豈異哀癃罷。久欲辭謝去，休令眾睢睢；況又嬰疹疾，寧保軀不貲。不能前死罷，內實慚神祇。舊籍在東都，茅屋枳棘籬。還歸非無指，瀼渭揚春澌。生分耕吾疆，死之埋吾陂。文書自傳道，不仗史筆垂。夫子固吾黨，新恩釋銜羈。去來伊洛上，相待安罘罳。我有雙飲盞，其銀得朱提。黃金塗物象，雕鐫妙工倕。乃令千里鯨，么麼微鱥斯。猶能爭明月，擺掉出渺瀰。野草花葉細，不辨蒆葳蕤，絲絲相糾結，狀似環城陴。四隅芙蓉樹，擢豔皆猗猗。鯨以興君身，失所逢百罹。月以喻夫道，儱侗勵莫虧。草木明覆載，妍醜齊榮蕤。願君恆御之，行止雜燧觽，異日期對舉，當如合分支。(《集釋》卷八)

程學恂評，此詩以瑣事瑣情見真摯，是〈詩經・七月〉、〈東山〉詩曲盡俗情的體格：「立之學雖不醇，然亦嶔奇磊落之士，又與公同所感，故公實深契之。其中若贈綵緋、酬銀盞，皆常瑣事也。女助帨縭。男守家規，皆常瑣情也。正欲使千載下見之，知與崔親切如此。慨然增友誼之重，則常瑣處皆不朽也。……試看〈七月〉、〈東山〉詩中何嘗不曲盡俗情，餘可類推也。」

此以詩代書，敘寫崔立之才學雖高而仕途多坎，「不諧於俗」也，「憐我還好在，宦途同險巇。」於是惺惺相惜，以沫相煦，相勉相慰。

12. 昌黎有三首詠雪詩，各有旨趣。其一，〈詠雪贈張籍〉：

只見縱橫落，寧知遠近來。飄颻還自弄，歷亂竟誰催？座暖銷那怪，池清失可猜。坳中初蓋底，坯處遂成堆。慢有先居後，輕多去卻迴。度前鋪瓦隴，奔發積牆隈。穿細時

雙透，乘危忽半摧。舞深逢坎井，集早值層臺。砧練終宜擣，階紈未暇裁。城寒裝晫晚，樹凍裹莓苔。片片勻如翦，紛紛碎若挼。定非燁鵠鷺，眞是屑瓊瑰。緯繡觀朝蓂，冥茫矖晚埃。當窗恆凜凜，出戶即皚皚。潤野榮芝菌，傾都委貨財。娥嬉華蕩漾，胥怒浪崔嵬。磧迥疑浮地，雲平想輾雷。隨車翻縞帶，逐馬散銀盃。萬屋漫汗合，千株照耀開。松篁遭挫抑，糞壤獲饒培。隔絕門庭遽，擠排陛級緪。豈堪禪嶽鎮，強欲效鹽梅。隱匿瑕疵盡，包羅委瑣該。誤雞宵呃喔，驚雀暗徘徊。浩浩過三暮，悠悠帀九垓。鯨鯢陸死骨，玉石火炎灰。厚慮塡溟壑，高愁揪斗魁。日輪埋欲側，坤軸壓將頹。岸類長蛇攪，陵猶巨象豗。水官誇傑黠，木氣怯胚胎。著地無由卷，連天不易推。龍魚冷蟄苦，虎豹餓號哀。巧借奢豪便，專繩困約災。威貪陵布被，光肯離金罍。賞玩損他事，歌謠放我才。狂教詩碑砑，興與酒陪鰓。惟子能諳耳，諸人得語哉？助留風作黨，勸坐火爲媒。雕刻文刀利，搜求智網恢。莫煩相屬和，傳示及提孩。（《集釋》卷二）

其二，〈喜雪獻裴尚書〉：

宿雲寒不卷，春雪墮如篩。騁巧先投隙，潛光半入池。喜深將策試，驚密仰簷窺。自下何曾汙，增高未覺危。比心明可燭，拂面愛還吹。妒舞時飄袖，欺梅倂壓枝。地空迷界限，砌滿接高卑。浩蕩乾坤合，霏微物象移。爲祥矜大熟，布澤荷平施。已分年華晚，猶憐曙色隨。氣嚴當酒換，灑急聽窗知。照曜臨初日，玲瓏滴晚澌。聚庭看嶽聳，掃路見雲披。陣勢魚麗遠，書文鳥篆奇。縱歡羅豔點，列賀擁熊螭。履弊行偏冷，門扃臥更羸。悲嘶聞病馬，浪走信嬌兒。竈靜愁煙絕，絲繁念鬢衰。擬鹽吟舊句，授簡慕前規。捧贈同燕石，多慙失所宜。（《集釋》卷三）

其三，〈春雪〉：

看雪乘清旦，無人坐獨謠。拂花輕尚起，落地暖初銷。已訝陵歌扇，還來伴舞腰。灑篁留半節，著柳送長條。入鏡

鷺窺沼，行天馬度橋。徧階憐可掬，滿樹戲成搖。江浪迎濤日，風毛縱獵朝。弄閒時細轉，爭急忽驚飄。城險疑懸布，砧寒未擣綃。莫愁陰景促，夜色自相饒。（《集釋》卷四）

三詩旨趣不同，或刺李實剝民奉上（〈詠雪贈張籍〉），或稱雪之祥瑞（〈喜雪獻裴尚書〉），或以閑情賞雪（〈春雪〉）。

汪師韓謂：「韓公之放才歌謠，正是《詩》《騷》苦語。」他考証了《詩經》，發現裡面六首詠雪詩，主旨都不同；就說：

> 嘗考雪之詠於三百篇者凡六：若〈采薇〉，遣戍役也。曰：「今我來思，雨雪霏霏。」〈出車〉，勞還率也。曰：「今我來思，雨雪載塗。」俱不過紀時語耳。〈信南山〉一詩刺幽王不能修成王之業因而追思成王之時，曰：「上天同雲，雨雪雰雰」，言豐年之冬必有積雪，以明其澤之普遍焉。此猶比義之義無與也。其他曰邶之〈北風〉刺虐也，曰：「北風其涼，雨雪其雱」，則以喻政教之酷暴矣。〈頍弁〉諸公刺幽王也，曰：「如彼雨雪，先集維霰」則以比政教之暴虐，自微而甚矣。〈角弓〉父兄刺幽王也。曰：「雨雪瀌瀌，見晛日消」。則又以雪比小人多，而以日能消雪，喻王之誅小人矣。其後張衡〈四愁詩〉效屈原以美人為君子，以珍寶為仁義，以水深雪雰為小人，韓公之放才歌謠正是詩騷苦語。〔註3〕

由上所引，可見昌黎的詠雪詩「意在言外」，或紀事或比興，皆由學風而來。

以上說源於風，以下說源於雅頌。

雅、頌是《詩經》國風之外的二種體式。雅頌的體式比較於風的體式，顯然不同。嚴粲說：「蓋優柔委曲，意在言外者風之體也。明白正大，直言其事，雅之體也。」〔註4〕《唐宋詩醇》云：「夫六義肇興，體裁斯別，言簡而意賅，節短而韻長，含吐抑揚，雖重複其詞，

〔註3〕《詩學纂聞》「韓文公詠雪」條。
〔註4〕《詩緝》同註1。

而彌有不盡之味，此風人之旨也。至於二雅三頌，舖陳終始，竭情盡致，義存乎揚厲，而不病其誇，情迫於呼號，而不嫌其激，其爲體迥異於風。非特詞有繁簡，其意之隱顯固殊焉。」可見風雅頌的不同體格。韓愈詩淵源「雅頌」，古人論述頗多。

1. 〈歸彭城〉：

天下兵又動，太平竟何時？訏謨者誰子？無乃失所宜。前年關中旱，閭井多死飢。去歲東郡水，生民爲流屍。上天不虛應，禍福各有隨。我欲進短策，無由至彤墀。刲肝以爲紙，瀝血以書辭。上言陳堯舜，下言引龍夔，言詞多感激，文字少葳蕤。一讀已自怪，再尋良自疑。食芹雖云美，獻御固已癡。緘封在骨髓，耿耿空自奇。昨者到京城，屢陪高車馳。周行多俊異，議論無瑕疵，見待頗異禮，未能去毛皮，到口不敢吐，徐徐俟其醨。歸來戎馬間，驚顧似羈雌，連日或不語，終朝見相欺。乘間輒騎馬，茫茫詣空陂，遇酒即酩酊，君知我爲誰？(《集釋》卷一)

程學恂評：「『不到二雅不肯捐』，似此眞是矣。」

　　貞元十五年，韓氏在徐幕，冬暮奉命至長安朝賀新正；翌年春，歸彭城，作此詩。婉轉道出官場的習氣，爲之驚嚇不已。詩中韓氏明明白白道來，所謂「一國之事，繫一人之本也。」

　　「連日或不語，終朝見相欺」二句，揭露多少官場心態，「明白正大，直言其事」，此即大小雅的體格也。

2. 〈赴江陵途中寄贈王二十補闕李十一拾遺李二十六員外翰林三學士〉詩：

孤臣昔放逐，血泣追愆尤，汗漫不省識，恍如乘桴浮。或自疑上疏，上疏豈其由？是年京師旱，田畝少所收，上憐民無食，征賦半已休。有司恓經費，未免煩徵求。富者既云急，貧者固已流。傳聞閭里間，赤子棄渠溝。持男易斗粟，掉臂莫肯酬。我時出衢路，餓者何其稠！親逢道邊死，行立久咿嚘。歸舍不能食，有如魚中鈎。適會除御史，誠

當得言秋，拜疏移闔門，爲忠寧自謀？上陳人疾苦，無令絕其喉；下言畿甸內，根本理宜優。積雪驗豐熟，幸寬待蠶麰。天子惻然感，司空歎綢繆，謂言即施設，乃反遷炎州。同官盡才俊，偏善柳與劉。或慮語言淺，傳之落冤讎。二子不宜爾，將疑斷還不。中使臨門遣，頃刻不得留。病妹臥牀褥，分知隔明幽，悲啼乞就別，百請不頷頭。弱妻抱稚子，出拜忘慚羞。僶俛不迴顧，行行詣連州。朝爲青雲士，暮作白首囚。商山季冬月，冰凍絕行輈。春風洞庭浪，出沒驚孤舟。逾嶺到所任，低顏拜君侯。酸寒何足道，隨事生瘡疣。遠地觸途異，吏民似猨猴，生獰多忿狠，辭舌紛嘲啁。白日屋簷下，雙鳴鬥鵂鶹。有蛇類兩首，有蠱群飛遊。窮冬或搖扇，盛夏或重裘。颶起最可畏，訇哮簸陵丘。雷霆助光怪，氣象難比侔。癘疫忽潛逗，十家無一瘳。猜嫌動置毒，對案輒懷愁。前日遇恩赦，私心喜還憂。果然又羈縶，不得歸鋤耰。此府雄且大，騰凌盡戈矛。棲棲法曹掾，何處事卑陬？生平企仁義，所學皆孔周。早知大理官，不列三后儔；何況親狴獄，敲搒發姦偷。懸知失事勢，恐自罹置罘。湘水清且急，涼風日修修。胡爲首歸路，旅泊尚夷猶？昨者京使至，嗣皇傳晜旒，赫然下明詔，首罪誅共吺。復聞顓天輩，峨冠進鴻疇。班行再肅穆，璜珮鳴琅璆。佇繼貞觀烈，邊封脫兜鍪。三賢推侍從，卓犖傾枚鄒。高議參造化，清文煥皇猷。協心輔齊聖，致理如毛輈，小雅詠鳴鹿，食苹貴呦呦。遺風邈不嗣，豈憶嘗同稠。失志早衰換，前期擬蜉蝣。自從齒牙缺，始慕舌爲柔。因疾鼻又塞，漸能等薰蕕。深思罷官去，畢命依松楸。空懷焉能果？但見歲已遒。殷湯閔禽獸，解網祝蛛蝥。雷煥掘寶劍，冤氛銷斗牛。茲道誠可尚，誰能借前籌？殷勤謝吾友，明月非暗投。（《集釋》卷三）

《唐宋詩醇》評：「意纏綿而詞悽婉，神味極似小雅。」

此詩乃韓氏自述其上疏獲貶之原因經過。詩中言志，自表企仁義、學孔周，志在報國，此是小雅的體格「明白正大，直言其事」。

3.〈東方半明〉詩：

> 東方半明大星沒，獨有太白配殘月。嗟爾殘月勿相疑，同光共影須臾期。殘月暉暉，太白睒睒。雞三號，更五點。（《集釋》卷二）

陳沆評此詩：「出〈小雅・大東〉。……此詩憂深思遠，比興超絕，眞二雅也。」（《詩比興箋》）《史記・屈原列傳》：「人窮則反本。故勞苦倦極，未嘗不呼天也。」朱子《詩集傳》釋「織女七襄」，曰：「無所赴愬而言，惟天庶乎其恤也耳。」沈德潛：「大東之詩，歷數天漢牛斗諸星，無可歸咎，無可告訴，不得不悵望於天。」（《說詩晬語》）這是昌黎直道而窮，訴之問天的旨意。

4.〈南山詩〉：

> 吾聞京城南，茲維群山圍。東西兩際海，巨細難悉究。山經及地志，茫昧非受授。團辭試提挈，掛一念萬漏。欲休諒不能，粗敘所經觀。嘗昇崇丘望，戢戢見相湊。……或連若相從；或蹙若相鬥；或妥若弭伏；或竦若驚雊；或散若瓦解；或赴若輻輳；或翩若船遊；或決若馬驟；或背若相惡；或向若相佑；或亂若抽筍；或嵲若炷灸；或錯若繪畫；或繚若篆籀；或羅若星離；或蓊若雲逗；或浮若波濤；或碎若鋤耨；或如賁育倫，賭勝勇前購，先強勢已出，後鈍嗔䛆譳；或如帝王尊，叢集朝賤幼，雖親不褻狎，雖遠不悖謬；或如臨食案，肴核紛飣餖；又如遊九原，墳墓包槨柩；或累若盆甖；或揭若登豆；或覆若曝鱉；或頹若寢獸；或蜿若藏龍；或翼若搏鷲；或齊若友朋；或隨若先後；或迸若流落；或顧若宿留；或戾若仇讎；或密若婚媾；或儼若峨冠；或翻若舞袖；或屹若戰陣；或圍若蒐狩；或靡然東注；或偃然北首；或如火熺焰；或若氣饙餾；或行而不輟；或遺而不收；或斜而不倚；或弛而不彀；或赤若禿鬝；或燻若柴槱；或如龜坼兆；或若卦分繇；或前橫若剝；或後斷若姤。……（《集釋》卷四）

〈南山詩〉描寫終南山之瑰奇雄偉，用比喻法，連用了五十六或字，

朱翌猗《覺寮雜記》、陳衍《石遺室詩話》皆云「出〈小雅‧北山〉。」
按《詩經‧小雅‧北山》，「或燕燕居息、或盡瘁事國共十二句，連用
十二或字」，此為取法之處。

  5.〈元和聖德詩〉詩：

   皇帝即阼，物無違拒；日暘而暘，日雨而雨。維是元年，
   有盜在夏；欲覆其州，以踵近武。皇帝曰嘻！豈不在我？
   負鄙為難；縱則不可。出師征之。其眾十旅；軍其城下，
   告以福禍。腹敗肢披。不敢保聚；擲首陴外；降旛夜豎。
   疆外之險，莫過蜀土；韋皋去鎮，劉闢守後。血人于牙，
   不肯吐口。開庫啗士，曰隨所取。汝張汝弓，汝鼓汝鼓，
   汝為表書，求我帥汝。事始上聞，在列咸怒。皇帝曰然，
   嗟遠士女，苟附而安，則且付與。讀命於庭，出節少府。
   朝發京師，夕至其部。闢喜謂黨，汝振而伍；蜀可全有，
   此不當受。萬牛臠炙，萬甕行酒；以錦纏股，以紅帕首。
   有恇其兇，有餌其誘；其出穰穰，隊以萬數。遂劫東川，
   遂據城阻。皇帝曰嗟，其又可許！爰命崇文，分卒禁禦；
   有安其驅，無暴我野。日行三十，徐壁其右；闢黨聚謀，
   鹿頭是守。崇文奉詔，進退規矩；戰不貪殺，擒不濫數。
   四方節度，整兵頓馬。上章請討，俟命起坐。皇帝曰嘻！
   無汝煩苦；荊並洎梁，在國門戶。出師三千，各選爾醜。
   四軍齊作，殷其如阜。或拔其角，或脫其距；長驅洋洋，
   無有齟齬。八月壬午，闢棄城走；載妻與妾，包裹稚乳。
   是日崇文，入處其宇。分散逐捕，搜原別藪。闢窮見窘，
   無地自處。俯視大江，不見洲渚；遂自顛倒，若杵投臼。
   取之江中，枷脰械手。婦女纍纍，啼哭拜叩。來獻闕下，
   以告廟社。周示城市，咸使觀觀。解脫攣索，夾以砧斧。
   婉婉弱子，赤立傴僂；牽頭曳足，先斷腰膂。次及其徒，
   體骸撐挂。末乃取闢，駭汗如寫。揮刀紛紜，爭刊膾脯。
   優賞將吏，杙珪綴組；帛堆其家，粟塞其庾。哀憐陣歿，
   廩給孤寡；贈官封墓，周帀宏溥。經戰伐地，寬免租賦。
   施令酬功，急疾如火。天地中間，莫不順序。魏幽恆青，

東盡海浦；南至徐蔡，區外雜虜。怛威報德，踘踖蹈舞，
掉棄兵革，私習簋簠。來請來覲，十百其耦。皇帝曰吁！
伯父叔舅。各安爾位，訓厥畇畮。正月元日，初見宗祖，
躬執百禮，登降拜俯。薦於新宮，視瞻梁桴。感見容色，
淚落入俎；侍祠之臣，助我惻楚。乃以上辛，於郊用牡。
除于國南，鱗筍毛簴。盧幕周施，開揭磊砢。獸盾騰拏，
圓壇帖妥。天兵四羅，旂常婀娜。駕龍十二，魚魚雅雅。
宵昇於丘，奠璧獻斝。眾樂驚作，轟豗融冶。紫燄噓呵，
高靈下墮。群星從坐，錯落侈哆。日君月妃，煥赫婑婗。
漬鬼濛鴻，嶽祇業峩。飫羶燎薌，產祥降嘏。鳳凰應奏，
舒翼自拊。赤麟黃龍，逶陀結糾。卿士庶人，黃童白叟；
踴躍歡呀，失喜噎歐。乾清坤夷，境落褰舉。帝車迴來，
日正當午。幸丹鳳門，大赦天下。滌濯剗磢，磨滅瑕垢。
續功臣嗣，拔賢任耇。孩養無告，仁漈施厚。皇帝神聖，
通達今古。聽聰視明，一似堯禹。生知法式，動得理所。
天錫皇帝，爲天下主。並包畜養，無異細鉅。億載萬年，
敢有違者？皇帝儉勤，盥濯陶瓦。斥遣浮華，好此綈紵。
敕戒四方，侈則有咎。天錫皇帝，多麥與黍。無召水旱，
耗於雀鼠。億載萬年，有富無窶。皇帝正直，別白善否。
擅命而狂，既翦既去。盡逐群姦，靡有遺侶。天錫皇帝，
庬臣碩輔；博問遐觀，以置左右。億載萬年，無敢餘侮。
皇帝大孝，慈祥悌友。怡怡愉愉，奉太皇后。浹于族親，
濡及九有。天錫皇帝，與天齊壽。登茲太平，無怠永久。
億載萬年，爲父爲母。博士臣愈，職是訓詁。作爲歌詩，
以配吉甫。（《集釋》卷六）

《唐詩別裁》稱，此詩「典重峭奧，體則二雅三頌，辭則古賦秦碑。」
黃鉞曰：「典麗裔皇，頌而不諛，雅頌之亞。」（《增注証訛》）查慎行
曰：「通章以『皇帝作主』，即〈蕩〉八章，冠以『文王曰咨』章法也。
特變雅爲頌耳。」沈德潛：「四言大篇如〈元和聖德詩〉、〈平淮西碑〉
之類，義山所謂『句重語重，點竄塗改』者，雖司馬長卿亦當歛手。」

（《說詩晬語》）

　　此詩縷述元和初年朝廷平定蜀亂的經過，爲韓氏力作。通章以皇帝視角作鋪陳，查慎行指爲「皇帝作主」，即是此意。詩中言皇帝凡十句，劉闢之叛就在「皇帝曰嘻」、「皇帝曰然」、「皇帝曰嘻」、「皇帝曰吁」四句中，命將殲滅。繼後，又以「皇帝神聖」、「皇帝儉勤」、「皇帝正直」、「皇帝大孝」四句歌頌。再後，以「天賜皇帝，尨臣碩輔，博問遐觀，以置左右。」「天錫皇帝，與天齊壽。登茲太平，無怠永久。億載萬年，爲父爲母。」善頌善禱。末句：「博士臣愈，職是訓詁。作爲歌詩，以配吉甫。」始出敘時爲國子博士，頌歌紀功的作旨。

　　6.〈三星行〉云：

　　　　我生之辰，月宿南斗。牛奮其角，箕張其口。牛不見服箱，斗不挹酒漿。箕獨有神靈，無時停簸揚。無善名已聞，無惡聲已讙。名聲相乘除，得少失有餘。三星各在天，什伍東西陳。嗟汝牛與斗，汝獨不能神！（《集釋》卷六）

程學恂曰：「此詩比興之妙，不可言喻，傷絕諧絕，眞風眞雅。」

　　按《詩經‧小雅‧大東序》：「刺亂也。東國困於役而傷於財，譚大夫作是詩以告病焉。」其第五章曰：「維天有漢，監亦有光。跂彼織女，終日七襄，雖則七襄，不成報章。睆彼牽牛，不以服箱。東方啓明，西有長庚，有捄天畢，載施之行。」第六章曰：「維南有箕，不可以簸揚。維北有斗，不可以挹酒漿。維南有箕，載翕其舌，維北有斗，西柄之揭。」蘇師文擢即指爲詩意所本：

　　　　此詩歷陳天漢及織女、牽牛、啓明、長庚、畢星、箕、斗等七星，其作意乃謂天星之虛有其名，無裨於民生日用。《古詩十九首‧明月皎夜光》之卒章曰：南箕北有斗，牽牛不負軛。良無磐石固，虛名復何益。」（《詮評》）

　　7.〈讀皇甫湜公安園池詩書其後二首〉之一，詩云：

　　　　晉人目二子，其猶吹一喙。區區自其下，顧肯掛牙舌？春秋書王法，不誅其人身。爾雅注蟲魚，定非磊落人。湜也困公安，不自閟其閒。窮年枉智思，掎摭糞壤間。糞壤多

汙穢，豈有臧不臧？誠不如兩忘，但以一欵量。(《集釋》卷
十)

李光地云：「其用韻重疊，則〈那〉頌之體也。」(《榕村詩選》) 是說
此詩四句重疊用韻：「閑共閑」、「糞壤閑」、「糞壤間」、「臧不臧」，是
效法《詩經・頌・那》的寫作特色。

8.〈自袁州還京行次安陸先寄隨州周員外〉云：

行行指漢東，暫喜笑言同。雨雪離江上，兼葭出夢中。面
猶含瘴色，眼已帶華風。歲暮難相值，酣歌未可終。(《集釋》
卷十二)

朱彝尊評曰：「虛虛道景言情，卻有雅味。」

元和十五年，韓氏自袁州回朝，「面猶含瘴色，眼已帶華風」二
句形容貼切。浩氣直節，百折不回。此所謂：「明白正大，直言其事」
也。

9.〈晚秋郾城夜會聯句〉末句：

帝載彌天地，臣辭劣螢爝。爲詩安能詳，庶用存糟粕。(《集
釋》卷十)

朱彝尊曰：「作詩結，此是效周雅。」昌黎襄助追隨裴度出征，平定
淮西。此於郾城夜會作詩，詩旨歸美君上，稱頌功德而已。

10.〈杏花〉云：

居鄰北郭古寺空，杏花兩株能白紅。曲江滿園不可到，看
此寧避雨與風。二年流竄出嶺外，所見草木多異同。冬寒
不嚴地恒泄，陽氣發亂無全功。浮花浪蕊鎮長有，繾綣還
落瘴霧中。山榴躑躅少意思，照耀黃紫徒爲叢。鷓鴣鉤輈
猿叫歇，杳杳深谷攢青楓。豈如此樹一來歊，若在京國情
可窮？今旦胡爲忽惆悵？萬片飄泊隨西東。明年更發應更
好，道人莫忘鄰家翁。(《集釋》卷四)

何焯評此詩：「眞怨而不怒矣。」(《義門讀書記》)

這是昌黎貶於陽山之作。透過描寫杏花，融情入景，抒發「萬片
飄泊隨西東」的感慨。

　　總由上述，「舖陳終始」，「直言其事」、「怨而不怒」，用韻重疊，連用五十六或字……等等，皆淵源「雅頌」而來，正因「體格」之殊，而遭「押韻之文」、「格不近詩」之誚，又有「豪放有餘，深婉不足，常苦意與語俱盡」之譏，這些議論，自劉攽、沈括，時有異同，而黃魯直、陳師道之輩，遂群相訾謷。歷宋、元、明，異論間出，其癥結實由「昧於昌黎得力之所在，未嘗沿波以討其源」的緣故。此外，下述諸家亦有同見。

　　1、沈曾植：「昌黎詩之得力於書矣〔古言古字宜注意〕。詩道性情，由之而生風趣，太白以放逸爲風趣，杜陵以沈摯爲風趣，並出於風，韓公則出於雅頌。」(《海日樓遺箚‧與謝復園》)

　　2、翁方綱：「韓文公約六經之旨而成文，其詩亦每於極瑣碎、極質實處直接六經之脈。蓋爻象繇占。典謨誓命，筆削記載之法，悉醞入風雅正旨，而具有其遺味。」《石洲詩話》

　　3、姜夔：「屈原之文，風出也；韓柳之詩，雅出也，杜子美獨能兼之。」(《白石道人詩說》)

大抵言之，昌黎詩源於風雅頌，而偏於大小雅爲多。

第二節　源於楚騷

　　詩經是我國古代第一本詩歌總集，離騷則是第一本詩人詩集。千古以來，滋潤了無數詩人的性情。司馬遷《史記‧屈原列傳》譽爲，兼有「國風好色而不淫，小雅怨誹而不亂」的優點。〔註5〕《離騷》，是詩的苗裔，是風雅頌的變體，〔註6〕沈德潛曰：「離騷者，詩之苗裔也。第詩分正變，而離騷所際獨變，故有佗儍噎鬱之音，無和平廣大之響。讀其詞，審其音，如赤子婉戀顧父母側而不忍去。要其顯忠斥

〔註5〕此論本〈淮南離騷傳〉。見《文心》〈辨騷篇第五〉。
〔註6〕《朱熹楚辭集注》，引見《詮評》卅七條注2。

佞，愛君憂國，足以持人道之窮矣。尊之爲經，烏得爲過？」劉勰綜覈其同於風雅者四事：典誥、規諷、比興、忠恕；異乎經典者亦四事：詭異、譎怪、狷狹、荒淫。〔註7〕茲舉諸家論評如後。

1. 〈八月十五夜贈張功曹〉：
　　纖雲四卷天無河，清風吹空月舒波。沙平水息聲影絕，一盃相屬君當歌。君歌聲酸辭且苦，不能聽終淚如雨。洞庭連天九疑高，蛟龍出沒猩鼯號。十生九死到官所，幽居默默如藏逃。下牀畏蛇食畏藥，海氣濕蟄熏腥臊。昨者州前搥大鼓，嗣皇繼聖登夔皋。赦書一日行萬里，罪從大辟皆除死。遷者追迴流者還，滌瑕蕩垢朝清班。州家申名使家抑，坎軻祇得移荊蠻。判司卑官不堪說，未免捶楚塵埃間。同時輩流多上道，天路幽險難追攀。君歌且休聽我歌，我歌今與君殊科。一年明月今宵多，人生由命非由他，有酒不飲奈月何！（《集釋》卷三）

程學恂評曰：「此詩料峭悲涼，源出楚騷。入後換調，正所謂一唱三歎有遺音者矣。」此詩前篇平仄用韻，後五句，歌科多他何，句句用韻，一唱三歎矣。

　　此詩爲昌黎待命郴州之作。張功曹即張署。敘寫順宗駕崩，憲宗即位之際，二人貶居南方的生活遭遇。因爲「州家申名使家抑，坎軻祇得移荊蠻。」一腔幽憤，侘傺無賴，唱歌飲酒，聊以自娛。

2. 〈譴瘧鬼〉：
　　屑屑水帝魂，謝謝無餘輝。如何不肖子，尚奮瘧鬼威？乘秋作寒熱，翁嫗所罵譏。求食嘔泄間，不知臭穢非。醫師加百毒，薰灌無停機；灸師施艾炷，酷若獵火圍；詛師毒口牙，舌作霹靂飛；符師弄刀筆，丹墨交橫揮。咨汝之胄出，門戶何巍巍？祖軒而父頊，未沫於前徽。不修其操行，賤薄似汝稀。豈不忝厥祖，靦然不知歸。湛湛江水清，歸居安汝妃。清波爲裳衣，白石爲門畿。呼吸明月光，手掉

芙蓉旟。降集隨九歌，飲芳而食菲。贈汝以好辭，咄汝去
莫違。（《集釋》卷三）

朱彝尊：「格調本楚騷來，筆非不蒼，但恨語味寡。」

荊楚人常患瘧病，相傳此瘧鬼，係軒轅氏不肖子孫。韓氏此詩引
經據典予以訓責，期盼此鬼遷居，改過遷善，莫害人間；可謂怨悱而
不怒。

3. 〈南山詩〉云：

吾聞京城南，茲維群山圍。東西兩際海，巨細難悉究。山
經及地志，茫昧非受授。團辭試提挈，掛一念萬漏。欲休
諒不能，粗敘所經覯。嘗昇崇丘望，戢戢見相湊。晴明出
稜角，縷脈碎分繡。蒸嵐相澒洞，表裏忽通透。無風自飄
簸，融液煦柔茂。橫雲時平凝，點點露數岫。天空浮脩眉，
濃綠畫新就。孤撐有巉絕，海浴褰鵬噣。春陽潛沮洳，濯
濯吐深秀。巖巒雖嵂崒，輭弱類含酎。夏炎百木盛，蔭鬱
增埋覆。神靈日歊歜，雲氣爭結構。秋霜喜刻轢，磔卓立
癯瘦。參差相疊重，剛耿陵宇宙。冬行雖幽墨，冰雪工琢
鏤。新曦照危峨，億丈恒高袤。明昏無停態，頃刻異狀候。
（略）延延離又屬，夬夬叛還遘；嗢嗢魚闞萍，落落月經
宿；闒闒樹牆垣，巘巘架庫廄；參參削劍戟，煥煥銜瑩琇；
敷敷花披萼，闐闐屋摧霤；悠悠舒而安，兀兀狂以狃；超
超出猶奔，蠢蠢駭不懋。大哉立天地，經紀肖營腠。厥初
孰開張？僶俛誰勸侑？創茲樸而巧，戮力忍勞疚。得非施
斧斤？無乃假詛呪？鴻荒竟無傳，功大莫酬僦。嘗聞於祠
官，芬苾降歆䫉。斐然作歌詩，惟用贊報酭。（《集釋》卷四）

顧嗣立評此詩：「從騷賦化出。」方世舉云：「古人五言長篇各得文之
一體……杜〈北征〉序體……張籍〈祭退之〉誄體，退之〈南山〉賦
體……。」

此詩描寫終南山景色，春夏秋冬，四時美態，窮形盡寫，鋪敘直
陳，古人謂之賦體。

4.〈陸渾山火一首和皇甫湜用其韻〉，引詩見頁 116。

　朱彝尊評此詩：「鑿空硬造，語法本騷。」

5.〈月蝕詩效玉川子作〉：

　　元和庚寅斗插子，月十四日三更中。森森萬木夜僵立，寒氣雰眉頑無風。月形如白盤，完完上天東。忽然有物來噉之，不知是何蟲？如何至神物，遭此狼狽凶？星如撥沙出，攢集爭強雄。油燈不照席，是夕吐燄如長虹。玉川子涕泗，下中庭獨行。念此日月者，爲天之眼睛。此猶不自保，吾道何由行？嘗聞古老言，疑是蝦蟇精。徑圓千里納女腹，何處養女百醜形？把沙腳手鈍，誰使女解緣青冥？黃帝有四目，帝舜重其明。今天祇兩目，何故許食使偏盲？堯呼大水浸十日，不惜萬國赤子魚頭生。女於此時若食日，雖食八九無饞名。赤龍黑鳥燒口熱，翎鬣倒側相摚撐。婪酣大肚遭一飽，飢腸徹死無由鳴。後時食月罪當死，天羅磕帀何處逃女刑？……。（《集釋》卷七）

朱彝尊評曰：「驚世駭俗，大勢亦本〈天問〉、〈招魂〉等脫胎而來。」

6.〈李花二首〉，詩云：

　　平旦入西園，梨花數株若矜誇。旁有一株李，顏色慘慘似含嗟。問之不肯道所以，獨繞百帀至日斜。忽憶前時經此樹，正見芳意初萌牙。奈何趁酒不省錄，不見玉枝攢霜葩。泫然爲汝下雨淚，無由反旆羲和車。東風來吹不解顏，蒼茫夜氣生相遮。冰盤夏薦碧實脆，斥去不御慳其花。（其一）當春天地爭奢華，洛陽園苑尤紛挐。誰將平地萬堆雪，翦刻作此連天花？日光赤色照未好，明月暫入都交加。夜領張徹投盧仝，乘雲共至玉皇家。長姬香御四羅列，縞裙練帨無等差。靜濯明糚有所奉，顧我未肯置齒牙。清寒瑩骨肝膽醒，一生思慮無由邪。（其二）（《集釋》卷七）

陳沆引《楚辭》：「惟草木之零落兮，恐美人之遲暮」：「言賢者當及其盛年而用之也。」（《詩比興箋》）是說詩意由此化出。

7.〈贈別元十八協律六首〉之六：

寄書龍城守，君驥何時秣？峽山逢颶風，雷電助撞捽。乘潮簸扶胥，近岸指一髮。兩巖雖云牢，木石天飛發。屯門雖云高，亦映波浪沒。余罪不足惜，子生未宜忽。胡爲不忍別，感謝情至骨。（《集釋》卷十一）

程學恂：「其神黯然，其音悄然，其意闊然，眞得〈天問〉、〈九章〉遺意。然以語句求之，則無一相肖者。」此詩作於南貶潮州時，忠而見逐，可從《離騷》神韻處玩味。

8.〈量移袁州張韶州端公以詩相賀因酬之〉：

明時遠逐事何如？遇赦移官罪未除。北望詎令隨塞雁，南遷纔免葬江魚。將經貴郡煩留客，先惠高文起謝予。暫欲繫船韶石下，上賓虞舜整冠裾。（《集釋》卷十一）

「上賓虞舜整冠裾」句，李詳引《離騷》：「濟沅湘以南征兮，就重華以陳詞。」（《韓詩證選》）指爲詩意所出。按此詩元和十四年末量移袁州時所作。此地有韶石爲勝景。韓氏好遊，路經此地，拜見虞舜，「就重華以陳詞」，以表歷劫歸來，矢志未移的意思。

第三節　源於樂府

漢樂府爲風、雅、頌之變。近人王易《樂府通論・徵辭第四》：「以三百篇例諸後世樂府，則凡起於民間，被之絃管者，皆風之流也。作於朝廷，施之燕饗，皆雅之流也。作於廟堂，用之郊祭者，皆頌之流也。」又說：「樂府辭者，詩之胤嗣也。一曰祀鬼神，如郊廟及雅舞之一部，頌之遺也；二曰述功德，如燕饗，魏晉以後之愷樂，及雅舞之一部，雅之遺也；如諸雜舞，橫吹曲、相和曲、清商曲、琴曲、近代曲等，風之遺也。」〔註8〕樂府之妙，全在「繁音促節」而於「迴翔屈折處感人」，〔註9〕樂府神理在於「寧樸毋巧，寧疏毋鍊」，〔註10〕

〔註8〕《詮評》四十四條，註8。
〔註9〕《說詩晬語》卷上。

齊梁以來，多用對偶儷辭，妍鍊過當；於是，古樂府長短抑揚之意，不待唐人而已失〔註11〕李白曾大力擬作樂府，有一百二十一首之多，雖「樂府神理」，然而「篇幅之短長，音節之高下，無一與古人合者」，〔註12〕王世貞《藝苑卮言》稱爲「太白樂府」，〔註13〕可知《樂府》難擬。

昌黎晚年南貶潮州，作〈琴操〉十首，體格極爲高古，宋人嚴羽稱：「正是本色，非唐人所及。」〔註14〕是韓氏擬《樂府》的最大成績。爲甚麼《樂府》難擬，因爲最難得體。強幼安說：

> 古樂府命題皆有主意，後之人用樂府爲題者，直當代其人而措詞，如「公無渡河」，須作妻止其夫之詞。太白輩或失之，惟退之〈琴操〉得體。（《唐子西文錄》）

〈琴操〉之操，意爲「遇災害而不失其操」〔註15〕，昌黎〈琴操〉十篇，雖遭貶謫，「不失其操」之意。《唐詩別裁》說：「琴操諸篇，深婉忠厚，得風雅之正。」程學恂說：「〈琴操〉十首，皆勝原詞，皆能得聖賢心事，有漢魏樂府所不能及者；惟〈越裳〉、〈岐山〉二操，不逮周公雅頌耳。」〔註16〕

此外，昌黎所擬《樂府》，得到賞評的，還有：

1. 〈青青水中蒲〉三首：

> 青青水中蒲，下有一雙魚。君今上隴去，我在與誰居？（其一）
>
> 青青水中蒲，長在水中居。寄語浮萍草，相隨我不如。（其二）
>
> 青青水中蒲，葉短不出水。婦人不下堂，行子在萬里。（其

〔註10〕《說詩晬語》卷上。
〔註11〕《詮評》第四十六條，註4。
〔註12〕《說詩晬語》卷上，載《清詩話》。
〔註13〕《詮評》第四十六條，註4。
〔註14〕嚴羽《滄浪詩話・詩評》。
〔註15〕劉向〈別錄〉，引見何焯《義門讀書記》第30卷。
〔註16〕《韓詩臆說》卷二。下稱《臆說》。

三）（《集釋》卷一）

謝榛曰：「婦人不下堂，遊子在萬里，托興高遠，有風人之旨。」（《四溟詩話》）

2.〈忽忽〉詩：

忽忽乎余未知生之為樂也，願脫去而無因。安得長翮大翼如雲生我身，乘風振奮出六合，絕浮塵；死生哀樂兩相棄，是非得失付閒人。（《集釋》卷一）

蔣抱玄曰：「語調亦模撫風謠得來。」

3.〈利劍〉詩：

利劍光耿耿，佩之使我無邪心。故人念我寡徒侶，持用贈我比知音。我心如冰劍如雪，不能刺讒夫，使我心腐劍鋒折，決雲中斷開青天，噫！劍與我俱變化歸黃泉。（《集釋》卷二）

程學恂：「此及〈忽忽〉等篇，古琴古味古調，上凌楚騷，直接三百篇也。」

4.〈馬厭穀〉詩：

馬厭穀兮，士不厭糠粃。土被文繡兮，士無裋褐。彼其得志兮不我虞，一朝失志兮其何如？已焉哉，嗟嗟乎鄙夫！（《集釋》卷一）

陳沆：「此與〈利劍〉、〈忽忽〉三詩，用《樂府》之奇倔，擷《離騷》之幽怨，而皆遺其形貌。所謂情激而調變者歟？」（《詩比興箋》）

5.〈嗟哉董生行〉詩：

淮水出桐柏山，東馳遙遙千里不能休。泜水出其側，不能千里，百里入淮流。壽州屬縣有安豐，唐貞元時，縣人董生召南隱居行義於其中。刺史不能薦，天子不聞名聲。爵祿不及門，門外惟有吏，日來徵租更索錢。嗟哉董生朝出耕，夜歸讀古人書，盡日不得息。或山于樵，或水於漁。入廚具甘旨，上堂問起居。父母不慼慼，妻子不咨咨。嗟哉董生孝且慈。人不識，惟有天翁知。生祥下瑞無休期，

家有狗乳出求食，雞來哺其兒，啄啄庭中拾蟲蟻，哺之不食鳴聲悲，傍徨躑躅久不去，以翼來覆待狗歸。嗟哉董生誰將與儔？時之人，夫妻相虐兄弟為雛，食君之祿，而令父母愁。亦獨何心？嗟哉董生無與儔！（《集釋》卷一）

朱彝尊：「長短句錯，是仿古樂府；意調亦彷彿似之。」

　　此詩敘寫董召南的隱居與孝慈，又舉其家中雞哺乳狗的軼事以為感慨。

　　5.〈劉生〉詩：

生名師命其姓劉，自少軒輊非常儔。棄家如遺來遠遊，東走梁宋暨揚州。遂凌大江極東陬，洪濤春天禹穴幽。越女一笑三年留，南逾橫嶺入炎洲。青鯨高磨波山浮，怪魅炫耀堆蛟虯。山狖謹譟猩猩愁，毒氣爍體黃膏流；問胡不歸良有由，美酒傾水局肥牛。妖歌慢舞爛不收，倒心迴腸為青眸；千金邀顧不可酬，乃獨遇之盡綢繆。瞥然一餉成十秋，昔鬚未生今白頭。五管徧歷無賢侯，迴望萬里還家羞。陽山窮邑惟猿猴，手持釣竿遠相投。我為羅列陳前修，芟蒿斬蓬利鋤耰。天星迴環數纏周，文學穰穰囷倉稠，車輕御良馬力優，咄哉識路行勿休，往取將相酬恩讎。（《集釋》卷二）

此詩「用舊題變其體」，翁方綱：「昌黎〈劉生詩〉，雖紀實之作，然實源本《樂府・橫吹曲》……不惟用樂府題，兼且用其意，用其事，而卻自紀實，並非仿古，此脫化之妙也。」（《石洲詩話》）

　　6.〈南山有高樹行〉詩：

南山有高樹，花葉何衰衰！上有鳳凰巢，鳳凰乳且棲。四旁多長枝，群鳥所托依。黃鵠據其高，眾鳥接其卑。不知何山鳥，羽毛有光輝。飛飛擇所處，正得眾所希。上承鳳凰恩，自期永不衰。中與黃鵠群，不自隱其私。下視眾鳥群，汝徒竟何為？不知挾丸子，心默有所規。彈汝枝葉間，汝翅不覺摧。或言由黃鵠，黃鵠豈有之？慎勿猜眾鳥，眾鳥不足猜。無人語鳳凰，汝屈安得知？黃鵠得汝去，婆娑

弄毛衣。前汝下視鳥，各議汝瑕疵。汝豈無朋匹？有口莫肯開。汝落蒿艾間，幾時復能飛？哀哀故山友，中夜思汝悲。路遠翅翎短，不得持汝歸。(《集釋》卷十二)

蔣之翹：「其體本古樂府〈飛來雙白鵠〉而暢意爲之。」朱彝尊曰：「借鳥爲喻，一一比得親切，最委曲有致。古歌謠有所諷諭，必且雜亂其辭，此卻帖得太明白了。」

7.〈猛虎行〉詩：

猛虎雖云惡，亦各有匹儔。群行深谷間，百獸望風低。身食黃熊父，子食赤豹麛。擇肉於熊豹，肯視兔與貍？正晝當谷眠，眼有百尺威。自矜無當對，氣性縱以乖。朝怒殺其子，暮還食其妃。匹儔四散走，猛虎還孤棲。狐鳴門兩旁，烏鵲從噪之。出逐猴入居，虎不知所歸。誰云猛虎惡？中路正悲啼。豹來銜其尾，熊來攫其頤。猛虎死不辭，但慭前所爲。虎坐無助死，況如汝細微。故當結以信，親當結以私。親故且不保，人誰信汝爲？(《集釋》卷十二)

此詩取古樂府舊題爲篇名。朱彝尊：「聲色太厲，語太直，不若〈南山有高樹行〉，雅而蘊藉。」

8.〈寄崔二十六立之〉記「仕途得意」一段：

童稚見稱說，祝身得如斯。儕輩妒且熱，喘如竹筒吹。老婦願嫁女，約不論財貲。老翁不量分，累月笞其兒。(《集釋》卷八)

何焯評：「四段波瀾，極力舖張，與下反對，文法亦自漢魏來。」張鴻說：「此處皆從古樂府出，如木蘭、羅敷諸詩，其排比處皆有音律。」

又記敘宴遊：

去來伊洛上，相待安罳箄。我有雙飲盞，其銀得朱提。黃金塗物象，雕鐫妙工倕。乃令千里鯨，么麼微蟲斯，猶能爭日月，擺掉出渺瀰。野草花葉細，石辮簧葂菔。綿綿相糾結，狀似環城陴。四隅芙蓉樹，擢豔皆猗猗。(《集釋》卷八)

何焯說：「刻劃精妙，摹寫瑣細，亦自樂府來。古樂府時於渾樸中特

見精麗。」

9. 〈病鴟〉詩：

屋東惡水溝，有鴟墮鳴悲。有泥撐兩翅，拍拍不得離。群
童叫相召，瓦礫爭先之。計校生平事，殺卻理亦宜。奪攘
不愧恥，飽滿盤天嬉。晴日占光景，高風送追隨。遂凌紫
鳳群，肯顧鴻鵠卑？今者運命窮。遭逢巧丸兒，中汝要害
處，汝能不得施。於吾乃何有，不忍乘其危。丐汝將死命，
浴以清水池。朝餐啜魚肉，暝宿防狐狸。自知無以致，蒙
德久猶疑。飽入深竹叢，飢來傍階基。亮無責報心，固以
聽所為。昨日有氣力，飛跳弄藩籬。今晨忽徑去，曾不報
我知。僥倖非汝福，天衢汝休窺。京城事彈射，豎子尤易
欺。勿諱泥坑辱，泥坑乃良規。（《集釋》卷九）

陳沆：「皆淵源樂府而不及者，則氣格古近間辨之矣。」

10. 〈瀧吏〉詩：

南行逾六旬，始下昌樂瀧。險惡不可狀，船石相舂撞。往
問瀧頭吏，潮州尚幾里？行當何時到？土風復何似？瀧吏
垂手笑：官何問之愚！譬官居京邑，何由知東吳？東吳遊
宦鄉，官知自有由。潮州底處所？有罪乃竄流。儂幸無負
犯，何由到而知？官今行自到，那遽妄問為？不虞卒見困，
汗出愧且駭。吏曰聊戲官，儂嘗使往罷。嶺南大抵同，官
去道苦遼。下此三千里，有州始名潮。惡溪瘴毒聚，雷電
常洶洶。鱷魚大於船，牙眼怖殺儂。州南數十里，有海無
天地。颶風有時作，掀簸真差事。聖人於天下，於物無不
容。比聞此州囚，亦有生還儂。官無嫌此州，固罪人所徙。
官當明時來，事不待說委。官不自謹慎，宜即引分往。胡
為此水邊，神色久懊慌？缸大缾罌小，所任自有宜。官何
不自量，滿溢以取斯？工農雖小人，事業各有守。不知官
在朝，有益國家不？得無虱其間，不武亦不文，仁義飾其
躬，巧姦敗群倫。叩頭謝吏言：始慚今更羞。歷官二十餘，
國恩並未酬。凡吏之所訶，嗟實頗有之。不即金木誅，敢

不識恩私。潮州雖云遠,雖惡不可過。於身實已多,敢不
持自賀。(《集釋》卷十一)

朱彝尊:「欲道貶地遠惡,卻設為問答;又借吳音野諺,以致其真切
之意。語調全祖古樂府來。大抵作此等詩專以才力運,一毫雕琢藻繪,
俱使不得。」《唐詩別裁》說:「音節氣味,得之漢人樂府。」

　　此為昌黎貶潮時作。昌黎設想自己與瀧吏對話,婉轉地表示慚愧
過失,並致謝意。韓愈此時德行,又有進境。真誠懇摯,克己復禮。
前人論貶潮後詩風大變,即此可窺一斑。

第四節　源於陶謝

　　昌黎〈薦士〉詩歷敘詩歌源流,沒有提及陶淵明。是否意味陶詩
不為昌黎所重,如「等蟬噪」「傷剿盜」的齊梁詩一樣,一概被抹倒?
這個問題,諸家頗多論議。沈德潛說:「失卻陶公,性所不近也。」程
學恂說:「取鮑謝而遺淵明,亦偶即大概言之,非定論也。」沈程二氏
出於迴護。李詳《韓詩萃精‧序》云:「學韓公詩,於騷雅陶謝,一一
具在。」小注:「韓不稱陶公,有極似陶者。」(《唐詩別裁》)從李詳
開始,看到韓氏學陶一面,卻無如近人錢鍾書說的直截:

　　況歸愚怪其標舉詩派而漏卻淵明,而昌黎詩如〈秋懷〉、〈晚
　　菊〉、〈南溪始泛〉、〈江漢〉雖云廣等,未嘗不師法陶公。(《談
　　藝錄》)

可見師法陶公。茲錄諸家之說:

1.〈北極一首贈李觀〉:

　　北極有羈羽,南溟有沈鱗。川原浩浩隔,影響兩無因。風
　　雲一朝會,變化成一身。誰言道里遠,感激疾如神。我年
　　二十五,求友昧其人。哀歌西京市,乃與夫子親。所尚苟
　　同趨,賢愚豈異倫。方為金石姿,萬世無緇磷。無為兒女
　　態,憔悴悲賤貧。(《集釋》卷一)

蔣抱玄曰:「頗得淵明沖淡之致。」。

2.〈秋懷詩十一首〉：

> 牕前兩好樹，眾葉光薿薿，秋風一披拂，策策鳴不已。微
> 燈照空牀，夜半偏入耳。愁憂無端來，感歎成坐起。天明
> 視顏色，與故不相似。羲和驅日月，疾急不可恃。浮生雖
> 多塗，趨死惟一軌。胡為浪自苦？得酒且歡喜。（其一）

> 鮮鮮霜中菊，既晚何用好。揚揚弄芳蝶，爾生還不早。運
> 窮兩值遇，婉變死相保。西風蟄龍蛇，眾木日凋槁。由來
> 命分爾，泯滅豈足道。（其十一）（《集釋》卷五）

曾季貍說：「陶淵明詩：『白日淪西阿，素月出東嶺』一篇，說得秋意
極妙。韓退之〈秋懷〉『窗前兩好樹。策策鳴不已』一篇亦好，雖不
及淵明蕭散，然說得秋意出。」（《艇齋詩話》）

朱彝尊評：「以精語運淡思，兼陶、謝二公。」

3.〈晚菊〉詩：

> 少年飲酒時，踴躍見菊花；今來不復飲，每見恒咨嗟。佇
> 立摘滿手，行行把歸家。此時無與語，棄置奈悲何！（《集
> 釋》卷七）

朱彝尊評：「興趣近淵明，但氣脈太今。」

4.〈桃源圖〉云：

> 神仙有無何眇芒，桃源之說誠荒唐。流水盤迴山百轉，生
> 綃數幅垂中堂。武陵太守好事者，題封遠寄南宮下。南宮
> 先生忻得之，波濤入筆驅文辭。文工畫妙各臻極，異境恍
> 惚移於斯。架巖鑿谷開宮室，接屋連墻千萬日。嬴顛劉蹶
> 了不聞，地坼天分非所恤。種桃處處惟開花，川原近遠蒸
> 紅霞。初來猶自念鄉邑，歲久此地還成家。漁舟之子來何
> 所？物色相猜更問語。大蛇中斷喪前王，群馬南渡開新主。
> 聽終辭絕共悽然，自說經今六百年。當時萬事皆眼見，不
> 知幾許猶流傳。爭持酒食來相饋，禮數不同罇俎異。月明
> 伴宿玉堂空，骨冷魂清無夢寐。夜半金雞啁哳鳴，火輪飛
> 出客心驚。人間有累不可住，依然離別難為情。船開棹進
> 一迴顧，萬里蒼蒼烟水暮。世俗寧知偽與眞，至今傳者武

陵人。(《集釋》卷八)

陶淵明以後，「唐宋以來，作〈桃源行〉而最傳者，只王摩詰、韓退之、王介甫三篇。」〔註17〕四人用意、筆法各自不同。金德瑛說：「桃源陶公五言，爾雅從容，草榮木衰八句，略加形容便是；摩詰不得不變為七言，然猶皆用本色語，不露斧鑿痕也；昌黎則加以雄健壯麗，猶一一依故事舖陳也；至後來王荊公則單刀直入，不復層次敘述。」昌黎此詩係據「桃園圖」而作，首段十句即已敘明。

　　5.〈南溪始泛三首〉：

　　　　榜舟南山下，上上不得返。幽事隨去多，孰能量近遠？陰沈過連樹，藏昂抵橫阪。石屬肆磨礪，波惡厭牽挽。或倚偏岸漁，竟就平洲飯。點點暮雨飄，梢梢新月偃。餘年懷無幾，休日愴已晚。自是病使然，非由取高寒。(其一)

　　　　南溪亦清駛，而無機與舟。山農驚見之，隨我觀不休。不惟兒童輩，或有杖白頭。饋我籠中瓜，勸我此淹留。我云以病歸，此已頗自由。幸有用餘俸，置居在西疇。囷倉米穀滿，未有旦夕憂。上去無得得，下來亦悠悠。但恐煩里閭，時有緩急投。願為同社人，雞豚燕春秋。(其二)

　　　　足弱不能步，自宜收朝躓。羸形可輿致，佳觀安可擲？即此南阪下，久聞有水石。扲舟入其間，溪流正清激。隨波吾未能，峻瀨乍可刺。鷺起若導吾，前飛數十尺。亭亭柳帶沙，團團松冠壁。歸時還盡夜，誰謂非事役？(其三)(《集釋》卷十二)

《蔡寬夫詩話》：「三篇乃末年所作，獨為閑遠，有淵明風致。」《唐宋詩醇》：「三首神似陶公。所謂『姦窮變怪得，往往造平淡』者。」此三詩乃晚年所作，因病請假，故說「足弱不能步，自宜收朝躓。」在終南山下，泛舟而行樂，坐轎看風景，「或倚偏岸漁，竟就平洲飯」，又釣魚，又野餐，與農民閒語，極為閒逸。

〔註17〕王士禎《池北偶談》卷十四。

以上說陶，以下說謝。

詩學發展至黃初正始間，又一大變化，時人競尚辭采、聲律，「儷采百字之偶，爭價一字之奇。」〔註18〕「離質文之音，而任宮商之巧」。〔註19〕謝靈運生於其時，作難免「雕刻組綴，並擅工奇」。而「莊老告退，山水方滋」，興起「山水文學」。史載，謝靈運「尋山陟嶺必造幽峻，巖障千重莫不備盡」，「肆意流傲，遍歷諸縣，動踰旬朔。」〔註20〕所至輒爲詩詠，抒情致意。成爲一代山水詩的宗匠。

昌黎好遊，以「飽山水」爲樂，有詩紀事：步嵩山（〈送侯參謀赴河中幕〉）、窮華山、走商嶺、航洞庭（〈答張徹〉）、遊終南山（〈望秋作〉）是自記其遊；〈送靈師〉、〈送惠師〉二首，則歷敘他人之遊，著眼於「放蕩山水」、「尋嵩抵洛」、「尋勝不憚險」。筆下急濤驚浪，探勝窮崖，極神入化，一如自身親歷，程學恂說「非穩於山水不能寫」，若非淵源有自，也不能寫。淵源是誰？謝靈運是他所稱許的前輩，〈薦士〉便說：「中間數鮑謝，比近最清奧。」

唐人重科舉，無不重視文選，受《文選》影響。《文選》卷廿二，謝氏有「遊覽詩」九首，卷廿六，有「行旅詩」十首，對韓氏有一定的影響；偏巧《韓集》中亦有「遊覽詩」十九首，行旅詩四十八首，總如上述，昌黎學謝，不以此滿足，力求創造。像貶陽山時所作的〈同冠峽〉詩，朱彝尊說：「大抵師謝客而加之俊快。」這是一例；至於〈南山詩〉，「取杜陵五言大篇之體、攝漢賦舖張雕繪之工，又變謝氏軌躅，亦能別開境界，前無古人。」〔註21〕

第五節　源於李杜

在唐代，李、杜的出身與名位懸殊：李白以白衣聳動公卿，而杜

〔註18〕《文心・明詩》。
〔註19〕焦竑〈謝康樂集題辭〉。
〔註20〕《宋書・謝靈運傳》卷六十七。
〔註21〕徐震評釋，《集釋》卷四，頁462。

甫自稱杜陵布衣、少陵野老。當時齊名。中唐後，時人漸有軒輊，如元稹就是；而李杜並尊之論，實始於韓愈「李杜文章在，光燄萬丈長」的評價肯定。韓愈詩中屢致敬意：如〈石鼓歌〉云：「少陵無人謫仙死，才薄將奈石鼓何。」〈醉留東野〉云：「昔年曾讀李白、杜甫詩，長恨二人不相從。」〈酬盧雲夫〉：「遠追甫白感至誠。」趙翼指出昌黎「生平所心摹力追著惟李杜二公。」〔註22〕詳論見第六章「並尊李杜」。

以下依五古、七古、五律、七律、絕句爲次，先錄諸家之評。

1. 〈此日足可惜一首贈張籍〉：

此日足可惜，此酒不足嘗；捨酒去相語，共分一日光。念昔未知子，孟君自南方；自矜有所得，言子有文章。我名屬相府，欲往不得行；思之不可見，百端在中腸。維時月魄死，冬日朝在房，驅馬公事退，聞子適及城。命車載之至，引坐於中堂，開懷聽其說，往往副所望。孔丘歿已遠，仁義路久荒，紛紛百家起，詭怪相披猖。長老守所聞，後生習爲常。少知誠難得，純粹古已亡。譬彼植園木，有根易爲長。留之不遣去，館置城西旁，歲時未云幾，浩浩觀湖江。眾夫指之笑，謂我知不明，兒童畏雷電，魚鱉驚夜光。州家舉進士，選試繆所當；馳辭對我策，章句何煒煌。相公朝服立，工席歌鹿鳴。禮終樂亦闋，相拜送於庭。之子去須臾，赫赫流盛名。竊喜復竊歎，諒知有所成。人事安可恆，奄忽令我傷。聞子高第日，正從相公喪，哀情逢吉語，惝怳難爲雙。暮宿偃師西，徒展轉在牀。夜聞汴州亂，遶壁行傍徨。我時留妻子，倉卒不及將，相見不復期，零落甘所丁。嬌女未絕乳，念之不能忘，忽如在我所，耳若聞啼聲。中塗安得返，一日不可更。俄有東來說，我家

<hr />

〔註22〕《甌北詩話》卷三：「韓昌黎生平所心摹力追者惟李杜二公，顧李杜之前未有李杜，故二公才氣橫恣，各開生面，遂獨有千古。至昌黎時，李杜已在前，縱極力變化終不能再開一徑。惟少陵奇險處尚有可推擴，故一眼覷定，欲從此闢山開道，自成一家。」

免罹殃，乘舩下汴水，東去趨彭城。從喪朝至洛，還走不及停。假道經盟津，出入行澗岡。日西入軍門，羸馬顛且僵。主人願少留，延入陳壺觴。卑賤不敢辭，忽忽心如狂。飲食豈知味，絲竹徒轟轟。平明脫身去，決若驚鳧翔。黃昏次氾水，欲過無舟航；號呼久乃至，夜濟十里黃。中流上灘潬，沙水不可詳，驚波暗合沓，星宿爭翻芒。轅馬蹢躅鳴，左右泣僕童。甲午憩時門，臨泉窺鬥龍。東南出陳許，陂澤平茫茫。道邊草木花，紅紫相低昂；百里不逢人，角角雉雛鳴。行行二月暮，乃及徐南疆。下馬步堤岸，上船拜吾兄。誰云經艱難，百口無夭殤。僕射南陽公，宅我睢水陽。篋中有餘衣，盎中有餘糧。閉門讀書史，清風窗戶涼。日念子來遊，子豈知我情？別離未爲久，辛苦多所經。對食每不飽，共言無倦聽。連延三十日，晨坐達五更。我友二三子，宦遊在西京；東野窺禹穴，李翱觀濤江，蕭條千萬里，會合安可逢？淮之水舒舒，楚山直叢叢，子又捨我去，我懷焉所窮？男兒不再壯，百歲如風狂。高爵尚可求，無爲守一鄉。（《集釋》卷一）

何焯：「摹寫逼老杜，非屢涉江湖，不知其眞。」

程學恂：「敘次妙處眞得老杜〈北征〉、〈彭衙〉遺意。」

黃鉞：「此篇頗似老杜〈北征〉，第微遜其紆餘卓犖矣。」（《增注證訛》）

2. 〈岳陽樓別竇司直〉：

洞庭九州間，厥大誰與讓？南匯群崖水，北注何奔放。潛爲七百里，吞納各殊狀。自古澄不清，環混無歸向，炎風日搜攬，幽怪多冗長。軒然大波起，宇宙隘而妨，巍峨拔嵩華，騰踔較健壯。聲音一何宏，轟輷車萬兩。猶疑帝軒轅，張樂就空曠。蛟螭露筍簴，縞練吹組帳。鬼神非人世，節奏頗跌踢；陽施見誇麗，陰閉感悽愴。朝過宜春口，極北缺隄障。夜纜巴陵州，叢芮纏可傍。星河盡涵泳，俯仰迷下上。餘瀾怒不已，喧聒鳴瓮盎。明登岳陽樓，輝煥朝

日亮。飛廉戢其威，清晏息纖纊。泓澄湛凝綠，物影巧相況。江豚時出戲，驚波忽蕩瀁。時當冬之孟，隙竅縮寒漲。前臨指近岸，側坐眇難望。滌濯神魂醒，幽懷舒以暢。主人孩童舊，握手乍忻悵。憐我竄逐歸，相見得無恙，開筵交履舄，爛漫倒家釀，盃行無留停，高柱送清唱；中盤進橙栗，投擲傾脯醬。歡窮悲心生，婉孌不能忘。念昔始讀書，志欲干霸王，屠龍破千金，爲藝亦云亢。愛才不擇行，觸事得讒謗，前年出官由，此禍最無妄。公卿採虛名，擢拜識天仗，姦猜畏彈射，斥逐恣欺誑。新恩移府庭，逼側廁諸將；于嗟苦鷙綏，但惟失宜當。追思南渡時，魚腹甘所葬，嚴程迫風帆，劈箭入高浪，顚沈在須臾，忠鯁誰復諒？生還眞可喜，剋己自懲創。庶從今日後，粗識得與喪；事多改前好，趣有獲新尚。誓耕十畝田，不取萬乘相，細君知蠶織，稚子已能餉，行當掛其冠，生死君一訪。（《集釋》卷三）

強幼安說：「過岳陽樓，觀子美詩不過四十字爾。氣象閎放，涵蓄深遠，殆與洞庭爭雄，所謂富哉言乎者。太白、退之之輩率爲大篇，極其筆力終不逮也。」（《唐子西文錄》）杜甫〈登岳陽樓〉寫洞庭湖的弘大和氣象，堪稱傑作。[註23] 此詩除寫洞庭景色外，還有敍事，是長篇五古，體裁不同，不可同論。特別的是，此詩敍與竇司直分離的始末，自述心志及貶官經過，可補史傳。

　3.〈南山詩〉云：

吾聞京城南，茲維群山圍。東西兩際海，巨細難悉究。山經及地志，茫昧非受授。團辭試提挈，掛一念萬漏。欲休諒不能，粗敍所經覯。嘗昇崇丘望，戞戞見相湊。晴明出棱角，縷脈碎分繡。蒸嵐相澒洞，表裏忽通透。無風自飄簸，融液煦柔茂。橫雲時平凝，點點露數岫。天空浮脩眉，

[註23]《杜詩鏡銓》卷十九〈登岳陽樓〉：「昔聞洞庭水，今上岳陽樓。吳楚東南坼，乾坤日夜浮。親朋無一字，老病有孤舟。戎馬關山北，憑軒涕泗流。」

濃綠畫新就。孤樘有巉絕，海浴褰鵬嘴。春陽潛沮洳，濯濯吐深秀。巖巒雖犖崒，輭弱類含酎。夏炎百木盛，陰鬱增埋覆。神靈日歊歔，雲氣爭結構。秋霜喜刻轢，礫卓立癯瘦。參差相疊重，剛耿陵宇宙。冬行雖幽墨，冰雪工琢鏤。新曦照危峩，億丈恒高袤。明昏無停態，頃刻異狀候。西南雄太白，突起莫間簉。藩都配德運，分宅占丁戊。逍遙越坤位，詆訐陷乾竇。空虛寒兢兢，風氣較搜漱。朱維方燒日，陰霾縱騰糅。昆明大池北，去覿偶晴晝。綿聯窮俯視，倒側困清漚。微瀾動水面，踴躍躁猱狖。驚呼惜破碎，仰喜呀不仆。前尋徑杜墅，坌蔽畢原陋，崎嶇上軒昂，始得觀覽富。行行將遂窮，嶺陸煩互走。勃然思坼裂，擁掩難恕宥。巨靈與夸蛾，遠貫期必售。還疑造物意，固護蓄精祐。力雖能排斡。雷電怯呵詬。攀緣脫手足，蹭蹬抵積甃。茫如試矯首，堛塞生怐愗。威容喪蕭爽，近新迷遠舊。拘官計日月，欲進不可又。因緣窺其湫，凝湛閟陰嘼。魚蝦可俯掇，神物安敢寇。林柯有脫葉，欲墮鳥驚救。爭銜彎環飛，投棄急哺彀。旋歸道迴睠，達栟壯復奏。吁嗟信奇怪，峙質能化貿。前年遭譴謫，探歷得邂逅。初從藍田入，顧眄勞頸脰。時天晦大雪，淚目苦矇瞀。峻塗拖長冰，直上若懸溜。褰衣步推馬，顛蹶退且復。蒼黃忘遐眺，所矚纏左右。杉篁咤蒲蘇，杲耀攢介冑。專心憶平道，脫險逾避臭。昨來逢清霽，宿願忻始副。崢嶸躋冢頂，倏閃雜鼯鼬。前低劃開闊，爛漫堆眾皺。或連若相從；或蹙若相鬥；或妥若弭伏；或竦若驚雊；或散若瓦解；或赴若輻輳；或翩若船遊；或決若馬驟；或背若相惡；或向若相佑；或亂若抽筍；或嵲若炷灸；或錯若繪畫；或繚若篆籀；或羅若星離；或蓊若雲逗；或浮若波濤；或碎若鋤耨；或如賁育倫，賭勝勇前購，先強勢已出，後鈍嗔詬譳；或如帝王尊，叢集朝賤幼，雖親不褻狎，雖遠不悖謬；或如臨食案，肴核紛飣餖；又如遊九原，墳墓包槨柩；或疊若盆罌；或揭若登豆；或覆若曝鱉；或頹若寢獸；或蜿若藏龍；或

翼若搏鷲；或齊若友朋；或隨若先後；或逆若流落；或顧
若宿留；或戾若仇讎；或密若婚媾；或儼若峨冠；或翻若
舞袖；或屹若戰陣；或圍若蒐狩；或靡然東注；或偃然北
首；或如火熺焰；或若氣饙餾；或行而不輟；或遺而不收；
或斜而不倚；或弛而不縠；或赤若禿鬝；或燻若柴櫕；或
如龜坼兆；或若卦分絫；或前橫若剶；或後斷若姡；延延
離又屬，夬夬叛還遘；喁喁魚闖萍，落落月經宿；閟閟樹
牆垣，巘巘架庫廄；參參削劍戟，煥煥銜瑩琇；敷敷花披
萼，閜閜屋摧霤；悠悠舒而安，兀兀狂以狃；超超出猶奔，
蠢蠢駭不懋。大哉立天地，經紀肖營腠。厥初孰開張？黽
俛誰勸侑？創茲朴而巧，戮力忍勞疚。得非施斧斤？無乃
假詛呪？鴻荒竟無傳，功大莫酬僦。嘗聞於祠官，芬苾降
歆齅。斐然作歌詩，惟用贊報酭。（《集釋》卷四）

以後諸家論此詩，多與杜甫〈北征〉相比而論。如：

張表臣：「退之〈南山〉詩乃類杜甫之〈北征〉。……則知其有所本矣。」
（《珊瑚鉤詩話》）

　程學恂：「讀〈南山詩〉，當如觀《清明上河圖》，須以靜心開眼，
逐一審諦之，方識其盡物類之妙。又如食五侯鯖，須逐一咀嚼之，方
知其極百味之變。昔人云賦家之心，包羅天地者，於〈南山〉詩亦然。
《潛溪詩眼》載山谷語，亦未盡確，然則〈北征〉可謂不工乎？要知
〈北征〉、〈南山〉本不可並論；〈北征〉，詩之正也，〈南山〉乃開別
派耳。公所謂與李、杜精誠交通，百怪入腸者，亦不在此等。」

　徐震：「以韻語刻畫山水，原於屈、宋。漢人作賦，鋪張雕繪，益
臻繁縟。謝靈運乃變之以五言短篇，務為清新精麗，遂能獨闢蹊徑，
擅美千秋。昌黎〈南山〉，取杜陵五言大篇之體，攝漢賦鋪張雕繪之工，
又變謝氏軌躅，亦能別開境界，前無古人。顧嗣立謂之光怪陸離，方
世舉稱其雄奇縱恣，合斯二語，庶幾得之。自宋人以比〈北征〉，談者
每就二篇較絜短長。予謂〈北征〉主於言情，〈南山〉重在體物，用意

自異，取材不同，論其工力，並爲極詣，無庸辨其優劣也。」〔註24〕

　　元和初年昌黎自江陵法曹召爲國子博士，時爲秋初，三十九歲。初爲學官，心雄力壯，於是作詩，極寫南山，以爲新鋼之試。

　　4.〈宿曾江口二首〉：

　　　　雲昏水奔流，天水溔相圍。三江滅無口，其誰識涯圻？暮宿投民村，高處水半扉。犬雞俱上屋，不復走與飛。篙舟入其家，暝聞屋中唏。問知歲常然，哀此爲生微。海風吹寒晴，波揚眾星輝。仰視北斗高，不知路所歸。（其一）

　　　　舟行亡故道，屈曲高林間。林間無所有，奔流但潺潺。嗟我亦拙謀，致身落南蠻。茫然失所詣，無路何能還？（其二）

　　　　（《集釋》卷十一）

程學恂：「此詩寫窮民之苦，逐客之感，愴悅渺茫，語語沈痛，起興無端。結意無極。惟少陵可以媲之。」

　　蔣抱玄：「兩詩音節逼眞老杜，雄闊細膩，兼而有之。」〔註25〕

　　昌黎貶潮詩，夜宿曾江口，眼見水災漫淹，感慨生民，復自感也；結句意境蒼茫。

　　5.〈送侯參謀赴河中幕〉詩：

　　　　憶昔初及第，各以少年稱：君頤始生鬚，我齒清如冰。爾時心氣壯，百事謂己能。一別詎幾何，忽如隔晨興。我齒豁可鄙，君顏老可憎；相逢風塵中，相視迭嗟矜。幸同學省官，末路再得朋。東司絕教授，游宴以爲恒。秋漁陰密樹，夜博然明燈，雪逕抵樵叟，風廊折談僧。陸渾桃花間，有湯沸如烝，三月崧少步，躑躅紅千層。洲沙厭晚坐，嶺壁窮晨昇，沈冥不計日，爲樂不可勝。邅滿一已異，乖離坐難憑，行行事結束，人馬何蹻騰。感激生膽勇，從軍宣嘗曾。洸洸司徒公，天子卟與肱。提師十萬餘，四海欽風棱，河北兵未進，蔡州帥新薨。曷不請掃除，活彼黎與烝。

〔註24〕《南山詩評釋》，引見《集釋》卷四，頁462。
〔註25〕《評註韓昌黎詩集》，引見《集釋》卷十一，頁1138。

鄙夫誠怯弱，受恩愧徒弘。猶思脫儒冠，棄死取先登；又
欲面言事，上書求詔徵。侵官固非是，妄作譴可懲，惟當
待責免，耕斸歸溝塍。今君得所附，勢若脫韝鷹，……男
兒貴立事，流景不可乘，歲老陰沴作，雲頹雪翻崩。別袂
拂洛水，征車轉崤陵，勤勤酒不進，勉勉恨已仍。送君出
門歸，愁腸若牽繩，……席塵惜不掃，殘罇對空凝，信知
後會時，日月屢環絙。生期理行役，歡緒絕難承，寄書惟
在頻，無恪簡與繒。（《集釋》卷六）

此詩聲韻可與少陵相比。李輔平說：「少陵〈送武威漢中河西同谷諸
判官詩〉，寫軍旅倥傯，朝廷需賢，各極淋漓感喟之致。後來殊難著
手。退之〈送侯參謀赴河中幕〉云：……此聲韻殆欲與少陵爭勝矣。」
（《讀杜韓筆記》）

　　侯繼從王鍔徵辟，昌黎作詩相送。侯繼貞元八年登進士第與昌黎
同榜。元和四年，韓氏以國子博士分司東都，侯繼為助教。此詩上段
記二人同第、同官、同遊同樂。下段則敘別，以「男兒貴主事」相勉。
充滿同事離別的喜樂與愁思，拳拳懇懇。

　　6.〈雙鳥詩〉：

雙鳥海外來，飛飛到中州。一鳥落城市，一鳥集巖幽。不
得相伴鳴，爾來三千秋。兩鳥各閉口，萬象銜口頭。春風
卷地起，百鳥皆飄浮。兩鳥忽相逢，百日鳴不休。有耳聒
皆聾，有舌反自羞。百舌舊饒聲，從此恒低頭。得病不呻
喚，泯默至死休。雷公告天公，百物須膏油。自從兩鳥鳴，
聒亂雷聲收。鬼神怕嘲詠，造化皆停留。草木有微情，挑
抉示九州。蟲鼠誠微物，不堪苦誅求。不停兩鳥鳴，百物
皆生愁。不停兩鳥鳴，自此無春秋。不停兩鳥鳴，日月難
旋輈。不停兩鳥鳴，大法失九疇。周公不為公，孔丘不為
丘。天公怪兩鳥，各捉一處囚。百蟲與百鳥，然後鳴啾啾。
兩鳥既別處，閉聲省愆尤。朝食千頭龍，暮食千頭牛。朝
飲河生塵，暮飲海絕流。還當三千秋，更起鳴相酬。（《集釋》
卷七）

關於〈雙鳥詩〉的作意，論述紛紜，有說爲佛老，有說爲李杜，有說爲韓孟而作。翁方綱從其本意入手探究，認是爲韓孟而作，別具見地：「〈雙鳥詩〉即杜詩『春來花鳥莫深愁』，公詩『萬類困陵暴』之意而翻出之，其爲己與孟郊無疑。」(《石洲詩話》)

以上五古部分。

7.〈贈崔立之〉云：

> 昔者十日雨，子桑苦寒飢。哀歌坐空屋，不怨但自悲。其友名子輿，忽然憂且思。褰裳觸泥水，裹飯往食之。入門相對語，天命良不疑。好事漆園吏，書之存雄辭。千年事已遠，二子情可推。我讀此篇日，正當雨雪時。吾身固已困，吾友復何爲？薄粥不足裹，深泥諒難馳。曾無子輿事，空賦子桑詩。(《集釋》卷五)

陳沆曰：「此篇全用《莊子》，實則少陵〈茅屋秋風〉篇「安得萬間廣廈」之思也。二公之志，皆不惜己身之困，而憾天下志之不盡用於朝廷。」這就是昌黎以天下己任的胸襟。

8.〈石鼓歌〉：

> 張生手持石鼓文，勸我試作石鼓歌。少陵無人謫仙死，才薄將奈石鼓何。周綱陵遲四海沸，宣王憤起揮天戈。大開明堂受朝賀，諸侯劍珮鳴相磨。蒐於岐陽騁雄俊，萬里禽獸皆遮羅。鐫功勒成告萬世，鑿石作鼓隳嵯峨。從臣才藝咸第一，揀選撰刻留山阿。雨淋日炙野火燎，鬼物守護煩撝呵。公從何處得紙本，毫髮盡備無差訛。辭嚴義密讀難曉，字體不類隸與科。年深豈免有缺畫，快劍斫斷生蛟鼉。鸞翔鳳翥眾仙下，珊瑚碧樹交枝柯。金繩鐵索鎖紐壯，古鼎躍水龍騰梭。陋儒編詩不收入，二雅褊迫無委蛇。孔子西行不到秦，掎摭星宿遺羲娥。嗟余好古生苦晚，對此涕淚雙滂沱。憶昔初蒙博士徵，其年始改稱元和。故人從軍在右輔，爲我量度掘臼科。濯冠沐浴告祭酒，如此至寶存豈多？氈苞席裹可立致，十鼓祇載數駱駝。薦諸太廟比郜鼎，光價豈止百倍過？聖恩若許留太學，諸生講解得切磋。

觀經鴻都尚填咽，坐見舉國來奔波。剜苔剔蘚露節角，安
置妥帖平不頗。大廈深簷與蓋覆，經歷久遠期無佗。中朝
大官老於事，詎肯感激徒婀娿。牧童敲火牛礪角，誰復著
手爲摩挲？日銷月鑠就埋沒，六年西顧空吟哦。羲之俗書
趁姿媚，數紙尚可博白鵝。繼周八代爭戰罷，無人收拾理
則那。方今太平日無事，柄任儒術崇丘軻。安能以此上論
列？願借辯口如懸河。石鼓之歌止於此，鳴呼吾意其蹉跎！

（《集釋》卷七）

《筆墨閒錄》說，此詩全仰止杜子美〈李潮八分小篆歌〉：「『才薄將
奈石鼓何！』即子美云：『潮乎潮乎奈汝何！』；『快劍斫斷生蛟鼉』，
即子美云：『快劍長戟森相向』。」〔註26〕

　　胡應麟：「退之桃源、石鼓，模杜陵而失之淺。」（《詩藪》）

　　翁方綱：「〈石鼓歌〉固卓然大篇，然較之〈李潮八分小篆歌〉，
則杜有停蓄抽放，而韓稍直下矣。」（《石洲詩話》）

　　如上述，杜甫〈李潮八分小篆歌〉二十八句，有如書法史，韓愈
〈石鼓歌〉則敍石鼓的歷史及其建議。杜詩只有「陳倉石鼓又已訛」
一句提及石鼓，昌黎則是敷衍成篇。總之，〈石鼓歌〉同爲七言古詩，
有模仿〈李潮八分小篆歌〉之處，惟兩家內容、風格不同；而韓詩凡
六十六句，更有意舖張。

　　9.〈寒食日出遊夜歸張十一院長見示病中憶花九篇因此投贈〉詩
　　云：

李花初發君始病，我往看君花轉盛。走馬城西惆悵歸，不
忍千株雪相映。邇來又見桃與梨，交開紅白如爭競。可憐
物色阻攜手，空展霜縑吟九詠。紛紛落盡泥與塵，不共新
粧比端正。桐華最晚今已繁，君不強起時難更。關山遠別
固其理，寸步難見始知命。憶昔與君同貶官，夜渡洞庭看
斗柄。豈料生還得一處，引袖拭淚悲且慶。各言生死兩追
隨，直置心親無貌敬。念君又署南荒吏，路指鬼門幽且夐。

三公盡是知音人，曷不薦賢陛下聖？囊空甑倒誰救之，我今一食日還併。自然憂氣損天和，安得康強保天性。斷鶴兩翅鳴何哀，縶驥四足氣空橫。今朝寒食行野外，綠楊匝岸蒲生迸。宋玉庭邊不見人，輕浪參差魚動鏡。自嗟孤賤足瑕疵，特見放縱荷寬政。飲酒寧嫌觶底深，題詩尚倚筆鋒勁。明宵故欲相就醉，有月莫愁當火令。（《集釋》卷四）

朱彝尊：「與致本花來，微加藻潤，營構猶有杜法。」是說其七古長篇章法。

10.〈永貞行〉：

君不見太皇諒陰未出令，小人乘時偷國柄。北軍百萬虎與貔，天子自將非他師。一朝奪印付私黨，懍懍朝士何能爲？狐鳴梟噪爭署置，睗睒跳踉相嫵媚。夜作詔書朝拜官，超資越序曾無難，公然白日受賄賂，火齊磊落堆金盤。元臣故老不敢語，晝臥涕泣何汍瀾！董賢三公誰復惜？侯景九錫行可歎。國家功高德且厚，天位未許庸夫干。嗣皇卓犖信英主，文如太宗武高祖。膺圖受禪登明堂，共流幽州鮌死羽。四門肅穆賢俊登，數君匪親豈其朋。郎官清要爲世稱，荒郡迫野嗟可矜。湖波連天日相騰，蠻俗生梗瘴癘烝；江氛嶺祲昏若凝，一蛇兩頭見未曾？怪鳥鳴喚令人憎，盅蟲羣飛夜撲燈，雄虺毒螫墮股肱，食中置藥肝心崩，左右使令詐難憑，慎勿浪信常兢兢。吾嘗同僚情可勝？具書目見非妄徵，嗟爾既往宜爲懲。（《集釋》卷三）

此詩述永貞一朝事，可爲「詩史」。此中，對王韋集團禍國的觀點，尚有可議。惟以詩言之，李東陽《懷麓堂詩話》評「固有杜意」。

以上七古部份。

11.〈詠燈花同侯十一〉：

今夕知何夕？花然錦帳中。自能當雪暖，那肯待春紅。黃裏排金粟，釵頭綴玉蟲。更煩將喜事，來報主人公。（《集釋》卷十二）

元和十五年末，自袁州入朝任國子祭酒，這是詠物詩，因詠燈花而融

入喜訊。《雪浪齋日記》:「極似少陵」。朱彝尊:「運思沈細,得詠物趣。」

12.〈奉和杜相公太清宮紀事陳誠上李相公十六韻〉詩:

> 未耦興姬國,輮樏建夏家。在功誠可尚,於道詎爲華?象帝威容大,仙宗寶曆賒。衛門羅戟槊,圓壁雜龍蛇。禮樂追尊盛,乾坤降福遐。四眞皆齒列,二聖亦肩差。陽月時之首,陰泉氣未牙。殿階鋪水碧,庭炬坼金葩。紫極觀忘倦,青詞奏不譁。噌吰宮夜闢,嘈囐鼓晨撾。褻味陳奚取?名香薦孔嘉。垂祥紛可錄,俾壽浩無涯。貴相山瞻峻,清文玉絕瑕。代工聲問遠,攝事敬恭加。皎潔當天月,葳蕤捧日霞。唱研酬亦麗,儵仰但稱嗟。(《集釋》卷十二)

朱彝尊:「宏麗精密,絕似少陵。」查晚晴曰:「語多隱諷,與少陵〈玄元皇帝廟〉詩旨。」意謂此詩規摹杜甫〈冬日洛城北謁玄元皇帝廟〉(《全唐詩》卷二二四)而作。按杜詩五言,三十句;韓詩五言,三十二句。查愼行說:「前有少陵作,自難方駕。」但韓氏卻寫三十二句,明顯地是求爭勝。

13.〈祖席〉二首:

> 祖席洛橋邊,親交共黯然。野晴山簇簇,霜曉菊鮮鮮。書寄相思處,盃銜欲別前。淮陽知不薄,終願早迴船。(得前字)
>
> 淮南悲木落,而我亦傷秋。況與故人別,那堪羈宦愁。榮華今異路,風雨苦同憂。莫以宜春遠,江山多勝遊。(得秋字)(《集釋》卷六)

何焯:「清空一氣如話,絕有少陵風格。」此以古文筆法寫入律詩。

14.〈答張徹〉:

> 辱贈不知報,我歌爾其聆。首敍始識面,次言後分形,道途艱萬里,日月垂十齡。浚郊避兵亂,睢岸連門停。肝膽一古劍,波濤兩浮萍。漬墨竄舊史,磨丹注前經,義苑手祕寶,文堂耳驚霆。暄晨蹋露舄,暑夕眠風欞。結友子讓抗,請師

我慙丁。初味猶嗷蔗,遂通斯建瓴。搜奇日有富,嗜善心無寧。石樑平筳筳,沙水光泠泠。乘枯摘野艷,沈細抽潛腥。遊寺去陟巘,尋幽返穿汀。緣雲竹魼魼,失路麻冥冥。淫潦忽翻野,平蕪眇開溟。防洩塹夜塞,懼衝城晝扃。及去事戎蠻,相逢宴軍伶。肮秋縱兀兀,獵旦馳駉駉。從賦始分手,朝京忽同舲。急時促暗棹,戀月留虛亭。畢事驅傳馬,安居守窗螢,梅花灞水別,宮燭驪山醒。省選逮投足,鄉賓尚摧翎,塵祛又一摻,淚眥還雙熒。洛邑得休告,華山窮絕陘。倚巖睨海浪,引袖拂天星。日駕此迴轅,金神所司刑。泉紳拖脩白,石劍攢高青。磴蘚澾拳跼,梯飆颮伶俜。悔狂已咋指,垂誡仍鐫銘。峨豸忝備列,伏蒲愧分涇。微誠慕橫草,瑣力摧撞揳。疊雪走商嶺,飛波航洞庭。下險疑墮井,守官類拘囹。荒餐茹獠蠱,幽夢感湘靈。刺史肅著蔡,吏人沸螳螟。點綴簿上字,趨蹌閣前鈴。賴其飽山水,得以娛瞻聽,紫樹雕斐亹,碧流滴瓏玲,映波鋪遠錦,插地列長屏,愁狄酸骨死,怪花酸魂馨,潛葩絳實坼,幽乳翠毛零。赦行五百里,月變三十蓂。漸階羣振鷺,入學誨蟭蛉,苹甘謝鳴鹿,曇滿慙罄缾。同同抱瑚璉,飛飛聯鶺鴒,魚鬣欲脫背,蚪光先照硎,豈獨出醜類,方當動朝廷。勤來得晤語,勿憚宿寒廳。(《集釋》卷四)

這是一首平韻排律。排律,唐代仍稱律詩,故列於此。顧嗣立說:「此詩通首用對句,而以生峭之筆行之,便與律詩大別。少陵〈橋陵〉詩便是此體。」按杜甫有〈橋陵詩三十韻因呈縣內諸官〉(《全唐詩》卷二一六)韓氏此詩五十韻,一百句,仍用杜甫詩韻;如杜詩通首對句,此詩亦通首對句,也是所謂爭勝。

以上五律部份。

15.〈酒中留上襄陽李相公〉:

濁水汙泥清路塵,還曾同制掌絲綸。眼穿長訝雙魚斷,耳熱何辭數爵頻?銀燭未銷窗送曙,金釵半墮座添春。知公不久歸鈞軸,應許閒官寄病身。(《集釋》卷十二)

汪琬：「神韻獨絕，公詩之以韻度勝者。」

16.〈奉和庫部盧四兄曹長元日朝迴〉：

天仗宵嚴建羽旄，春雲送色曉難號。金爐香動螭頭暗，玉
佩聲來雉尾高。戎服上趨承北極，儒冠列侍映東曹。太平
時節難身遇，郎署何須歎二毛。（《集釋》卷九）

蔣之翹：「詩故雍容雅麗，其可以杜、韓並稱者，庶幾此作。」

朱彝尊：「蒼古宏壯，彷彿子美、摩詰，微欠渾化耳。」

按此爲朝迴詩，故言其雍容雅麗。

17.〈左遷至藍關示姪孫湘〉，詩云：

一封朝奏九重天，夕貶潮州路八千。欲爲聖明除弊事，肯
將衰朽惜殘年。雲橫秦嶺家何在？雪擁藍關馬不前。知汝
遠來應有意，好收吾骨瘴江邊。（《集釋》卷十一）

此詩以文爲之，何焯評爲：「沈鬱頓挫」。

18.〈晉公破賊回重拜台司以詩示幕賓客愈奉和〉：

南伐旋師太華東，天書夜到冊元功。將軍舊壓三司貴，相
國新兼五等崇。鵷鷺欲歸仙仗裏，熊羆還入禁營中。長慚
典午非材職，得就閒官即至公。（《集釋》卷十）

《唐宋詩醇》：「嚴重蒼渾，直逼杜陵。」

葉夢得《石林詩話》論「七律」，要以「氣象雄渾，句中有力，
紆徐不失言外意」爲體格，嘆息「老杜以後無復繼者」，對韓此詩，
則認爲「筆力最爲傑出，然每苦意與語俱盡。」

以上七律部份。

19.〈盆池〉五首：

老翁眞箇似童兒，汲水埋盆作小池。一夜青蛙鳴到曉，恰
如方口釣魚時。（其一）

莫道盆池作不成，藕梢初種已齊生。從今有雨君須記，來
聽蕭蕭打葉聲。（其二）

瓦沼晨朝水自清，小蟲無數不知名。忽然分散無蹤影，惟

有魚兒作隊行。（其三）

泥盆淺小詎成池，夜半青蛙聖得知。一聽暗來將伴侶，不
煩鳴喚鬥雄雌。（其四）

池光天影共青青，拍岸纔添水數缾。且待夜深明月去，試
看涵泳幾多星。（其五）（《集釋》卷九）

朱彝尊：「俚語俚調，直寫胸臆，頗似少陵〈漫興〉、〈尋花〉諸絕。」

20.〈早春呈張十八員外二首〉：

天街小雨潤如酥，草色遙看近卻無。最是一年春好處，絕
勝煙柳滿皇都。（其一）

莫道官忙身老大，即無年少逐春心。憑君先到江頭看，柳
色如今深未深？（其二）（《集釋》卷十二）

此爲韓氏晚年詩，體物入微。查慎行說：「詩境從老杜集中得來。」
朱彝尊說：「粗鹵中卻有逸致。」

以上絕句部份。

總言之，杜甫工於刻畫，昌黎以生剗爲琱鐫，以排奡臻妥帖，此
得之於杜。也（用錢基博語）以上說杜，以下說李。

昌黎並尊李、杜，程學恂以爲〈調張籍〉詩意旨著李一邊多，說
「細玩當自知之」。〔註27〕太白仙才，「神識超邁，飄然而來，忽然而去，
不屑屑於雕章琢句，亦不勞勞於鏤心刻骨，自有天馬行空，不可羈勒之
勢」，而有「不用力而觸手皆春之妙」。〔註28〕李白最工樂府，集中多至
一百十五首，皆「醞藉吞吐，言短意長」，直接國風之遺，其成就、風
味與杜甫殊異，同享千古之名。自古以來，但覺杜可學，而李不敢學。

昌黎學李白，主要是想像方面，在「想象中出以詼詭，在想象中
融入事實」，舉兩例：

1.〈雜詩〉：

古史散左右，詩書置後前；豈殊蠹書蟲，生死文字間。古

―――――――――――――

〔註27〕《臆說》卷二。
〔註28〕《甌北詩話》卷一。

道自愚惷，古言自包纏；當今固殊古，誰與爲欣歡？獨攜
無言子，共昇崑崙顚。長風飄襟裾，遂起飛高圜，下視禹
九州，一塵集毫端。遨嬉未云幾，下已億萬年，向者誇奪
子，萬墳厭其巔。惜哉抱所見，白黑未及分，慷慨爲悲咤，
淚如九河翻。指摘相告語，雖還今誰親？翩然下大荒，被
髮騎麒麟。（《集釋》卷一）

何焯：「體源太白，要自有公之胸次。介甫多學此也。」（《義門
讀書記》）查慎行：「下半篇神似太白。」按詩中昌黎神魂飛升崑崙，
與古聖遊，「嬉戲未云幾，下已萬千年」，悲咤無奈，「翩然下大荒，
被髮騎麒麟」二句，蘇軾〈韓文公廟碑〉由此點化而出。

2.〈盧郎中雲夫寄示送盤谷子詩兩章歌以和之〉：

昔尋李愿向盤谷，正見高崖巨壁爭開張。是時新晴天井溢，
誰把長劍倚太行？衝風吹破落天外，飛雨白日灑洛陽。東
蹈燕川食曠野，有饋木蕨芽滿筐。馬頭溪深不可屬，借車
載過水入箱。平沙綠浪榜方口，鴈鴨飛起穿垂楊。窮探極
覽頗恣橫，物外日月本不忙。歸來辛苦欲誰爲？坐令再往
之計墮眇芒。閉門長安三日雪，推書撲筆歌慨慷。旁無壯
士遺屬和，遠憶盧老詩顚狂，開緘忽覩送歸作，字向紙上
皆軒昂。又知李侯竟不顧，方冬獨入崔嵬藏，我今進退幾
時決？十年蠢蠢隨朝行。家請官供不報答，何異雀鼠偷太
倉，行抽手版付丞相，不待彈劾還耕桑。（《集釋》卷七）

胡仔引東坡云：「退之尋常詩自謂不如李杜，至于『苦尋李愿向盤谷』
一篇，獨不減子美。」

何焯：「此詩頗似太白。全就自家出處作感慨，正爾味長。」（《義門
讀書記》）

姚範：「此詩風格高朗。然坡云似杜，亦所未解。」（《援鶉堂筆記》）

高步瀛：「奇思壯采，以閒逸出之。或云似杜，或云似李，仍非杜非
李，而爲韓公之詩也。」

第六節　源於選詩

昌黎還有學阮籍、學王維、學選詩的例子：

1. 〈效阮步兵一日復一夕〉：

一日復一日，一朝復一朝。祇見有不如，不見有所超。食作前日味，事作前日調。不知久不死，憫憫尚誰要？富貴自縈拘，貧賤亦煎焦。俯仰未得死，一世已解鑣。譬如籠中鶴，六翮無所搖。譬如兔得蹄，安用東西跳？還看古人書，復舉前人瓢，未知所究竟，且作新詩謠。（《集釋》卷十二）

這是晚年垂老之作。詩題即云：效阮籍。朱彝尊認爲：「不甚似阮。阮天然而肆，此稍有安排，然氣格亦古淡。」

2. 〈秋懷詩十一首〉：

窗前兩好樹，眾葉光薿薿，秋風一披拂，策策鳴不已。微燈照空牀，夜半偏入耳。愁憂無端來，感歎成坐起。天明視顏色，與故不相似。羲和驅日月，疾急不可恃。浮生雖多塗，趨死惟一軌。胡爲浪自苦？得酒且歡喜。（其一）

白露下百草，蕭蘭共雕悴。青青四牆下，已復生滿地。寒蟬暫寂寞，蟋蟀鳴自恣。運行無窮期，稟受氣苦異。適時各得所，松柏不必貴。（其二）

彼時何卒卒？我志何曼曼？犀首空好飲，廉頗尚能飯。學堂日無事，驅馬適所願。茫茫出門路，欲去聊自勸。歸還閱書史，文字浩千萬。陳跡竟誰尋？賤嗜非貴獻。丈夫意有在，女子乃多怨。（其三）

秋氣日惻惻，秋空日凌凌。上無枝上蜩，下無盤中蠅。豈不感時節，耳目去所憎。清曉卷書坐，南山見高棱。其下澄湫水，有蛟寒可罾。惜哉不得往，豈謂吾無能。（其四）

離離掛空悲，感感抱虛警。露泫秋樹高，蟲弔寒夜永。斂退就新懦，趨營悼前猛。歸愚識夷塗，汲古得脩綆。名浮猶有恥，味薄眞自幸。庶幾遺悔尤，即此是幽屏。（其五）

今晨不成起，端坐盡日景。蟲鳴室幽幽，月吐窗同同。喪懷若迷方，浮念劇含梗。塵埃慵伺候，文字浪馳騁。尚須勉其頑，王事有朝請。（其六）

秋夜不可晨，秋日苦易暗。我無汲汲志，何以有此憾？寒雞空在樓，缺月煩屢瞰。有琴具徽絃，再鼓聽愈淡，古聲久埋滅，無由見真濫。低心逐時趨，苦勉祇能暫。有如乘風船，一縱不可纜。不如覷文字，丹鉛事有勘。豈必求贏餘，所要石與顧。（其七）

卷卷落地葉，隨風走前軒。鳴聲若有意，顛倒相追奔。空堂黃昏暮，我坐默不言。童子自外至，吹燈當我前。問我我不應，饋我我不餐。退坐西壁下，讀詩盡數編。作者非今士，相去時已千，其言有感觸，使我復悽酸。顧謂汝童子，置書且安眠，丈人屬有念，事業無窮年。（其八）

霜風侵梧桐，眾葉著樹乾，空階一片下，錚若摧琅玕。謂是夜氣滅，望舒實其團。青冥無依倚，飛轍危難安。驚起出戶視，倚楹久沈瀾。憂愁費曙景，日月如跳丸。迷復不計遠，爲君駐塵鞍。（其九）

暮暗來客去，羣囂各收聲。悠悠偃宵寂，曡曡抱秋明，世累忽進慮，外憂遂侵誠。強懷張不滿，弱念缺已盈。詰屈避語穽，冥茫觸心兵。敗虞千金棄，得比寸草榮。知恥足爲勇，晏然誰汝令？（其十）

鮮鮮霜中菊，既晚何用好。揚揚弄芳蝶，爾生還不早。運窮兩值遇，婉變死相保。西風蟄龍蛇，眾木日凋槁。由來命分爾，泯滅豈足道。（其十一）（《集釋》卷五）

夏敬觀：「〈秋懷詩十一首〉可與阮步兵〈詠懷詩〉頡頏，但氣味有時代之分。」（〈說韓〉）意謂昌黎學阮，已流爲唐調。

按：阮籍〈詠懷詩〉近百韻，《文選》卷二十三祇錄其十七首。嗣宗身仕亂朝，常恐罹謗遇禍，故文多隱避。

又〈與張十八同效阮秋步兵一日復一夕〉，詩題即言效阮籍。〈一日復一夕〉，本是阮籍〈詠懷〉百首之十六之首句，昌黎倣效「其體

而繹其題」。〔註29〕以上學阮。

3.〈人日城南登高〉：

初正候纖兆，涉七氣已弄。靄靄野浮陽，暉暉水披凍。聖朝身不廢，佳節古所用。親交既許來，子姪亦可從。盤蔬冬春雜，罇酒清濁共。令徵前事爲，觴詠新詩送。扶杖陵圮阯，刺船犯枯荇。戀池羣鴨迴，釋嶠孤雲縱。人生本坦蕩，誰使妄倥傯？直指桃李闌，幽尋寧止重？（《集釋》卷九）

蔣之翹：「詩極清健樸野，退之能自去本色，故佳。」。

朱彝尊：「絕似摩詰，但筆比摩詰較重耳。」

4.〈和水部張員外宣政衙賜百官櫻桃詩〉，詩云：

漢家舊種明光殿，炎帝還書本草經。豈似滿朝承雨露，共看傳賜出青冥。香隨翠籠擎初到，色映銀盤寫未停。食罷自知無所報，空然慙汗仰皇扃。（《集釋》卷十二）

《潛溪詩眼》指此詩學杜甫〈櫻桃詩〉：「然搜求事跡，排比對偶，言出勉強，所以相去甚遠。」此點，程學恂已經辨駁，謂：「〈櫻桃詩〉摩詰最工，亦最得體。杜次之，此又次之。然公詩豈可以工拙論者，潛溪所評，尚欠淺也。」

以上學王維。

5.〈幽懷〉：

幽懷不能寫，行此春江潯。適與佳節會，士女競光陰。凝粧耀洲渚，繁吹蕩人心。間關林中鳥，亦知和爲音。豈無一樽酒，自酌還自吟。但悲時易失，四序迭相侵。我歌君子行，視古猶視今。（《集釋》卷一）

朱彝尊：「選調，自是詩正派。」

6.〈縣齋讀書〉，詩云：

出宰山水縣，讀書松桂林。蕭條捐末事，邂逅得初心。哀狖醒俗耳，清泉潔塵襟。詩成有共賦，酒熟無孤斟。青竹

〔註29〕《韓集舉正》卷七。

時默鈞，白雲日幽尋。南方本多毒，北客恆懼侵。譴謫甘自守，滯留愧難任。投章類縞帶，佇答逾兼金。(《集釋》卷二)

黃鉞說：「此詩通首對句，絕似選體。」

7.〈縣齋有懷〉：

少小尚奇偉，平生足悲吒。猶嫌子夏儒，肯學樊遲稼？事業窺皋稷，文章蔑曹謝。濯纓起江湖，綴珮雜蘭麝。悠悠指長道，去去策高駕。誰為傾國媒？自許連城價。初隨計吏貢，屢入澤宮射。雖免十上勞，何能一戰霸。人情忌殊異，世路多權詐。蹉跎顏遂低，摧折氣愈下。冶長信非罪，侯生或遭罵。懷書出皇都，銜淚渡清灞。身將老寂寞，志欲死閒暇。朝食不盈腸，冬衣纔掩骼。軍書既頻召，戎馬乃連跨。大梁從相公，彭城赴僕射。弓箭圍狐兔，絲竹羅酒炙。兩府變荒涼，三年就休假，求官去東洛，犯雪過西華。塵埃紫陌春，風雨靈臺夜。名聲荷朋友，援引乏姻婭。雖陪彤庭臣，詎縱青冥靶。寒空聳危闕，曉色曜修架。捐軀辰在丁，鍛翮時方臘。投荒誠職分，領邑幸寬赦。湖波翻日車，嶺石坼天罅。毒霧恆熏晝，炎風每燒夏。雷威固已加，颶勢仍相借。氣象杳難測，聲音吁可怕。夷言聽未慣，越俗循猶乍。指摘兩憎嫌，睢盱互猜訝。祇緣恩未報，豈謂生足藉。嗣皇新繼明，率土日流化。惟思滌瑕垢，長去事桑柘。斲嵩開雲扃，壓潁抗風榭，禾麥種滿地，梨棗栽繞舍。兒童稍長成；雀鼠得驅嚇。官租日輸納，村酒時邀迓。閒愛老農愚，歸弄小女姹。如今便可爾，何用畢婚嫁。(《集釋》卷二)

此詩句句對偶，嚴虞惇：「疑自《文選》出。」

8.〈答張徹〉：

引詩見前，頁64。不贅。

蔣之翹：「綦組特工，雅絢非靡麗者比也。使運思更加精鑿，是可與潘，陸彷彿矣。」

顧嗣立：「是詩通首用對句。」

按：此詩通首對句，其氣格學選詩。

9.〈送李翱〉：

廣州萬里途，山重江逶迤。行行何時到，誰能定歸期？揖
我出門去，顏色異恆時。雖云有追送，足跡絕自茲。人生
一世間，不自張與施。譬如浮江木，縱橫豈自知。寧懷別
後苦，勿作別後思。（《集釋》卷六）

朱彝尊：「酷效李都尉（陵），亦彷彿近之。」以上學選體。

本章小結

昌黎詩仰溯風雅，近學李杜。《文心・明詩》所謂：「自商暨周，
雅頌圓備，四始彪炳，六義環深。」既有繼承借鑒，復能變化求新，
因為根深葉茂，是故實大聲弘。

第三章　韓愈詩內容研究

　　韓愈抱道自任，以文明道，溢而為詩；所謂「餘事作詩人」，即是「明道」的轉化，這是《文心‧明詩》篇的落實。

　　孔穎達《毛詩正義》說：「詩有三訓，承也，志也，持也。作者承君政之美惡，述己志而作詩為詩，所以持人之行使不失墜，故一名而三訓也。」這理論，也是從《文心》來，〈明詩〉篇以「詩言志」和「持性情」並舉。所提「順美匡惡」，正是承的意思。劉勰在〈通變〉篇，提到「九代詠歌，志合文則」、「序志述時，其撰一也」；易言之，傳統詩學便是三訓：承也、志也、持也。

　　由此以觀，昌黎以詩昌明儒道、闡揚儒道、排斥佛老，是「志」；反映政治民生，匡過順美，是「承」；以詩寫生活情趣，抒憂娛悲，是「持」。前二者反映韓愈明道的嚴肅面；後者反映日常生活的情趣面。

第一節　以詩昌明儒道

一、排斥佛老

　　有唐一代，是中國宗教思想發達的時代，尤以佛教為盛。高宗、武后崇奉佛教。武后時齋僧、建廟、超度、佈施無已時；如迎禪宗大

師神秀入都，特命肩輿入殿，親行跪拜之禮。所謂：上有好者，下更甚焉。自此之後，王公貴族比賽著度牒僧尼，營造佛寺，於是莠民便藉出家以逃避賦役。開元二年（714），玄宗下詔淘汰僞濫僧尼，並下禁創寺、鑄佛、寫經與官僧往還之令（按玄宗信奉道教），爲時不久，又復廢弛。安史亂後，藩鎮割據，爲了護國、祈冥福、求福田……等等原因，佛教再盛。中唐以後。諸帝主大多信奉佛教。如唐代宗親幸西明寺，置高座，集百官講《仁王護國經》。大曆二年（767），魚朝恩建章敬寺，爲太后祈福，致毀曲江池，華清宮館，寺成，代宗親臨，一次度僧千人。若論勑迎佛骨入內供養，在唐代是件大事。據筆者研究，計有六次：

1. 顯慶五年（660）詔迎佛骨入內供養。
2. 長安四年（704）迎舍利。
3. 至德二年（757）詔迎入禁中，立內道場。
4. 貞元四年（788）詔迎佛指骨入禁中供養。
5. 元和十四年（819）迎入大內，留禁中三日。
6. 咸通十四年（873）迎入禁中三日。

其中以咸通朝最爲隆重。元和朝則次之。

憲宗元和十四年遣使赴鳳翔府法門寺迎佛骨至京師，一時轟動，朝野瞻禮，萬人空巷。韓愈時年五十二歲，官居刑部侍郎，素志排佛老，不惜衰朽，毅然上諫，力陳佞佛之弊、佛骨不能降祥：「佛本夷狄之人，不知君臣之義、父子之恩……況其身死已久，枯朽之骨，豈宜以入宮禁，乞付有司，投諸水火，永絕根本，斷天下之疑，絕後代之惑。」刺痛憲宗的是「信佛彌謹，其壽彌促」的論點，於是龍顏震怒，欲加「極刑」，幸群臣力諫，始貶爲潮州刺史。可見昌黎一代文宗，創作古文，震爆一世，卻不能扭轉君民信佛的潮流。

唐朝宗教，除佛教外，最盛的是道教。道教以老子爲宗祖，老子姓李，唐皇引以爲周親，尊以爲祖，更尊道教爲國教。唐高祖特於終南山上建造太和宮以祭祀老子；唐高宗尊稱老子爲「太上玄元皇帝」，

以後屢加尊號。並在亳州谷陽縣原老君廟址，建造祠堂，置令丞各一員，歲時奉祀；改谷陽縣為眞源縣。又詔令王公百僚研習道德經。玄宗時，更詔令兩京及諸州各置玄元皇帝廟一所。並置崇玄之學，令生徒學習道德經及莊子、列子、文子等，每年按明經例，以道舉科名義，舉送應試。由於君主的提倡，道觀遍於天下，道士女冠與僧尼並盛。據《唐六典》記載，「開元時天下之道觀，共有一千六百八十多所。」唐代帝王多數信仰道教，王公貴族與大臣，不分男女，常出家為道士，如唐睿宗以兩公主為女道士，賀知章捨會稽宅為千秋觀。信仰最篤者莫過唐武宗，特召道士趙歸眞等八十一人入禁中，修金籙道場，武宗親臨，在九天壇上接受法籙，尊趙歸眞為「道門教授先生」，奉為國師。在宮中築望仙之觀；又封衡山道士劉玄靖為「銀青光祿大夫」，充「崇玄館學士」，賜號「廣成先生」。道士趙歸眞與劉玄靖等因受尊寵，便慫恿武宗排斥佛教，致有會昌五年「毀佛」之事。

　　佛道二教的盛行，初期，與皇帝、大臣的提倡有密切關係。其後，「已不必藉皇帝和士大夫的提倡，便能繼續流行。」（湯用彤《往日雜稿》：〈隋唐佛學之特點〉）

　　唐代崇信佛道，影響於政治社會的情況，如僧徒亂政、逃避徭役、破壞倫常、妄求功德諸端，韓文都有提及；昌黎詩中，同樣有批評。

　　昌黎贈詩僧徒十人：澄觀、惠師、靈師、誠盈、僧約、文暢、無本、廣宣、穎師、秀師。這些人活躍於公卿士夫之間，或出入皇宮，或應酬公卿，藉機宣揚教義，壯大佛教。茲以澄觀為例。

　　澄觀的師父法藏，受武后命開講《華嚴經》，甚得則天寵信。法藏參與政治活動，得到三品官的獎賞，死後贈「鴻臚卿」。曾為中宗、睿宗授菩薩戒，得到「皇帝門師」的地位，王公貴族對他恭順。唐中宗給他構築五所大華嚴寺，可見華嚴宗和天臺宗一樣，依靠政治勢力而發達。

　　澄觀是終南山和尚杜順的三傳弟子，越州山陰人。兼融諸派，博通經史，貞元三年寫成《大方廣佛華嚴經疏》，為德宗門師，尊為「教

授和尚」，詔授「鎮國大師」稱號，任「天下大僧錄」。憲宗賜以金印，封「僧統清涼國師」之號，主持全國僧教。文宗加封爲「大統國師」。澄觀享受當世無比的尊榮，宗派自然發達。其他不如澄觀之輩，如惠師、靈師⋯⋯亦往還於公卿之間，一行一送，或求詩文、或與酬酢，藉機宣揚佛義，這是社交風氣！

為甚麼與僧徒來往？清人方世舉論之甚詳：

> 公衹排異端，攘斥佛老，不遺餘力，而顧與緇黃來往，且為作序賦詩，何也？豈徇王仲舒、柳宗元、歸登輩之請，不得已耶？抑亦遷謫無聊，如所云『逃空虛者，聞人足音跫然而喜』，故與之周旋耶？然其所為詩文，皆不舉浮屠老子之說，而惟以人事言之。如澄觀之有公才吏用也，張道士之有膽氣也，固國家可用之才，而惜其棄於無用矣。至如文暢喜文章，惠師愛山水，大顛頗聰明，識道理，則樂其近於人情。穎師善琴，高閑善書，廖師善知人，則舉其閑於技藝。靈師為人縱逸，全非彼教所宜，然學於佛而不從其教，其心正有可轉者，故往往欲收斂加冠巾。而無本遂棄浮屠，終為名士，則不峻絕之，乃所以開其自新之路也。若盈上人愛山無出期，則不可化矣。僧約、廣宣出家而猶擾擾，蓋不足與言，而方且厭之矣。

往來酬酢，本是社交常態，昌黎目的是甚麼？不外三個說法：

一、崇其道而與之往還。

二、藉其便而嘲侮之。

三、藉機點化之，使他轉迷為悟，為國立功。

第一說，以李治為代表。潘德輿載：「李治仁卿譏彈退之，衹排異端，不應與浮屠之徒相親，又作為歌詩語言以光大之。」（《養一齋詩話》）李氏認識昌黎不深，有誤解。試看韓愈詩文，其言「演孔刮老佛」（《山南鄭樊員外酬答為詩》）的立場是堅定的，故第一說：崇其道而與之往還，可以否定。

第二說，以趙德麟、劉後村、契嵩三說為代表。趙德麟說：「退之

不喜僧，每為僧作詩，必隨其深淺而侮之。」(《侯鯖錄》卷八)劉後村說：「唐僧見韓集者八人，(按應為十人或以上)，惟大顛、穎師免於嘲侮，此外皆為嘲笑之具。」(《詩話前集》)又如契嵩〈非韓〉所謂：「韓以觀公道望尊大，假之為詩，示其輕慢卑抑之意，而惑學者趨向之志，非其贈觀。」三人稱「嘲侮」、「輕慢卑抑」僧徒，不盡不實，以偏蓋全。昌黎於僧或者有嘲笑，止於其跡，又賞又憐，才是韓氏於僧徒的態度。這一點下節有詳論。蘇師文擢說：「唐人贈詩是社交上各階層的禮貌，不能隨便假作戲弄的」，〔註1〕就是看到問題在此不在彼。昌黎以聖賢自任，是文壇領袖，豈可造次？

　　最後討論第三說。先看一個事實。在中唐，佛老大行、儒道衰靡，張籍曾兩度致函韓氏，促其斥佛老，宜及時著書，韓氏用了迴避的手法，只說：「夫所謂著書者，義止於辭耳。宣之於口，書之于簡，何擇焉！」又強調：「化當世莫若口，傳來世莫若書」。〔註2〕明顯地說，準備用口舌來說教，藉往還之便宣揚儒道；如此說來，韓氏的心跡和僧徒的心跡是相同的，所差異的是：各為其教！

　　潘德輿非常瞭解：「夫退之之心，所憎者，佛也；非僧也。佛立教者也，故可憎，僧或無生理而為之，或無知識而為之，可憫而不可憎也。」(《養一齋詩話》)。事實證明，唐代的僧道界享有政治、社會上的優惠，難免良莠不齊；而大部份僧道係求涅槃修真，裡面難免有少數不純的和尚、道士，或迫於生計，或逃避徭役，或愚蠢無知，或仕途失意，廁混其間。於是，昌黎藉助談辯時說教，上焉者轉迷為悟，爭個人才；次焉者，宣揚儒教，像「無本大師」賈島，就是顯例！

　　綜上所論，昌黎與佛徒應酬是應機點化，主旨是令其還俗，重投社會，為國立功。

　　為何反對佛老？陳寅恪先生〈論韓愈〉、唐振常先生〈韓愈排佛老議〉和蘇師文擢〈韓愈對佛徒的接觸與態度〉三文皆有論及，而各

〔註1〕蘇師文擢〈韓愈對佛徒之接觸與態度〉，《遞加室講論集》頁31〜50。
〔註2〕〈答張籍書〉，《集註》卷十四。

有發明，歸納五點：

　　一、從國家財政社會經濟上言

　　二、從嚴辨夷夏之大防上言

　　三、維護倫常禮教

　　四、針砭世人福田利益心理

　　五、爲國家珍惜人才

　　這五點，都可在韓愈詩中，找到例子。

　　如〈送靈師〉直指佛教對財政、人才之弊：

　　　　佛法入中國，邇來六百年。齊民逃賦役，高士著幽禪；官
　　　　吏不之制，紛紛聽其然；耕桑日失隸，朝署時遺賢。（《集釋》
　　　　卷二）

〈岐山操〉、〈贈譯經僧〉二詩，便是一暗一明地憂慮「夷夏大防」。〈岐
山操〉作於貶潮之時，「托避狄之詞」以寄其坐愁佛教惑民之旨。陳
沆有析論：

　　　　公潮州之貶，以諫迎佛骨，其表言佛本夷狄之人，非中國先
　　　　王之教，不宜崇奉，使愚民疑惑，故是篇托避狄之詞以寄意。
　　　　蓋周初竄于戎狄之間，自公劉遷豳，變從中夏，聲教已非一
　　　　世，故太王不肯從狄俗而遷岐焉。公詩實藉以言中國先王之
　　　　教，自古至今，相承不改；今夷狄之教，行將化中國而從之，
　　　　坐視愚民爲其惑而不救是誰之責乎？（《詩比興箋》）

〈贈譯經僧詩〉，見於《全唐詩》卷三四五，作意非常顯豁：

　　　　萬里休言道路賒，有誰教汝度流沙；

　　　　只今中國方多事，不用無端更亂華。

〈誰氏子〉，直斥道教壞倫常：

　　　　非癡非狂誰氏子，去入王屋稱道士；

　　　　白頭老母遮門啼，挽斷衫袖留不止；

　　　　翠眉新婦年二十，載送還家哭穿市。（《集釋》卷七）

〈題木居士〉，針砭世人盲目求福：

　　　　火透波穿不計春，根如頭面幹如身；

偶然題作木居士，便有無窮求福人。(《集釋》卷三)

所謂「木居士」就是樹頭。爲甚麼世人拜樹頭？

《漢書·五行志》曰：「(哀帝)建平三年，遂陽鄉柱仆地，生支如人形，身青黃色，面白，頭有髭髮。稍長大，凡長六寸一分。」(卷27中下)《南方草木狀》：「五嶺之間多楓木，歲久則生瘤癭，一夕遇暴雷驟雨，其樹贅暗長三五尺，謂之『楓人』，越巫取之作術，有通神之驗。」〔註3〕

張芸叟〈木居士〉詩序：「耒陽縣北沿流二、三十里鼇口寺，即退之所題木居士在焉。元豐初，縣令禱旱無雨，析而薪之。今所存者，乃寺僧刻而更爲之。」〔註4〕

無論「木居士」是「如人形的柱」，或是「楓人」，本質就是樹頭。拜樹頭的風氣，原來甚古，韓愈之時如此，北宋元豐時代如此。雖曾因「禱旱無雨」而被破析，旋而「寺僧更爲之」，可見世人盲目求福之心態，自古而然。

昌黎給僧徒、道士賦詩，採三種態度：(一)直斥其虛妄；(二)因其跡而諷之；(三)賞其材調，憐其不由正道。

如他直斥「神仙虛妄」、「荒唐」：

或云欲學吹鳳笙，所慕靈妃媲蕭史。又云時俗輕尋常，力行險怪取貴仕。神仙雖然有傳說，知者盡知其妄矣。聖君賢相安可欺，乾死窮山竟何俟？嗚呼余心誠豈弟，願往教誨究終始。罰一勸百政之經，不從而誅未晚耳。誰其友親能哀憐，寫吾此詩持送似？(〈誰氏子〉)(《集釋》卷七)

神仙有無何渺芒，桃源之說誠荒唐。流水盤迴山百轉，生綃數幅垂中堂。武陵太守好事者，題封遠寄南宮下。南宮先生忻得之，波濤入筆驅文辭。(〈桃原圖〉)(《集釋》卷八)

皆言神仙事，灼灼信可傳。余聞古夏后，象物知神姦。山林民可入，魍魎莫逢旃。逶迤不復振，後世恣欺謾。幽明

〔註3〕《集釋》卷三，頁270。
〔註4〕樊汝霖說，《五百家注昌黎文集》卷七。下稱《魏本》。

紛雜亂，人鬼更相殘。秦皇雖篤好，漢武洪其源。自從二主來，此禍竟連連。木石生怪變，狐狸騁妖患。莫能盡性命，安得更長延。(〈謝自然詩〉)(《集釋》卷一)

李光地評：「韓子本意，雖視仙道猶鬼道也。」(《榕村詩選》)

〈華山女〉惜爲姦人所誘而非「升仙」〔註5〕

街東街西講佛經，撞鐘吹螺鬧宮庭。廣張罪福資誘脅，聽眾狎恰排浮萍。黃衣道士亦講說，座下寥落如明星。華山女兒家奉道，欲驅異教歸仙靈。洗粧拭面著冠帔，白咽紅頰長眉青。遂來昇座演真訣，觀門不許人開扃。不知誰人暗相報，崩然振動如雷霆。掃除眾寺人跡絕，驊騮塞路連輜軿。觀中人滿坐觀外，後至無地無由聽。抽釵脫釧解環佩，堆金疊玉光青熒。天門貴人傳詔召，六宮願識師顏形。玉皇頷首許歸去，乘龍駕鶴來青冥。豪家少年豈知道，來繞百匝腳不停。雲窗霧閣事恍惚，重重翠幔深金屏。仙梯難攀俗緣重，浪憑青鳥通丁寧。(《集釋》卷十一)

沈德潛分析：「〈謝自然詩〉顯斥之，〈華山女〉微刺之，總見神仙之說惑人也。」(《唐詩別裁》)

〈記夢〉顯明爲了闢仙：「乃知仙人未賢聖，護短憑愚邀我敬。」

因爲深知仙人「未賢聖」、「護短憑愚」、「虛妄」，自然「不欲求福」，自然說：「王侯將相望久絕，神縱欲福難爲功」(〈謁衡嶽廟〉)。

昌黎交往僧徒，針對行跡規諷。如刺僧約「出家還擾擾」(〈和歸工部送僧約〉)，刺廣宣持末藝（詩）徵逐公卿，「學道窮年何所得，吟詩竟日未能迴。」(〈廣宣上人頻見過〉)皆是；王元啓說：「即用自慚意規諷廣宣。」〔註6〕另位文暢師，則是喜歡到處訪公卿而「從求送行詩」、「屢選忍顛躓」的和尚，則是另有一套，純以「聲色貨利事」「作猷勖語」。〔註7〕

〔註5〕 朱熹《考異》、王元啓《讀韓記疑》皆言爲「褻慢語」，引見《集釋》卷十一，頁1096。
〔註6〕 《讀韓記疑》卷三。
〔註7〕 《唐宋詩醇》卷廿八，頁812。

相公鎮幽都，竹帛爛勳伐。酒場舞閨姝，獵騎圍邊月。開
張篋中寶，自可得津筏。從茲富裘馬，寧復茹藜蕨。(〈送文
暢師北遊〉)(《集釋》卷五)

靈師嗜酒賭博，詩中不加諱飾：

靈師皇甫姓，胤胄本蟬聯。少小涉書史，早能綴文篇。中
間不得意，失跡成延邊。逸志不拘教，軒騰斷牽攣。圍棋
鬥白黑，生死隨機權。六博在一擲，梟盧叱迴旋。戰詩誰
與敵，浩汗橫戈鋋。飲酒盡百觚，嘲諧思逾鮮。有時醉花
月，高唱清且緜。(〈送靈師〉)(《集釋》卷二)

《唐宋詩醇》直說：「以聲色財貨立論而暗諷之。」

　　靈師「早能綴文篇」「戰詩誰與敵」，只因「不得意」而誤蹈，故
於贈詩中，著眼其人才調，以功名相勉，以儒道相勉，這是昌黎對僧
徒的本旨。如〈送靈師〉寫作時，「前曰遺賢，後曰材調，不以僧目
之」，後面才婉婉道出「方將斂之道，且欲冠其顛」；對澄觀亦然，先
贊澄觀「公才吏用當今無」，歸結以「我欲收斂加冠巾。」

二、闡揚儒道

　　昌黎詩中，明道尊儒是多方面的，主要在於「篤志好古」、「扢揚
忠孝」、「與人為善」三點。

（一）篤志好古

自述好古，志學聖賢，不忍生民受苦，常懷報國之志：

離離掛空悲，慼慼抱虛警。露泫秋樹高，蟲弔寒夜永。斂
退就新懦，趨營悼前猛。歸愚識夷塗，汲古得修綆。名浮
猶有恥，味薄真自幸。庶幾遺悔尤，即此是幽屏。

(〈秋懷之五〉)(《集釋》卷五)

古史散左右，詩書置後前：豈殊蠹書蟲，生死文字間。古
道自愚惷，古言自包纏：當今固殊古，誰與為欣歡？(〈雜
詩〉)(《集釋》卷一)

憐我還好古，宦途同險巇。每旬遺我書，竟歲無差池。新

篇奚其思？風幡肆逶迤。(〈寄崔二十六立之〉) (《集釋》卷八)

昌黎傾倒東野，同心好古是重要因素。在他看來，孟郊「古貌又古心」、「嘗讀古人書，謂言古猶今」(〈孟生〉)，在「古聲久埋滅，無由見真濫」(〈秋懷七〉) 的社會裡，方圓鑿枘必然齟齬，而「古心雖自鞭，世路終難坳」，於是惺惺而惜，肝膽相照！

生平企仁義，所學皆孔周。(〈赴江陵途中〉)

少小尚奇偉，平生是悲吒。猶嫌子夏儒，肯學樊遲稼。事業窺皋稷，文章蔑曹謝，濯纓起江湖，綴珮雜蘭麝。悠悠指長道，去去策高駕，誰爲傾國媒，自許連城價。(〈縣齋有懷〉)

念昔始讀書，志欲干霸王。屠龍破千金，爲藝亦云亢。(〈岳陽樓別竇司直〉)

大賢事業異，遠抱非俗觀。報國心皎潔，念時涕汍瀾。(〈齪齪〉)

我欲進短策，無由至丹墀。……刳肝以爲紙，瀝血以爲辭，上言陳堯舜，下言引龍夔。(〈歸彭城〉)

昌黎志學聖賢，雖然仕途坎坷，卻沒有改移。這反映了篤志好古的一面。

（二）挖揚忠孝

1. 〈送汴州監軍俱文珍〉，提出忠孝兩全的節行：

奉使羌池靜，臨戎汴水安；沖天鵬翅闊，報國劍鋩寒；曉日驅征騎，春風詠采蘭；誰言臣子道，忠孝兩全難。(《集釋》卷一)

這詩有序，見於文集。俱文珍後爲小人，李漢編韓氏文集不予收入，顯然欲爲公諱。有關昌黎應否贈詩，古人曾經討論。

方世舉：「然公奉董晉之命而作，序文甚明，非出己意。」
〔註8〕

王鳴盛：「昌黎一文一詩，本無關於興亡大局；即送之之時，

〔註8〕該詩之末按語，《韓昌黎詩編年箋注》卷一。下稱《箋注》。

文珍惡尚未露，亦無害昌黎之為君子。」〔註9〕

乍鶴壽曰：「案大凡小人當其未敗露之時，何嘗不冒為君
子之行。平涼之盟，俱文珍在渾瑊軍中，會變被執，不居
然一君子哉！德宗亦信之，故使之出監宣武軍。」此詩敘
云：「今天下之鎮，陳留為大。其監統中貴，必材雄德茂
然後為之。監軍俱公，綴侍從之榮，受腹心之寄，遇變出
奇：先事獨運，偃息談笑，危疑以平。」既極口稱之，而
詩之結句又用王陽，王尊事以頌之。……」〔註10〕

如王鳴盛言，「文珍欲據兵稱亂」這是後來事。當時，「惡尚未露」，
眾人莫不以君子目之，皇帝倚為「腹心之寄」；昌黎贈詩揚其忠孝，
此乃君子與人為善，有何不可？李漢為公諱其文，方世舉謂為「奉命
而作」，力為文飾，大可不必。

2. 稱揚董生孝慈。〈嗟哉董生行〉云：

嗟哉董生孝且慈，人不識，惟有天翁知。生祥下瑞無休期。
家有狗乳出求食，雞來哺其兒。啄啄庭中拾蟲蟻，哺之不
食鳴聲悲，徬徨躑躅久不去，以翼來覆待狗歸。嗟哉董生
誰與儔。（《集釋》卷一）

3. 勸張建封全身衛國：〈汴泗交流贈張僕射〉：

此誠習戰非為劇，豈若安坐行良圖。
當今忠臣不可得，公馬莫走須殺賊。（《集釋》卷一）

唐人藉擊毬習戰，源流頗古。按擊毬亦武事之一。《劉向別錄》：「『蹴
踘兵勢，所以陳武事也。』方世舉曰：「唐時有毬場，憲宗嘗問趙宗
儒：『人言卿在荊州，毬場草生，何也？』此蓋問其軍政不修。宗儒
對曰：『死罪有之，雖然草生，不妨毬子往來。』上為之啟齒，此唐
時武場擊毬之明證也。」〔註11〕此詩張僕射也有和篇，末句云：「韓
生訝我為斯藝，勸我徐驅作安計，不知戎事竟何成？且媿吾人一言

〔註9〕《蛾術編》卷七十六，頁 2949～2950。
〔註10〕《蛾術編》附案語，卷七十六，頁 2949～2950。
〔註11〕《箋注》卷一。

惠。」陳景雲說：「蓋擊毬之事，雖不為即止，亦深以公言為有當也。」
〔註12〕張建封喜擊毬，因動作危險，昌黎作詩勸勉。

4. 稱揚張道士忠君愛國：

昌黎反佛老，主要「為國惜才」。〈送張道士〉云：

張侯南嵩來，面有熊豹姿。開口論利害，劍鋒白差差。恨
無一尺捶，為國笞羌夷。詣闕三上書，臣非黃冠師。臣有
膽與氣，不忍死茅茨。……臣有平賊策，狂童不難治。其
言簡而要，陛下幸聽之。……但當勵前操，富貴非公誰。(《集
釋》卷八)

「但當勵前操，富貴非公誰」，就是「勉以功名富貴」，但是對不忍見
「狂童（藩鎮）」囂張，心切學道的張道士，未免小覷了。

5. 表揚馬總憂國之心：

元和十四年，昌黎有詩酬答馬總，表揚忠義，〈元日酬蔡州馬十
二尚書去年蔡州元日見寄〉云：

元日新詩已去年，蔡州遙寄荷相憐；
今朝縱有誰人領，自是三峰不敢眠。(《集釋》卷十一)

方崧卿曰：「三峰在華嶽。唐人守華州者皆謂之三峰守」。〔註13〕王
元啓：「蔡為宿叛之邦。史言獷戾有夷貃風，總磨治洗汰，其俗一
變，是總之治蔡，一如後日治鄆，實有慍心疲精之瘁，今雖代領有
人，推總憂國之心，尚恐不能釋然於去任之後，故結句有不敢眠之
語。」(《讀韓記疑》卷三) 按《舊唐書·馬總傳》：「吳元濟誅，（裴）
度留總蔡州知彰義軍留後，尋檢校工部尚書蔡州刺史，充淮西節度
使。總以申、光、蔡等州久陷賊寇，人不知法，威刑勸導，咸令率
化。十三年，轉許州刺史忠義軍節度使，改華州刺史潼關防禦鎮國
軍等使。」元和十二年，馬氏領蔡州刺史，十三年五月轉許州刺史，
十四年改華州刺史充渾濮曹等州觀察使。馬總雖然離開蔡州，因知

〔註12〕《韓集點勘》卷一。下稱《點勘》。
〔註13〕《韓集舉正》卷十。

蔡州民氣獷戾難治，詩中，「三峰不敢眠」，即說人在華州，不能不分憂舊理，就是表揚他憂國。

6. 稱譽馬總仁義治民：

元和十四年，馬總領渾、曹、濮節度觀察使，既一年，天子褒其軍，號曰：「天平軍」。長慶元年，召馬總入朝欲加大用，後因渾州人悅服，而復歸之。鄆州淪爲虜巢六十年，將強卒武，又近幽州、魏州藩鎮，馬氏施政四年，民心悅誠，戴爲父母，咸率教化，得天子褒賞。於是在京師構築「猻堂」，堂成之後，宴饗士夫，和樂太平。昌黎有序紀其事，見文集。〈鄆州猻堂詩〉略云：

> 公來尸之，人始未信。公不飲食，以訓以徇；孰飢無食，
> 孰呻孰嘆；孰冤不問，不得分願；孰爲邦蟊，節根之螟；
> 羊狼狼貪，以口覆城；吹之煦之，摩之樹之；箴之石之，
> 膊之磔之；凡公四封，既富以疆。（《集釋》卷十二）

（三）與人為善

1. 勉孟郊安貧樂道：

《新唐書·孟郊傳》：「郊，字東野，湖州武康人。少隱嵩山，性介少諧合。韓愈一見爲忘形交。」「年幾五十，始以尊夫人之命來集京師，從進士試。」〔註14〕當韓、孟初見，孟郊未第，客居長安，頗有怨悱：「十日一理髮，每梳飛旅塵；三旬九過飲，每食惟舊貧；失名誰肯訪，得意爭相親」。（〈長安羈旅行〉）「家家朱門開，得見不可入；高閣何人家，笙簧正喧吹。」（〈長安道〉）於是昌黎規勸：

> 長安交遊者，貧富各有徒；親朋相過時，亦各有以娛。陋
> 室有文史，高門有笙竽。何能辨榮瘁，且欲分賢愚。（〈長安
> 交遊者〉）（《集釋》卷一）

2. 勸勉東野再試舉業：

> 孟生江海士，古貌又古心；嘗讀古人書，謂言古猶今。作

〔註14〕《集註》卷廿九，〈貞曜先生墓誌銘〉。

詩三百首，宵默咸池音。（〈孟生詩〉）（《集釋》卷一）

子其聽我言，可以當所箴；既獲而思返，無爲久滯淫。卜
和試三獻，期子在秋碪。（〈孟生詩〉）

3. 一再推薦東野：

孟郊貞元十二年登第，十七年選爲溧陽尉，永貞元年去溧陽尉，
元和元年昌黎有詩推薦於鄭餘慶，時鄭氏爲太子賓客。稍後鄭餘慶氏
十一月拜爲河南太守，上表舉薦孟郊爲水陸運從事。昌黎一薦於張建
封，再薦於鄭餘慶，友情之篤可見，亦與人爲善之意。

《唐宋詩醇》說得好：「退之說『士乃甘於肉』，其自謂『嗜善心
無寧』者此也。」詳參第六章第八節韓門詩教。

4. 勸勉李觀守節知天命，〈重雲一首李觀疾贈之〉云：

天行失其度，陰氣來干陽。重雲閉白日，炎燠成寒涼。
小人但咨怨，君子惟憂傷。飲食爲減少。身體豈寧康？
此志誠足貴，懼其職所當。藜羹尚如此，肉食安可嘗？
窮冬百草死，幽桂乃芬芳。且況天地間，大運自有常。
勸君善飲食，鸞鳥本高翔。（《集釋》卷一）

5. 勉張籍以仁義爲根，〈此日足可惜一首贈張籍〉：

孔丘歿已遠，仁義路久荒。紛紛百家起，詭怪相披猖。
長老守所聞，後生習爲常。少知誠難得，純粹古已亡。
譬彼園中木，有根易爲長。（《集釋》卷一）

6. 教張徹嗜善，〈答張徹〉云：

結友子讓抗，請師我慇丁。初味猶啖蔗，遂通斯建瓴。
搜奇日有富，嗜善心無寧。（《集釋》卷四）

7. 勸崔立之韜養待徵招，〈贈崔立之評事〉云：

當今聖人求侍從，拔擢杞梓收楛菌。束馬嚴徐已疾飛，枚皋
即召窮且忍。復聞王師討西蜀，霜風冽冽摧朝菌。走章馳檄
在得賢，燕雀紛拏要鷹隼。竊料二途必處一，豈比恒人長蠢
蠢。勸君韜養待徵招，不用雕琢愁肝腎。（《集釋》卷五）

8. 勉勵區弘正直行道，〈送區弘南歸〉末句云：

出送撫背我涕揮，行行正直慎脂韋；業成志樹來顧顧，我
當爲子言天扉。(《集釋》卷五)

9. 勸勉孟郊修德涉險，〈江漢一首答孟郊〉末句：
苟能行忠信，可以居夷蠻。嗟余與夫子，此義每多敦。(《集
釋》卷八)

10. 叮嚀小人修德改過，見於〈病鴟〉詩：
屋東惡水溝，有鴟墮鳴悲。有泥撑兩翅，拍拍不得離。羣
童叫相召，瓦礫爭先之。計校生平事，殺卻理亦宜。奪攘
不愧恥，飽滿盤天嬉。晴日占光景，高風送追隨。遂凌紫
鳳羣，肯顧鴻鵠卑？今者運命窮，遭逢巧丸兒，中汝要害
處，汝能不得施。於吾乃何有，不忍乘其危。丐汝將死命，
浴以清水池。朝餐啜魚肉，暝宿防狐狸。自知無以致，蒙
德久猶疑。飽入深竹叢，飢來傍階基。亮無責報心，固以
聽所爲。昨日有氣力，飛跳弄藩籬。成晨忽徑去，曾不報
我知。僥倖非汝福，天衢汝休窺。京城事彈射，豎子豈易
欺。勿諱泥坑辱，泥坑乃良規。(《集釋》卷九)

首段敘鴟「奪攘不愧恥，飽滿盤天嬉」、「遂凌紫鳳犀，肯顧鴻鵠卑」
有如小人醜態，次敘一朝遭厄，「遭逢巧凡兒，中汝要害處」，墮鳴於
水溝之中，「群童叫相召，瓦礫爭先之」，此鳥惡行，「殺卻理亦宜」。
畢竟君子有德，「不忍乘其危」，於是關懷備至，「俗以清水池，朝餐
啜魚肉，暝宿防狐狸」，而此惡鴟「蒙德久猶疑」。末段敘寫高飛遠引。
昌黎叮嚀說：
僥倖非汝福，天衢汝休窺。京城事彈射，豎子豈易欺，勿
諱泥坑辱，泥坑乃良規。
陳沆說：「此君子待小人之道，始以寬厚，終以忠告也。寧人負我，
毋我負人，與少陵〈義鶻行〉正相反。」(《詩比興箋》)
南貶潮州時，昌黎開籠放蛇，〈初南食貽元十八協律〉：
惟蛇舊所識，實憚口眼獰。開籠聽其去，鬱屈向不平。賣
爾非我罪，不屠豈非情。不祈靈珠報，幸無嫌怨並。(《集釋》

卷十一）

〈病鴟〉是寓言；放蛇則是眞事。仁厚之心可見。

11. 勸告柳子厚全身取孝。在潮州，接過柳宗元寄來的食蝦蟆詩，
以詩代書，〈答柳柳州食蝦蟆〉云：

余初不下喉，近亦能稍稍，常懼染蠻夷，失平生好樂。而
君復所爲，其食比豢豹。獵較務同俗，全身斯爲孝。哀哉
思慮深，未見許迴棹。（《集釋》卷十一）

程學恂說：「梅聖俞〈食河豚魚〉詩，結意與此略同，而此感觸深，
蓋所以警子厚者不僅在食物也。」（《韓詩臆說》）

12. 勸勉劉師命讀書立業：

劉師命豪放，好漫遊，虛擲青春。昌黎貶陽山時，劉生不遠千里，
「手持釣竿遠相投」，於是教以道德文章，盼望有成，〈劉生〉云：

我爲羅列陳前修，芟蕪斬蓬利鉏耰。天星迴環數纏周，文
學穰穰囷倉稠。車輕御良馬力優，咄哉識路行勿休，往取
將相酬恩讎。（《集釋》卷二）

13. 勸勉劉師服再取功名：

齎財入市賣，貴者恆難售。……勉哉耘其業，以待歲晚收。
（〈送劉師服〉）（《集釋》卷八）

還家雖闊短，指日親晨飧。攜持令名歸，自足貽家尊。勉
來取金紫，勿久休中園。（〈送進士劉師服東歸〉）（《集釋》卷八）

陳景雲曰：「師服歸後，復入京師。元和十二年，駙馬都尉于季友坐
居喪宴飲得罪，師服與之同飲，笞四十，流連州。」〔註15〕上距韓愈
告誡「攜持令名」後四年，只惜不能誦之終身，乃至犯刑而辱親。

14. 勉侯繼建功立業，〈送侯參謀赴河中幕〉云：

感激生膽勇，從軍豈嘗曾。洸洸司徒公，天子爪與肱。提
師十萬餘，四海欽風棱。河北兵未進，蔡州帥新薨。曷不
請掃除，活彼黎與烝。……今君得所附，勢若脫鞲鷹。檄

───────────────

〔註15〕《點勘》卷五。

　　筆無與讓，幕謀職其膺。收績開史牒，翰飛逐溟鵬。男兒
　　貴立事，流景不可乘。(《集釋》卷六)

15. 勉勵州府秀才報國榮家。元和五年冬，昌黎為河南令，奏鹿鳴
　　樂，讌飲當地秀才，〈燕河南府秀才〉詩末云：
　　　勉哉戒徒馭，家國遲子榮。(《集釋》卷七)

16. 招揚之罘讀書，期盼成才，〈招揚之罘〉云：
　　　柏生兩石間，萬歲終不大。野馬不識人，難以駕車蓋。柏
　　　移就平地，馬羈入廄中。馬思自由悲，柏有傷根容，傷根
　　　柏不死，千丈日以至。(《集釋》卷七)

17. 勉勵盧仝抱才終大用，〈寄盧仝〉云：
　　　先生事業不可量，惟用法律自繩己，春秋三傳束高閣，獨
　　　抱遺經究終始。……先生抱才終大用，宰相未許終不仕。
　　　假如不在陳力列，立言垂範亦足恃。(《集釋》卷七)
此詩前段薄責石洪、溫造、李渤三隱士「隱而非隱」，欺世盜名；反
托盧仝真隱之可貴。中段藉論語「欲潔其身而亂大倫」，責備隱者：「故
知忠孝本天性，潔身亂倫安足擬，」歸結勸勉「抱才大用」、「立言垂
範」。昌黎對僧徒道士態度如此，對隱者的態度亦如此。

18. 訓勉兒子以經義修身：
　　昌黎〈符讀書城南〉：「以兩家生子，孩提時朝夕相同，無甚差等。
及長而一龍一豬，或為公相，勢位赫奕，或為馬卒，日受鞭笞，皆由
學與不學之故。」(《甌北詩話》)然後引出教誨，勉勵兒子讀經：
　　　金璧雖重寶，費用難貯儲。學問藏之身，身在則有餘。君
　　　子與小人，不繫父母且。不見公與相，起身自犂鋤。不見
　　　三公後，寒飢出無驢。文章豈不貴，經訓乃菑畬。潢潦無
　　　根源，朝滿夕已除。人不通古今，馬牛而襟裾。行身陷不
　　　義，況望多名譽。(《集釋》卷九)

19. 勉諸葛覺努力求學，〈送諸葛覺往隨州讀書〉云：
　　　鄴侯家多書，插架三萬軸。一一懸牙籤，新若手未觸。……
　　　今子從之遊，學問得所欲。入海觀龍魚，矯翮逐黃鵠。勉

為新詩章，月寄三四幅。(《集釋》卷十二)

20. 稱許趙德心平行高。量移袁州時，贈詩趙德進士，大加贊許，
欲攜同前往；因趙子不願，於是「各從其志」。〈別趙子〉云：
　我遷於揭陽，君先揭陽居。揭陽去京華，其里萬有餘。不
　謂小郭中，有子可與娛。心平而行高，兩通詩與書。……
　及我送宜春，宜欲攜以俱，擺頭笑且言，我豈不足歟？……
　今子南且北，豈非亦有圖。人心未嘗同，不可一理區。宜
　各從所務，未用相賢愚。(《集釋》卷十一)

第二節　反映政治民生

　　古代，詩與國家的政教禮樂，息息相關。春秋時代，孔子訂正詩
樂與推重詩教，當然有著繼往開來的重大作用；孔門諸子在闡揚師說
之餘，特別強調詩的訓誨作用，樹立了詩教。

　　古代，詩是言志的，也是諷諫的。孔子說：「忠臣之諫君，有五
義焉。一曰譎諫，二曰戇諫，三曰降諫，四曰直諫，五曰風諫。唯度
主而行之，吾從其風諫乎？」〔註16〕那時有所謂獻詩、采詩、賦詩；
大臣獻詩（或誦詩）以諫，就是風諫的意思。《詩・大序》曰：「上以
風化下，下以風刺上，主文而譎諫，言之者無罪，聞之者足以戒，故
曰風。」也是白居易所謂：「上以詩補察時政，下以歌洩導人情。」

　　戰國以後，便不見載錄。即使有「獻詩」，意義已與春秋時不同。
如《昭明文選》，有「獻詩」一目，有曹子建上責躬詩一首，應詔詩
一首，又潘安仁關中詩一首，這些詩，都是以美頌王業為主。與以前
的獻詩，完全異樣。至唐宋以來的所謂應制詩，真能寓規於頌者絕少。
雖然如此，古代獻詩的精神，卻依然活躍於後代，只是名稱有改，不
叫「獻詩」，而叫「諷諫詩」；名目上雖不叫「諷諫詩」實質上和「諷
諫詩」一般。如荀卿、屈、宋、漢人辭賦及唐人新樂府，內容上多以

〔註16〕見《孔子家語・辯明》。按《家語》一書，王肅所輯。其中多遺文軼事，
　　　自唐以來，知其偽而不能廢。

諷諫爲主。這種詩，可說上承「獻詩」的遺風，就意義說，並不遜於風雅。不同的是，古代的「獻詩」，可以上達朝廷，誦於君主；後世的「諷諫詩」，只是詩人們發抒懷抱，能否發生作用，絕非詩人所料；即使偶爾影響於帝王左右，不過置於「庶人傳語」之列。

在中唐，白居易作「新樂府」以爲諷諭，意欲扶起詩道；與此同時，韓愈亦奮力提倡「古文運動」，餘事作爲詩歌，發揮詩教。據筆者考察，數量頗多，下分刺戒時政、頌美朝廷、譏刺官風、諷諭民生論述：

一、刺戒時政

昌黎生於代宗大曆三年（768）逝世於長慶四年（824），終年五十七歲。歷經代宗、德宗、順宗、憲宗、穆宗五朝，除代宗、穆宗二朝因年幼、年老外，一生事蹟，聚於德、順、憲三朝。依次敘述。

（一）刺德宗朝君相

史載，安史之亂，唐室國運由盛轉衰。安史爲亂七年，影響深遠。此後，藩鎮割據，吐蕃入侵、宦官專權、朋黨爲患，終至唐亡。。

德宗一朝，吐蕃入侵一次，多爲藩鎮作亂，賦役煩苛。有關當時的背景，王元啓說：

> 考德宗本紀，貞元二年九月，吐蕃入寇。是冬連陷鹽夏二州，明年閏五月，盟于平涼，吐蕃劫盟，公兄侍御史弇爲判官，被害。六月，寇鹽夏二州，八月，寇青石嶺，九月，寇連雲堡，十月，又連寇豐義長武城。」（《讀韓記疑》）

昌黎生活於民間，感受最爲深切；詩篇中就常抒發；見下詩：

1. 〈烽火〉詩，憂心邊塞，兼憶念堂兄韓弇。韓弇從渾瑊出使吐蕃，傳來噩耗。韓弇父爲雲卿，韓愈父爲仲卿，彼此爲堂兄弟。貞元三年，韓氏二十歲，在京師。詩云：

   > 登高望烽火，誰謂塞塵飛。王城富且樂，曷不事光輝。勿言日已暮，相見行恐稀。願君熟念此，秉燭夜中歸。我歌

寧自戚，乃獨淚霑衣。(《集釋》卷一)

王元啓：「讀首兩句，知所慨在邊塞，結尾寄慨遙深，亦兼為兄弄下淚。」(《讀韓記疑》)貞元三年，唐德宗與吐蕃結盟，韓弇從琿瑊出使，五月，吐蕃背信劫盟，韓弇遂遇害，得年三十五歲。

2. 〈古風〉刺「方鎮賦役苛」，作於貞元十年，詩云：

今日曷不樂，幸時不用兵。無日既蹙矣，乃尚可以生。彼州之賦，去汝不顧；此州之役，去我奚適。一邑之水，可走而違。天下湯湯，曷其而歸。好我衣服，甘我飲食。無念百年，聊樂一日。(《集釋》卷一)

胡渭曰：「本譏賦役之困，民無所逃，卻言時不用兵，正宜甘食好衣，相與為樂。辭彌婉而意彌痛，〈山樞〉、〈萇楚〉之遺音也。」

3. 〈汴州亂〉二首譏刺時相。貞元十五年二月三日，汴州節度使董晉卒。董晉逝世前，預知汴州必亂，因命其子逝後三日入歛，即行歸葬。四日後，即十一日乙酉，行軍司馬陸長源代理節度留後事。起初，長源欲以峻法繩治驕兵，為董晉否決。及至長源為留後，軍心不服，作亂，殺長源、孟叔度等。(見〈董晉行狀〉)昌黎以詩紀事，諷刺君相懦弱不救，詩云：

汴州城門朝不開，天狗墮地聲如雷。健兒爭誇殺留後，連屋累棟燒成灰。諸侯咫尺不能救，孤士何者自興哀。(其一)
母從子走者為誰？大夫夫人留後兒。昨日乘車騎大馬，坐者起趨乘者下。廟堂不肯用干戈，嗚呼奈汝母子何！(其二)
(《集釋》卷一)

樊汝霖曰：「二詩之作，蓋譏德宗姑息亡政。」

胡渭曰：「此詩一章譏四鄰坐視，二章譏君相姑息也。」

4. 〈歸彭城〉諷刺時相顧頊。貞元十五年三月吳少誠反叛，宣武等十六鎮兵進討，竟潰敗。按《新唐書・德宗紀》載：「貞元十五年三月彰義軍節度使吳少誠反。九月，宣武、河陽、鄭滑、東都、汝、成德、幽州、淄青、魏博、易定、澤潞、河東、淮

南、徐泗、山南、東西鄂岳軍討吳少誠，十二月，諸道兵潰於小溵河。」

昌黎記述其事，諷刺時相顢頇，不敢作為。〈歸彭城〉云：

天下兵又動，太平竟何時？討謨者誰子？無乃失所宜。前年關中旱，閭井多死飢。去歲東郡水，生民為流屍。上天不虛應，禍福各有隨。……昨者到京城，屢陪高車馳。周行多俊異，議論無瑕疵，見待頗異禮，未能去毛皮，到口不敢吐，徐徐俟其爨。（《集釋》卷一）

沈欽韓曰：「考其時德宗信任韋渠牟、李實等，群小用事。宰相崔損、鄭餘慶、齊抗等，充位而已。」

5。貞元十九年昌黎任為四門博士，藉言大雪，諷切時政。作〈苦寒〉、〈詠雪贈張籍〉詩，盼望天子進賢退不肖：

伊我稱最靈，不能女覆苦。悲哀激憤歎，五藏難安恬。中宵倚牆立，淫淚何漸漸。天王哀無辜，惠我下顧瞻。裒蔬去耳纊，調和進梅鹽。賢能日登御，黜彼傲與憸。生風吹死氣，豁達如褰簾。懸乳零落墮，晨光入前簷。雪霜頓銷釋，土脈膏且黏。豈徒蘭蕙榮，施及艾與蒹。日萼行爍爍，風條坐襜襜。天乎苟其能，吾死意亦厭。（〈苦寒〉）（《集釋》卷二）

只見縱橫落，寧知遠近來。飄颻還自弄，歷亂竟誰催？座暖銷那怪，池清失可猜。坳中初蓋底，埗處遂成堆。慢有先居後，輕多去卻迴。度前鋪瓦隴，奔發積牆隈。穿細時雙透，乘危忽半摧。舞深逢坎井，集早值層臺。砧練終宜搗，階紈未暇裁。城寒裝睥睨，樹凍裹莓苔。片片勻如翦，紛紛碎若挼。定非燂鵠鷺，真是屑瓊瑰。緯繡觀朝萼，冥茫矖晚埃。當窗恒凜凜，出戶即皚皚。潤野榮芝菌，傾都委貨財。娥嬉華蕩瀁，胥怒浪崔嵬。磧迴疑浮地，雲平想輾雷。隨車翻縞帶，逐馬散銀盃。萬屋漫汙合，千株照耀開。松篁遭挫抑，糞壤獲饒培。隔絕門庭遽，擠排陛級纔。豈堪褈嶽鎮，強欲效鹽梅。隱匿瑕疵盡，包羅委瑣該。誤雞宵呃喔，驚雀暗徘徊。浩浩過三暮，悠悠匝九垓。鯨鯢

陸死骨，玉石火炎灰。日輪埋欲側，坤軸壓將頹。岸類長蛇攪，陵猶巨象隤。水官誇傑黠，木氣怯胚胎。著地無由卷，連天不易推。龍魚冷蟄苦，虎豹餓號哀。巧借奢豪便，專繩困約災。威貪陵布被，光肯離金罍。（〈詠雪贈張籍〉）（《集釋》卷二）

當時宰相賈耽、齊抗充位。德宗則倚重裴延齡、李齊運、王紹、李實、韋執誼、與渠牟等人。見於《舊唐書‧韋渠牟傳》。

　〈苦寒〉詩的諷意，韓醇分析：「公詩意意蓋有所諷。猶〈訟風伯〉之吹雲而雨不得作也。謂隆寒奪春序而肆其寒，猶權臣之用事，太昊之畏避，則猶當國者畏權臣取充位而已。其下反覆所言，無易此意，而末謂天子哀無辜，則望人主進賢退不肖，使恩澤下流，施及草木。其愛君憂民之意，具見於此。」〔註17〕

　關於〈詠雪贈張籍〉，王元啓剖析：「按篇中：『水官誇傑黠，木氣怯胚胎』二語與〈苦寒詩〉相類，故有『專繩困約，威陵布被』等語；……蓋德宗末年，任用京兆尹李實，專事剝民奉上，而王叔文，韋執誼等，朋黨比周，密結當時欲速僥倖之徒，定爲死交，此詩皆有所指。」（《讀韓記疑》）

　6.〈赴江陵途中〉，憶述南貶因由，反映朝政紊亂。

　貞元十九年冬，因御史中丞李汶韓愈、劉禹錫、柳宗元等遷任監察御史，十二月昌黎上〈天旱人饑狀〉，奏請停徵京兆府稅錢及田租，爲幸臣所讒，貶爲陽山令。當時，李實專橫聚斂，以給進奉。

　韓愈《順宗實錄‧卷一》載：「嘗有詔，免畿內逋租，實不行用詔書，徵之如初，勇於殺害，人吏不聊生。」〔註18〕

　《通鑑二三六，貞元十九年下》亦載：

十二月……京兆尹嗣道王實（按即李實），務徵求以給進奉，言於上曰：今歲雖旱，而禾苗甚美。由是租稅皆不免。人窮

〔註17〕《魏本》卷四。
〔註18〕《集註》外集卷六。

至壞屋賣瓦木麥苗以輸官。優人成輔端爲謠嘲之，實奏輔端
誹謗朝政，杖殺之。監察御史韓愈上疏：以京畿百姓窮困，
應今年稅錢及草粟徵未得者請俟來年蠶麥，愈坐貶陽山令。

　　韓愈論京兆府天旱人饑事，正對李實而發，被李實所讒而貶謫，
亦事理當然。而昌黎自疑與劉柳有關。不管如何，就反映了德宗時朝
政的紊亂。

（二）諷刺順宗朝王韋集團亂政

　　陽山之貶，昌黎自疑與劉柳洩言王叔文有關，古來論說紛紜。

　　力主貶陽山，乃由劉柳洩言於叔文，爲叔文黨所排者，有下列諸
家：1. 宋・方崧卿《韓譜增考》，2. 葛立方《韻語陽秋》，3.《蔡寬
夫詩話》，4. 清・方世舉《昌黎詩集編年箋注》，5. 王元啓《讀韓記
疑》等。

　　而清人嚴虞惇、王鳴盛則持《通鑑》說，爲劉柳辨誣。

　　按昌黎剛強疾惡，情見乎辭。貞元末年，王韋黨勢已成。貞元十
九年京師大旱，時人禱雨，走往長安城南四十里外的炭谷湫祠堂祈
雨。昌黎〈題炭谷湫祠堂〉詩，饒有諷刺：

萬生都陽明，幽暗鬼所寰。嗟龍獨何智，出入人鬼間。不
知誰爲助，若執造化關。厭處平地水，巢居插天山。……
森沈固含蓄，本以儲陰姦，魚鱉蒙擁護，群嬉傲天頑。……
堂像侔眞，擢玉紆煙鬟，群怪儼伺侯，恩威在其顏。……
吁無吹毛刃，血此牛蹄殷。至今乘水旱，鼓舞寒與鰥。……
尨區雖眾碎，付與宿已頒。棄去可奈何，吾其死茅菅。（《集
釋》卷二）

胡渭分析：「湫龍澄源喻幸臣，魚鱉禽鳥及群怪，喻黨人也。」（顧嗣
立注引）

　　王元啓稱：「當時僥倖欲進之徒，依附叔文，多至不可勝數。而
詩中『魚鱉群嬉，飛禽翾託，尨區雛碎』等語，皆指八司馬等言之。」
（《讀韓記疑》卷二）

　　昌黎〈秋懷〉所謂「欲嘗寒蛟」、「血此牛蹄殷」，情見乎辭。當王韋黨羽成勢，或有所議，劉柳時附叔文，其語洩於叔文，殆有可能。韓愈〈祭張署文〉：「彼婉孌者，實憚吾曹。側肩貼耳，有舌如刀。我落陽山……君飄臨武。」「彼婉孌者」即〈岳陽樓別竇司直〉詩：「姦猜畏彈射。」可證韓愈貶陽山，實因叔文黨羽懼韓愈等人彈劾而使出手段。胡渭曰：「公……剛腸疾惡，情見乎辭。劉柳洩言，群小側目，陽山之謫，所自來矣。上疏云乎哉？」的確刺中肯綮，道破關鍵。

　　昌黎嫉惡王韋集團，以詩比興寄意，其數不少。

　　1.〈詠雪贈張籍〉：「水官誇傑黠，木氣怯胚胎。」「專繩困約災，威貪陵布被。」「隱匿瑕疵盡，包羅委瑣該。」「松篁遭摧折。」刺王韋等朋黨比周，剝民奉上。〔註19〕

　　　2.〈醉後〉：以「眾客醉」比叔文王伾輩，「淋漓身上衣，顛倒筆下字。」蔣抱玄：「伾文之黨，不日超遷，一切詔敕，皆出其手也。」

　　　3.〈雜詩〉四首各有所諷。

　　　（1）〈雜詩〉其一：

　　　　朝蠅不須驅，暮蚊不可拍，蠅蚊滿八區，可盡與相格。
　　　　得時能幾時，與汝恣啖咋。涼風九月到，掃不見蹤跡。（《集釋》卷一）

以蠅蚊比喻伾文輩，方世舉即謂：「小人得志，能得幾時。」

　　　（2）〈雜詩〉其二：

　　　　鵲鳴聲楂楂，鳥噪聲攪攪。爭鬥庭宇間，持身博彈射。黃鵠能忍飢，兩翅久不擘，蒼蒼雲海路，歲晚將無獲。

以烏鵲之爭鬥，比喻王韋交惡。方世舉曰：「韋執誼本為王叔文所引用，初不敢相負，既而迫公議，時有異同，叔文大惡之，遂成仇怨，是自開嫌釁之端也。」

〔註19〕王元啓《讀韓記疑》卷三。

　　（3）〈雜詩〉其三：

　　　　截橑爲薄櫨，斲楹以爲椽。束蒿以代之，小大不相權。雖
　　　　無風雨災，得不覆且顚。解轡棄駬驥，騫驢鞭使前，崑崙
　　　　高萬里，歲盡道苦遭。

諷刺小人竊君子之器。孫汝聽分析：「橑大而櫛櫨小，楹大而椽小；
今截橑爲薄櫨，斲楹爲椽，失其宜矣，是猶君子而居下位也。楹橑既
爲薄櫨爲椽，乃束蒿以代橑楹焉。是猶小人而居君子之位也。」

　　（4）〈雜詩〉其四：

　　　　雀鳴朝營食，鳩鳴暮覓群。獨有知時鶴，雖鳴不緣身。暗
　　　　蟬終不鳴，有抱不列陳，蛙黽鳴無謂，閽閽祇亂人。

當時，朝廷之士，眼看王韋等恣行，或默或語，無救於事。方世舉曰：

　　　　此評諸朝士或默或語，無救於事。唯韋皋箋表，爲知時而
　　　　言也；鄭珣瑜以會食中書，叔文索飯與韋執誼同餐，因歎
　　　　息去位，所爭甚細。至高郵杜佑，則心知不可，而畏避不
　　　　言，非鳴雀暗蟬乎？補闕張正貫因論他事召見，其友王仲
　　　　舒、劉伯芻等相與賀之，王韋疑其論己，因坐朋讞聚遊，
　　　　皆致譴斥，非覓群之鳩乎？

　4.〈射訓狐〉：

　　　　有鳥夜飛名訓狐，矜凶挾狡誇自呼。乘時陰黑止我屋，聲
　　　　勢慷慨非常麤。安然大喚誰畏忌，造作百怪非無須，聚鬼
　　　　徵妖自朋扇……我念乾坤德泰大，卵此惡物常勤劬，縱之
　　　　豈即遽有害，斗柄行挂西南隅。誰謂停姦計尤劇，意欲唐
　　　　突義和烏。……咨餘往射豈得已，侯女兩眼張睢盱。梟驚
　　　　墮梁蛇走竇，一矢斬頸羣雛枯。（《集釋》卷二）

方世舉析論：「按狐比佞文，『聚鬼徵妖』言其朋黨相扇，焄休中國
也。『縱之豈即遽有害』，言其本無能爲，『斗柄行挂西南隅』，即〈東
方半明〉之意也。『意欲唐突義和烏』，則誅之不可復緩，故欲往而
射之。」

　5.〈東方半明〉詩諷刺王叔文弄政。其時，順宗患瘖疾，不能親

政，而憲宗在東宮，宰相賈耽、鄭珣瑜，皆天下重望，因王叔文用事，相繼引去，故以「東方半明大星沒」為喻：

> 東方半明大星沒，獨有太白配殘月。嗟爾殘月勿相疑。同光共影須臾期。殘月暉暉，太白睒睒，雞三號，更五點。（《集釋》卷二）

韓醇曰：「執誼叔文初相汲引，此詩所以喻『獨有太白配殘月。』……執誼叔文以私意更相猜忌，此時所以有『嗟爾殘月勿相疑，同光共影須臾期』也。」

王元啓：「順宗時，王叔文用事，首引韋執誼為相，執誼初不敢負叔文，後迫公議，時有異同。及叔文母死，執誼益不用其語。叔文乃大怒，謀起復必先斬執誼，而盡誅不附己者，及太子監國，兩人先後誅逐。篇中殘月，相疑二句，蓋指王之怨韋也。」

6.〈題木居士〉二首，諷刺王伾文黨羽：

> 火透波穿不計春，根如頭面幹如身；偶然題作木居士，便有無窮求福人。（其一）（《集釋》卷三）

王元啓評曰：「是時貞元二十一年作。玩『無窮求福』句，蓋譏當時欲速僥倖之徒，則此詩亦為伾、叔文而作。」（《讀韓記疑》）

陳景雲曰：「柳子厚既坐伾文黨譴逐，後人與書，追敘伾文始末云：『素卑賤，暴起領事，射利求進者，填門排戶。誦其詩而論其世，正可引柳以注韓也。』」（《點勘》）再看下首：

> 為神詎比溝中斷，遇賞還同爨下餘。朽盡不勝刀鋸力，匠人雖巧欲何如。（其二）

陳景雲曰：「言伾文寒微暴貴，出自糞土而驟升雲霄也。當二人勢盛時，其黨互相推獎，有伊傅管葛之目。伊傅殆指伾文，而管葛則劉柳輩標榜之詞也。」（《點勘》）末二句，則深斥當時的大言誇飾者。

7.〈永貞行〉直敘永貞一朝事，堪稱「詩史」。

> 君不見太皇諒陰未出令，小人乘時偷國柄。北軍百萬虎與貔，天子自將非他師，一朝奪印付私黨，懍懍朝士何能為？

狐鳴梟噪爭署置，睒睗跳踉相嫵媚。夜作詔書朝拜官，超
資越序曾無難。公然白日受賄賂，火齊磊落堆金盤。元臣
故老不敢語，晝臥涕泣何汍瀾！董賢三公誰復惜？侯景九
錫行可歎。國家功高德且厚，天位未許庸夫干。嗣皇卓犖
信英主，文如太宗武高祖。膺圖受禪登明堂，共流幽州鮌
死羽。四門肅穆賢俊登……。（《集釋》卷三）

詩中，歷數叔文黨之罪狀：乘時偷國柄，奪印付私黨，超資越序，白
日賄賂。又敘到憲宗登位，佟文等貶死，政治重清；昌黎嗟歎說：「數
君匪親豈其朋，郎官清要為世稱，荒郡迫野嗟可矜，嗟爾既往宜為
懲」，作為朝士躁進之戒。

按《舊唐書‧順宗紀》：「貞元二十一年正月癸巳，德宗崩，丙申
太子誦即位，風病不能聽政，以王佟為右散騎常侍，王叔文為戶部侍
郎，度支鹽鐵轉運使，事無巨細，皆取決於二人，物論喧雜。四月，
冊皇太子，八月冊為皇帝，改貞元二十一年為永貞元年，貶王佟為開
州司馬，王叔文為渝州司馬。」

王佟、王叔文原以書以棋得幸，《順宗實錄》載：「上學書於王佟，
頗有寵，王叔文以碁進，俱待詔翰林，出入東宮。德宗大漸，上疾不
能言。佟即入，以詔召叔文入，坐翰林中使決事，佟以叔文意入言於
宦者李忠言，稱詔行下，外初無知者。」

又何能擅取大柄？原是瓜蔓纏托，互相依仗。叔文因佟，佟因忠
言，忠言因昭容；佟主傳受，叔文主裁可，然後授韋執誼作詔施行。
《新唐書‧王叔文傳》載：「順宗立，不能聽政，深居施幄坐，以牛
昭容，宦人李忠言侍側，群臣奏事，從帷中可具奏。大抵叔文因佟，
佟因忠言，忠言因昭容，更相倚仗。佟主傳受，叔文主裁可，乃授中
書韋執誼作詔文施行焉。叔文每言錢穀者國之大本，操其柄可因以市
士，乃白杜佑領度支鹽鐵使，己副之，實專其政。」

王韋等人用事，施政有無福國利民？錢謙益（1582～1664）是
推崇的：「王佟、王叔文之用事也。罷宮市、禁五坊小兒，停鹽鐵使

進獻、追故相陸贄、前諫議大夫陽城赴京師，收請神策諸軍兵杖，中外相慶，以爲伊周再出，其所與謀議者千人，皆於時豪俊有名之士。」(《窬言》)

王鳴盛亦云：「〈順宗本紀〉，所書一時善政頗多，而以范希朝領神策行營尤爲扼要。叔文行政，上利於國，下利於民。」(《十七史商榷》卷七十四「順宗紀所書善政」條)

然而，爲故失敗？王鳴盛認爲：其施政「獨不利於弄權之閹宦跋扈之強藩。」錢謙益則指因受賄，爲改革不成可惜。並歸納爲訓：「天下之善事，美名之所集，造物之所忌也，潔白以居之，愼密以持之，猶懼不克，而況以寵賂乎？夫安得而不敗？」

（三）記憲宗朝事

1. 〈龍移〉是寓言詩。永貞元年八月順宗禪位，叔文黨皆斥逐，昌黎作〈龍移〉：

天昏地黑蛟龍移，雷驚電激雄雌隨，清泉百丈化爲土，魚鼈枯死吁可悲。(《集釋》卷三)

方世舉曰：「天昏地黑謂永貞時朝事，蛟龍移謂內禪，魚鼈枯死謂任文以及黨人皆斥逐也。」

王元啓曰：「此爲劉柳諸人發嘆，魚鼈即〈炭谷湫〉詩所謂『群嬉傲妖頑』者是。枯死可悲，則〈永貞行〉所謂：『吾嘗同僚情可勝』也。」(《讀韓記疑》)

2. 〈豐陵行〉記敘順宗之喪，詩中透露，有不合古禮處。豐陵是順宗陵。《長安志》：「順宗豐陵，在富平縣東北三十五里甕舍山。」順宗葬於元和元年七月。末段云：

皇帝孝心深且遠，資送禮備無贏餘。設官置衛鎖嬪妓，供養朝夕象平居。臣聞神道尚清淨，三代舊制存諸書。墓藏廟祭不可亂，欲言非職知何如！(《集釋》卷五)

《通鑑》二百四十九胡注引宋白曰：「凡諸帝升遐，宮人無子者悉遣

詣山陵供奉朝夕，具盥櫛治衾枕，事死如事生。」〔註20〕這便是不合于古。」

3.〈感春〉詩五首，諷刺朝廷懈於用兵：

其一首，頸聯：「選壯軍興不爲用，坐狂朝論無由陪。」方成珪《箋正》說：「元和四年，成德王承宗反，五年春尚未平。」

其三：「春田可耕時已催，王師北討何當迴。放車載草農事濟，戰馬苦飢誰念哉？蔡州納節舊將死，起居諫議聯翩來。朝廷未省有遺策，肯不垂意餠與罍。」

此詩作於元和五年春，分司東都時。「放車、戰馬」意謂憫念「農事之濟，復念戰卒之飢。」其背景爲何？

方世舉曰引《新唐書・房式傳》：「式遷陝虢觀察使，改河南尹，會討王承宗，鎮州索餉車四十乘，民不能具，式建言歲凶人勞，不任調發。又御史元微之亦言賊未擒而河南民先困，詔可，都鄙安之。」

「蔡州舊將」，指吳少誠，元和四年十一月卒。蔣抱玄說：「詩意似譏憲宗懈於用兵也。」

4.〈月蝕詩效玉川子作〉，諷刺宦官用事。

盧仝號玉川子。全詩作於元和三年。昌黎因其詩流宕，乃刪其冗語，效其體表示尊敬。此詩刺中官吐突承璀，諸家之說如下。

何焯按：「方崧卿以爲譏宦官，《考異》謂方說恐未必然。」認爲：「方說未爲不然說。是年吐突承璀討成德軍、無功而還，憲宗不加誅竄、此詩蓋嫉宦官之蔽明矣。」（《義門讀書記》卷三十）

沈欽韓曰：「詩爲吐突承璀而作也。」

錢仲聯認同沈說：「此詩爲恒州兵事而發，蓋無疑義。譏刺之處，談言微中。」（《集釋》卷七）

此詩由月神爲蛙精所蝕起寫，玉川子意欲手刃怪物，以解民困：

> 月形如白盤,完完上天東。忽然有物來噉之,不知是何蟲?
> 如何至神物,遭此狼狽凶?……玉川子涕泗,下中庭獨行。
> 念此日月者,爲天之眼睛。此猶不自保,吾道何由行?嘗
> 聞古老言,疑是蝦蟆精。……地行賤臣佺,再拜敢告上天
> 公。臣有一寸刃,可剶凶蟆腸。無梯可上天,天階無由有
> 臣蹤。……(《集釋》卷七)

5. 〈讀東方朔雜事〉,譏刺中官用事:

> 嚴嚴王母宮,下維萬仙家。噫欠爲飄風,濯手大雨沱。方
> 朔乃豎子,驕不加禁訶。偷入雷電室,輷輷掉狂車。王母
> 聞以笑,衛官助呀呀。不知萬萬人,生身埋泥沙。……(《集
> 釋》卷八)

此詩取小說《漢武帝內傳》寫成,譏刺吐突承璀喪師失將:「不知萬
萬人,生身埋泥沙。」元和八年,李絳極言承璀專橫。憲宗初怒,既
而外放承璀爲淮南監軍,謂李絳曰:「此家奴耳!」詩中「王母不得
己、顏嚬口齎嗟、頷頭可其奏」指此。

　　詩中的「王母」任由東方朔胡爲,由此反映,中官嬖倖,恃恩無
賴,流毒生民,「曲盡昏庸姑息情態。」(程學恂《韓詩臆說》)

6. 〈和侯協律詠筍〉,以漫生竹筍諷刺黨人:

> 竹亭人不到,新筍滿前軒。……得時方張王,挾勢欲騰
> 騫。……縱橫公占地,羅列暗連根,狂劇時穿壁,群強幾
> 觸藩。深潛如避逐,遠去若追奔。始訝妨人路,還驚入藥
> 園。萌牙防寖大,覆載莫偏恩。已復侵危砌,非徒出短垣。
> 身寧虞瓦礫,計擬掩蘭蓀。……(《集釋》卷九)

此詩借詠筍諷刺時相李逢吉門下,廣播流言的所謂「八關十六子」,
比喻其挾勢植黨,苞藏姦匿。是年裴度欲討蔡州,逢吉引其黨羽令孤
楚、蕭俛等反對。昌黎亦忤宰相意,自中書舍人降右庶子。(《魏本》
引樊汝霖說)

7. 〈大行皇太后挽歌詞三首〉、〈梁國惠康公主挽歌二首〉,反映了
　　朝廷喪葬大事:

一紀尊名正，三時孝養榮。高居朝聖主，厚德載群生。武帳虛中禁，玄堂掩太平。秋天笳鼓歇，松柏遍山鳴。(〈大行皇太后挽歌詞其一〉)(《集釋》卷九)

威儀備吉凶，文物雜軍容。配地行新祭，因山託故封。鳳飛終不返，劍化會相從。無復臨長樂，空聞報曉鐘。(〈大行皇太后挽歌詞〉其二)

追攀萬國來，警衛百神陪。畫翣登秋殿，容衣入夜臺。雲隨仙馭遠，風助聖情哀。只有朝陵日，粧奩一暫開。(〈大行皇太后挽歌詞〉其三)

定諡芳聲遠，移封大國新。巽宮尊長女，台室屬良人。河漢重泉夜，梧桐半樹春。龍輀非厭翟，還輾禁城塵。(〈梁國惠康公主挽歌二首〉其一)(《集釋》卷九)

秦地吹簫女，湘波鼓瑟妃。佩蘭初應夢，奔月竟淪輝。夫族迎魂去，宮官會葬歸。從今沁園草，無復更芳菲。(〈梁國惠康公主挽歌二首〉其二)

此為應詔詩，可以補史。

大行皇太后即憲宗母莊憲皇后，元和十一年三月崩，八月葬於豐陵。史稱其「有古后妃風」。《新唐書‧后妃紀》卷七十七云：「順宗莊憲皇后王氏，琅琊人。以良家選入宮為才人，生憲宗。……后謹畏，深抑外家，訓厲內職，有古后妃風。」

《新唐書‧公主傳》卷八十三：「梁國惠康公主，始封普寧，帝特愛之。下嫁于季友。元和中，徙永昌，薨，詔追封及諡。」昌黎詩作於元和八年後。

8. 富貴繁華，一場虛幻，〈奉和李相公題蕭家林亭一首〉云：
山公自是林園主，歎惜前賢造作時。巖洞幽深門盡鎖，不因丞相幾人知。(《集釋》卷十二)
蕭氏世族，唐代曾出八葉宰相：瑀、嵩、華、復、俛、寘、倣、遘。據《長安志》，蕭嵩府第在城南市政坊，蕭寘府第則在城南永樂坊。

蕭氏家族曾經八葉宰相，備極尊榮，如今林亭冷落。如今，李逢

吉傾人官位者何爲?

9. 元和初年,牛李苦諫時政,被黜;皇甫湜作詩,昌黎和之,〈陸渾山火一首和皇甫湜用其韻〉云:

皇甫補官古賁渾,時當玄冬澤乾源。山狂谷很相吐吞,風怒不休何軒軒。擺磨出火以自燔。有聲夜中驚莫原。天跳地踔顚乾坤,赫赫上照窮崖垠。截然高周燒四垣,神焦鬼爛無逃門。三光弛隳不復暾,虎熊麋豬逮猴猿。水龍鼉龜魚與黿,鴉鴟鵰鷹雉鵠鵷。燖炰煨爊孰飛奔,祝融告休酌卑尊。錯陳齊玫闢華園,芙蓉披猖塞鮮繁。千鐘萬鼓咽耳喧,攢雜啾嚌沸篪塤。彤幢絳旃紫纛襎,炎官熱屬朱冠褌。髹其肉皮通骹臀,頯胸垠腹車掀轅。緹顏韎股豹兩韝,霞車虹靷日轂輇。丹蕤縓蓋緋繙帤,紅帷赤幕羅脤膰。瓬池波風肉陵屯,鎔呀鉅壑頩黎盆。豆登五山瀛四罇,熙熙釂釄笑語言。雷公擘山海水翻,齒牙嚼齧舌齶反。電光礮磹禓目暵,頊冥收威避玄根。斥棄輿馬背厥孫,縮身潛喘拳肩跟。君臣相憐加愛恩,命黑螭偵焚其元。天關悠悠不可援,夢通上帝血面論。側身欲進叱於闇,帝賜九河湔涕痕。又詔巫陽反其魂,徐命之前問何冤。火行於冬古所存,我如禁之絕其饎。女丁婦壬傳世婚,一朝結讎奈後昆。時行當反慎藏蹲,視桃著花可小騫。月及申酉利復怨,助汝五龍從九鯤。溺厥邑囚之崑崙,皇甫作詩止睡昏。辭誇出真遂上焚,要餘和增怪又煩。雖欲悔舌不可捫。(《集釋》卷六)

歷來此詩說解頗多。錢仲聯評析:陳沆「巧於比附」,「追和之說殊無所據。」卻認爲沈欽韓說,較爲安妥。沈欽韓注引《冊府元龜》:「元和三年,詔舉賢良方正,有皇甫湜對策,其言激切,牛僧孺、李宗閔亦苦諫時政、爲貴幸泣訴於帝。帝不得已,出考官楊於陵、韋貫之於外。」又發明詩旨爲:「按牛僧孺補伊闕尉,制科登用、較元年之元稹、獨孤郁等大相懸絕。皇甫之作,蓋其寓意也。」又說:「火以喻權倖勢方薰灼,炎官熱屬則指附和之人,牛李等以直言被黜。猶黑螭之遭焚。終以申雪幽枉,屬望九重,其詞詭怪,其旨深淳矣。」(《集釋》卷六)

〈陸渾山火〉是昌黎接過皇甫湜的詩作，用其韻而寫。通首寫烈火燒野，寫得天動地動，思語俱奇，程學恂譽爲「大奇觀」。其後水訴之於帝，帝不能決，但以結婚爲之調解；總之怪怪奇奇，這是韓詩本色。

10. 昌黎詩有〈南山有高樹〉、〈猛虎行〉兩詩與李宗閔有關，〈南山有高樹〉云：

> 上有鳳凰巢，鳳凰乳且棲。四旁多長枝，群鳥所托依。黃鵠據其高，眾鳥接其卑。不知何山鳥，羽毛有光輝。……不知挾丸子，心默有所規：彈汝枝葉間，汝翅不覺摧。或言由黃鵠，黃鵠豈有之。……黃鵠得汝去，婆娑弄毛衣。前汝下視鳥，各議汝瑕疵。汝豈無朋匹，有口莫肯開。……
> （《集釋》卷十二）

《通鑑》長慶元年：「錢徽與楊汝士同知貢舉，段文昌、李紳各以書屬所善進士於徽，榜出皆不預。而宗閔之婿、汝士之弟獲第。文昌、紳及李德裕、元稹共言其不公。徽貶江州刺史，宗閔劍州刺史，汝士開江令，或勸奏文昌、紳屬書，上必悟。徽曰：奏人私書，非士君子所爲，取而焚之。」《新唐書・錢徽傳》同。

詩中鳳凰喻君上，挾丸子爲李德裕，黃鵠謂宰相段文昌，眾鳥比喻散官元稹、李紳輩；故山友，韓氏自謂；何山鳥比喻李宗閔。裴度征伐蔡州，昌黎與宗閔被引爲判官司馬，所以自稱「故山友」。因爲李德裕劾彈，宗閔坐貶劍州刺史，不久，復爲中書舍人，此後嫌隙纏結，縉紳之禍，四十餘年不解。

以詩證史，詩中喻意顯然而知。

李宗閔托所親於錢徽，爲段文昌、李紳等排陷，實在負屈，故詩中說：「無人語鳳凰，汝屈安得知？」。

另〈猛虎行〉，借虎爲興。末五句：「況如汝細微，故當結以信，親當結以私。親故且不保，人誰信汝爲」，轉入主題。詩中兩汝字，程學恂、錢仲聯認爲是指李宗閔。（《集釋》卷十二）

　　昌黎作此二詩，王元啓說是：「先作〈猛虎行〉以誨之，繼作〈高樹行〉以悲之。」（《讀韓記疑》）

二、頌美朝庭

（一）頌美元和中興

　　元和二年平定西川，昌黎時任國子博士，作〈元和聖德詩〉，頌揚憲宗：「即位以來，誅流姦臣，朝廷清明，無有欺蔽。外斬楊惠琳、劉闢以收夏蜀，東定青徐積年之叛。」旨趣是：「具載明天子文武神聖，以警動百姓耳目，傳示無極。」

　　此詩凡一千零二十四字，皆「指事實錄」，反映了永貞元年、元和元年的政治實況。

　　全詩敘憲宗外收夏蜀，東定青徐的經過。於誅殺劉闢一段，尤著力描寫，藉以悚動，前人論述很多。後敘幽、恒、青、魏諸道震慴，朝廷安撫，得體而有威。括號及說明爲筆者所加：

> 皇帝即祚……維是元年，有盜在夏，欲覆其州……皇帝曰
> 嘻……出師征之……軍其城下，告以福禍。腹敗枝披……
> 降藩夜豎。（平夏）疆外之險，莫過蜀土，韋皋去鎮，劉闢
> 守後。……朝發京師，夕至其部。闢喜謂黨，汝振而伍，
> 蜀可全有……遂劫東川，遂據城阻。皇帝曰嗟……爰命崇
> 文，分卒禁禦。……四方節度，整兵頓馬……荊並泊梁，
> 在國門戶。出師三千……長驅洋洋，無有齟齬。八月壬午，
> 闢棄城走……是日崇文……取之江中，（平蜀）枷胚械手，
> 婦女纍纍，啼哭拜叩，來獻闕下。以告廟社，周示城市，
> 咸使觀睹。解脫攣索，夾以砧斧，婉婉弱子，赤立傴僂，
> 牽頭曳足，先斷腰膂，次及其徒，體骸撐拄。末乃取闢，
> 駭汗如寫，揮刀紛紜，爭刊膾脯。（誅戮劉闢家族視聽）……
> 魏幽恒青，東盡海浦。南至徐蔡，區外雜虜。怛威赧德，
> 踧踖蹈舞。掉棄兵革，私習簠簋。（諸鎮震慴來歸）……（《集
> 釋》卷六）

末云：「天錫皇帝，爲天下主。並包畜養……皇帝儉勤……敕戒四方，侈則有咎。……皇帝正直，別白善否，……天錫皇帝，厖臣碩輔。博問遐觀，以置左右。億載萬年，無敢餘侮。……億載萬年，爲父爲母。」

此詩頌揚武功，惟頌揚之中，尤多戒惕語。詩中「別白善否」一段，尤切切而言：「皇帝正直，別向善否，擅命而狂，既剝既去。盡逐羣姦，靡有遺侶。」程學恂曰：「可知主意所在，非只臚成功告廟之詞也。」（《韓詩臆說》）宋人穆修指此詩「辭嚴義偉，製作如經。」黃鉞則稱：「典麗矞皇，頌而不諛，雅頌之亞。」

（二）頌美裴度討平淮西

平淮西是憲宗朝大事，史稱「元和中興」，先述平定淮西的始末。

淮西指吳元濟。據《通鑑》卷二三九，元和九年，彰義軍節度使吳少陽卒，吳元濟自立。元和十年正月，復縱兵侵掠至於東畿。憲宗命宣武等十六道兵進討之，久而無功。乃命御史中丞裴度詣淮西察視。裴度還朝，具言淮西可滅，憲宗甚悅。韓愈亦上〈論淮西事宜狀〉，分析形勢，謂淮西：殘弊困劇，破敗可立待，在乎陛下明斷。復陳用兵事宜六條，略以：1. 諸道兵勢力單弱，宜悉入歸本道，召募陳、許、安、唐、汝、壽等州土人共相保聚，以備寇賊。2. 擇要害處，屯聚重兵、審量事勢，乘時逐利。3. 蔡州士卒，皆是國家百姓；若形勢已窮，不能爲惡者，不須過於殺戮，喻以聖德，放之使歸。4. 淮西地小，元濟庸愚，除此小寇，太山壓卵，難易可知。不得因征討無功，便議罷兵。5. 兵之勝負，在於賞罰，賞厚罰重，可以集事。6. 淄青、恒冀兩道有救助之意，宜予詔告：「如妄自疑懼，敢相扇動，即赦元濟不問，迴軍討之。」賊自然破膽，不敢妄動。其時宰相韋貫之等恬於所安，以苟不用兵爲貴，議論與裴度有異。〔註21〕明年，韓愈降右庶子，即因此議。

案自安史亂後，朝廷姑息，藩鎮成勢。河南河北七鎮節度使，身

〔註21〕參李翱〈韓吏部行狀〉。

死則立其子，撰軍士表上請，朝廷因而授與使職。貞元末年，節將死，又多就軍中取行軍副使將校，授之以節，成爲故習。

元和十年，六月三日，淄青李師道遣刺客，殺死力主淮西用兵的宰相武元衡，傷及裴度，無大礙。廿五日裴度拜相。

元和十一年六月，鄧州節度使高霞寓爲淮西兵所敗；此時，憲宗方知姑息養奸，始獨用裴度之策；而主罷兵者，稍稍平息。

元和十二年秋，憲宗以兵老久屯，淮西未平，特詔裴度以宰相節度彰義軍，宣慰淮西。裴度遂奏刑部侍郎馬總爲副使，右庶子韓愈爲行軍司馬，司勳員外郎李正封，都官員外郎馮宿，禮部員外郎李宗閔兼節度觀察判官掌書記。〔註22〕

先是，昌黎贈詩刑部馬總侍郎。隨後，征蔡途中，戎馬倥傯，詩興不減，有詩五首：

1. 韓愈奏請出關先趨汴州，說服都統韓弘協力。〈過鴻溝〉云：

龍疲虎困割川原，億萬蒼生性命存，

誰勸君王回馬首，眞成一擲賭乾坤。（《集釋》卷十）

鴻溝在滎陽東南二十里。是楚漢相爭的戰場。載於《史記·高祖紀》。

韓愈官拜行軍司馬：「掌弼戎政，居則集蒐守，有役則申戰守之法，器械、糧備、軍籍賜予皆專。」〔註23〕赴汴州遊說韓弘出兵，就是行軍司馬的職責。案貞元十五年，韓弘爲汴州刺史宣武軍節度使，元和十年九月授爲淮西諸軍都統。韓弘樂於自擅，欲倚賊自重，不願淮西速平。〔註24〕如今裴度親征，韓弘命其子公武率兵萬二千會師於蔡下，又歸財賦以濟諸軍。〔註25〕此與韓愈赴汴勸說有關。

八月，裴度赴淮西，神策軍三百人護衛從行，憲宗御通化門送行。

〔註22〕《舊唐書·憲宗本紀》卷十五，元和十二年。

〔註23〕《新唐書·百官志》。

〔註24〕《通鑑》卷二三九，元和十年。

〔註25〕〈平淮西碑〉。

軍隊行經洛陽，西南折入女几山，至郾城。裴度坐鎮郾城督師。六將
四面合圍：李光顏、烏重胤、韓公武合攻其北，大戰十六回，降卒四
萬。李道古攻其東南，八戰，降萬三千，入申州破其外城。李文通戰
其東，十餘遇，降萬二千。李愬入其西，得賊將李祐等，不殺。十月
李愬因得李祐獻策，乘著大雪，疾馳百二十里，夜半到蔡，破門，取
吳元濟以獻，盡俘其人。辛巳（廿五日）裴度入蔡，頒發皇帝赦命；
蔡州遂平。

 2.〈送張侍郎〉云：
  司徒東鎮馳書謁，丞相西來走馬迎。
  兩府元臣今轉密，一方逋寇不難平。（《集釋》卷十）

 3.〈奉和裴相公東征途徑女几山下作〉云：
  旗穿曉日雲霞雜，山倚秋空劍戟明。
  敢請相公平賊後，暫攜諸吏上崢嶸。（《集釋》卷十）

 4.〈晚秋郾城夜會聯句〉，韓氏在郾城，與判官李正封同作此聯句，
  共百九十八句，九百九十字。係元和九年孟郊卒後，唯一長篇
  聯句。末云：「雪下收新息，陽生過京索。」預知吳元濟必敗；
  雪下指小雪，陽生謂冬至，皆節氣名，是說小雪後收復新息，
  冬至時通過京索。

 5.〈郾城晚飲奉贈副使馬侍郎及馮李二員外〉云：
  城上赤雲呈勝氣，眉間黃色見歸期。
  幕中無事唯須飲，即是連鑣向闕時。（《集釋》卷十）

 昌黎從征諸詩，不離「平賊」二字，正氣沛然，因為深信「三小
州殘弊困劇之餘，而當天下之全力，其破敗可立待也。」〈郾城晚飲〉
更以氣色入詩，談起人相學來。《太平御覽・相書占氣雜要》：「黃色
如帶當額橫，卿之相也。有卒喜，皆發於色，額上面中年上，是其候
也，黃色最佳。」

 十一月廿八日，裴度自蔡州入朝，以副使馬總留後。十二月十六
日凱旋回京，昌黎沿途有詩十一首。

1. 〈酬別留後侍郎〉：

爲文無出相如右，謀帥難居郤縠先；

歸去雪銷溱洧動，西來旌旆拂晴天。（《集釋》卷十）

2. 〈同李二十八夜次襄城〉：

印綬歸台室，旌旗別將壇。欲知迎候盛，騎火萬星攢。（《集釋》卷十）

3. 〈同李二十八員外從裴相公野宿西界〉：

四面星辰著地明，散燒煙火宿天兵。

不關破賊須歸奏，自趁新年賀太平。（《集釋》卷十）

4. 〈過襄城〉：

郾城辭罷過襄城，潁水嵩山刮眼明。

已過蔡州三百里，家山不用遠來迎。（《集釋》卷十）

5. 〈宿神龜招李二十八馮十七〉，詩云：

荒山野水照斜暉，啄雪寒鴉趁始飛。

夜宿驛亭愁不睡，幸來相就蓋征衣。（《集釋》卷十）

6. 〈次硤石〉：

數日方離雪，今朝又出山。

試憑高處望，隱約見潼關。（《集釋》卷十）

7. 〈和李司勳過連昌宮〉：

夾道踈槐出老根，高甍巨桷壓山原。

宮前遺老來相問，今是開元幾葉孫。（《集釋》卷十）

8. 〈桃林夜賀晉公〉：

西來騎火照山紅，夜宿桃林臘月中。

手把命珪兼相印，一時重疊賞元功。（《集釋》卷十）

9. 〈次潼關先寄張十二閣老使君〉：

荊山已去華山來，日出潼關四扇開。

刺史莫辭迎侯遠，相公親破蔡州迴。（《集釋》卷十）

10. 〈次潼關上都統相公〉：

暫辭堂印執兵權，盡管諸公破賊年。

冠蓋相望催入相，待將功德格皇天。(《集釋》卷十)

11. 〈晉公破賊回，重拜台司以詩示幕中賓客愈奉和〉：

南伐旋師太華東，天書夜到冊元功。將軍舊壓三司貴，相
國新兼五等崇。鵷鸞欲歸仙仗裡，熊羆還入禁營中。長慙
典午非材職，得就閒官即至公。(《集釋》卷十)

此十一詩，程學恂稱：「皆可作凱歌。」又說：「手把命珪兼相印，一
時重疊賞元功」，斷云：「觀此則〈平淮西碑〉自是鐵案，何以尚聽李
愬之爭。」(《韓詩臆說》)

　　案淮西之役，自元和九年至十二年，主和主戰，各有主張，各
有徒黨。裴度、韓愈力主用兵，具言賊可滅。果然就在憲宗能斷，
裴度用賢，各方盡力之下，輕易平蔡立功，而擅命三世的王承宗，
終於上表獻出德、棣二州，立下「元和中興」的大功。昌黎「誰勸
君王回馬首」句，方成珪氏以為借張良、陳平獻策以贊美裴度且以
自喻，甚是。

三、譏刺官風

　　古來官場之地，就是名利淵藪，是非叢集的地方。君子以道事君，
小人則以諛媚，朋黨比周、相傾相軋，姦猜彈射。唐代實行科舉制，
仕途大開，及第者眾，而官職有限，於是奔競請託，後來轉成朋黨，
穆宗時演成「牛李黨爭」，互相傾軋了四十年，至於唐亡。實在說，
這種黨爭，是政治上的惡劣風氣。有權位的大官，喜歡弄權結勢，不
肯合作，如永貞朝的王叔文、杜黃裳，穆宗朝的元稹、裴度，如同水
火。

　　昌黎觀於眼，入於心，對這種「權門豪奢」、「讒言中傷」、「世態
炎涼」、「權門是趨」、「落井下石」的官風，詩中有譏評。

1. 〈記夢〉：

神官見我開顏笑，前對一人壯非少。石壇坡陀可坐臥，我

手承頦肘拄座。隆樓傑閣磊嵬高，天風飄飄吹我過。壯非
少者哦七言，六字常語一字難。我以指撮白玉丹，行且咀
嚼行詰盤。口前截斷第二句，綽虐顧我顏不歡。乃知仙人
未賢聖，護短憑愚邀我敬。我能屈曲自世間，安能從女巢
神山。（《集釋》卷六）

鍾惺：「罵世人冥悍好詼人入骨。」（《唐詩歸》）

陳沆：「刺權貴好阿諛、惡鯁直也。」（《詩比興箋》）

2. 〈陸渾山火一首和皇甫湜用其韻〉，借火水相濟，申雪冤枉的喻
意引詩見前頁108，不贅。

沈欽韓說：「火以喻權倖，勢方薰灼，炎官熱屬，則指附和之人。
牛李只以直言被黜，猶黑螭之遭焚，終以申雪冤枉。」

3. 〈嘲魯連子〉譏「爭名相軋」：

魯連細而點，有似黃鵠子。田巴兀老蒼，憐汝矜爪觜。開
端要驚人，雄跨吾厭矣。高拱禪鴻聲，苦輆一盃水。獨稱
唐虞賢，顧未知之耳。（《集釋》卷九）

方世舉舉二句「雄跨吾厭矣，高拱禪鴻聲」，謂「有不屑與爭之意。」

王元啓：「此詩爲後進爭名者發。」（《讀韓記疑》）

4. 〈岳陽樓別竇司直〉，諷刺官人猜忌：

念昔始讀書，志欲干霸王，屠龍破千金，爲藝亦云亢。愛
才不擇行，觸事得讒謗，前年出官由，此禍最無妄。公卿
採虛名，擢拜識天仗。姦猜畏彈射，斥逐恣欺誑。（《集釋》
卷三）

5. 〈題于賓客莊〉詩，諷諭繁華本空：

榆莢車前蓋地皮，薔薇蘸水筍穿籬。馬蹄無入朱門跡，縱
使春歸可得知？（〈游城南〉十六首之二）（《集釋》卷九）

方世舉評：「于頔以豪奢敗，此詩傷之。」

6. 〈庭楸詩〉，諷刺世人奔競鑽迎的風氣：

庭楸止五株，共生十步間。……朝日出其東，……夕日在
其西，……當晝日在上，……仰視何青青，上不見纖穿。

客來尚不見，肯到權門前？權門眾所趨，有客動百千，九
牛亡一毛，未在多少間。往既無可顧，不往自可憐。（《集釋》
卷九）

此詩「以朝日、晝日、夕日」，比喻世態炎熱。

7. 〈答孟郊〉譏刺世人落井下石：

弱拒喜張臂，猛拏閑縮爪，見倒誰肯扶，從嗔我須齠。（《集
釋》卷一）

樊汝霖曰：「此聯公誌子厚墓所謂落陷穽不一引手救，反擠之，又下
石焉者皆是也。」（魏本引）

8. 〈枯樹〉諷刺「小人」「讒言」：

老樹無枝葉，風霜不復侵，腹寄人可過，皮剝蟻還尋。（《集
釋》卷十二）

方世舉曰：「比喻小人乘其隙而中之也。」

9. 〈利劍〉，痛恨讒夫之言：

利劍光耿耿，佩之使我無邪心。故人念我寡徒侶，持用贈
我比知音。我心如冰劍如雪，不能刺讒夫，使我心腐劍鋒
折。決雲中斷開青天，噫！劍與我俱變化歸黃泉。（《集釋》
卷二）

此詩係疾讒之作，王元啟謂指摘李實。（《讀韓記疑》）

10. 〈感春三首〉，憂讒畏譏：

偶坐藤樹下，暮春下旬間。藤陰已可庇，落蘂還漫漫。疊
疊新葉大，瓏瓏晚花乾。青天高寥寥，兩蝶飛翻翻。時節
適當爾，懷悲自無端。（其一）

黃黃蕪菁花，桃李事已退。狂風簸枯榆，狼藉九衢內。春
序一如此，汝顏安足賴？誰能駕飛車，相從觀海外？（其二）

晨游百花林，朱朱兼白白。柳枝弱而細，懸樹垂百尺。左
右同來人，金紫貴顯劇。嬌童爲我歌，哀響跨箏笛。豔姬
蹋筵舞，清眸刺劍戟。心懷平生友，莫一在燕席。死者長
眇茫，生者困乖隔。少年真可喜，老大百無益。（其三）（《集

釋》卷九）

王元啓曰：「皆憂讒畏譏之詩」。（《讀韓記疑》）

　　由上所言，皆爲官場現象，這是藉詩調理性情的例子。

四、諷諭民生

　　1. 譏評時人只知獵取科舉：

　　唐代大行科舉，名利所在，時人以獵取科舉爲務，不知文章本源，昌黎深有所感，作〈雜詩〉：

> 古史散左右，詩書置後前。豈殊蠹書蟲，生死文字間，古
> 道自愚蠢，古言自包纏。當今固殊古，誰爲與欣歡。（《集釋》
> 卷一）

此詩歷來頗多解說，陳沆、程學恂體認是「聞道之旨」。

　　王元啓說：「此詩與〈嘲魯連〉同指，亦爲後進爭名者發。」

　　徐震說：「觀此詩首六句，顯爲文章而發。意蓋譏時流不識文章本源，祇以獵取科第，終歸身名俱滅。自慨獨抱眞誠，世莫可與言者。」（《韓集詮訂》）

　　蘇東坡撰〈潮州韓文公廟碑〉，即取其句意而發揮。

　　2. 譏刺隱士欺世盜名：

　　隱士，古稱處士。有眞隱，有假隱之分，假者沽名釣譽，以作終南捷徑，如石洪、溫造、李渤之輩，昌黎作詩諷刺，括號與說明爲筆者所加。

> 水北山人得名聲，去年去作幕下士。（薄石洪）水南山人又
> 繼往，鞍馬僕徒塞閭里，（薄溫造）少室山人索價高，（薄
> 李渤）兩以諫官徵不起。彼皆刺口論世事，有力未免遭驅
> 使。（〈寄盧仝〉）（《集釋》卷七）

> 長把種樹書，人云避世士，忽騎將軍馬，自號報恩子。（藩
> 石洪）（〈送石處士赴河陽幕〉）（《集釋》卷七）

葛立方：「蓋吏非吏、隱非隱，故於洪有譏焉。」（《韻語陽秋》）

3. 〈譴瘧鬼〉，借病起興，勸勉小人改過遷善：

> 屑屑水帝魂，謝謝無餘輝。如何不肖子，尚奮瘧鬼威？乘秋作寒熱，翁嫗所罵譏。求食嘔泄間，不知臭穢非。醫師加百毒，薰灌無停機；灸師施艾炷，酷若獵火圍；詛師毒口牙，舌作霹靂飛；符師弄刀筆，丹墨交橫揮。咨汝之胄出，門戶何巍巍？祖軒而父頊，未沫於前徽。不修其操行，賤薄似汝稀。豈不忝厥祖，靦然不知歸。湛湛江水清，歸居安汝妃。清波爲裳衣，白石爲門畿。呼吸明月光，手掉芙蓉旗。降集隨九歌，飲芳而食菲。贈汝以好辭，咄汝去莫違。（《集釋》卷三）

此詩譏刺瘧鬼，典故出自《漢舊儀》。《後漢書·禮儀中》注引：「顓頊氏有三子，生而亡去，爲疫鬼，一居江水，是爲瘧鬼；一居若水，罔兩蜮鬼；一居人宮室區隅，善驚人小兒。」昌黎借其遠祖顓頊，諷瘧鬼爲不肖子，勉勵改過遷善。

鄭珍謂此詩泛指：「公自嬉罵瘧鬼，而使不肖子讀之，自知汗背、此即有關世道也，何必定指斥某人耶？」（〈跋韓詩〉）

方世舉、王元啓以爲諷刺李逢吉、張又新。韓醇則謂爲皇甫鎛、程异諸人作，臆度無足取。

4. 〈病鴟〉譏刺負恩之徒，引詩見頁 48。王元啓說：

> 按此詩實爲劉叉而發，叉素無行，遊公門，至攫其寶金而去。公詩雖意不爲此，然泥坑之戒，實叉所當深佩也。又事見李商隱所述齊魯二生文，言叉大軀有聲力，常出入市井，殺牛擊犬豕，羅網鳥雀，亦時或因酒殺人，變姓名遁去，會赦得出。公詩奪攘數語，與商隱所言悉合，又玩「丐汝死命」等云，意叉羅網時，公實爲活命之恩，後乃竊金而去也。其曰：「此誄墓所得，不若與劉君爲壽。」蓋故爲妄語，以自揜其奪攘之醜，亦退後之狂言也。（《讀韓記疑》）

5. 它如惋歎「流屍無告」、「貧賤糟糠」、「滄海桑田」，亦寓於詩：

> 河隄決東郡，老弱隨驚湍。（〈齪齪〉）

去歲東郡水，生民爲流屍。……前年關中旱，閭里多死飢。
（〈歸彭城〉）

長檠八尺空自長，短檠二尺便且光。……裁衣寄遠淚眼暗……太學儒生東魯客……一朝富貴還自恣，長檠高張照珠翠。吁嗟世事無不然，牆角君看短檠棄。（〈短燈檠歌〉）

白水龍飛已幾春，偶逢遺跡問耕人，丘墳發掘當官路，何處南陽有近親。（〈題廣昌館〉）

第三節　敘寫生活情趣

詩者持也，持人性情不墜。宋初，歐陽修謂昌黎詩：「資談笑，助諧謔，敘人情，狀物態，而曲盡其妙。」本節所述，即其餘事所爲，也是昌黎的情趣所在。

一、遊宴詩與行旅詩

昌黎好遊，將游山玩水的樂趣，注入詩中：

東司絕教授，遊宴以爲恒。秋漁蔭密樹，夜博然明燈。雪逕抵樵叟，風廊折談僧。陸渾桃花間，有湯沸如烝。三月崧（嵩山）少步。躑躅浪千層，洲砂厭晚坐，嶺壁窮晨升。沈冥不計日，爲樂不可勝。（〈送侯參謀赴河中幕〉）

洛邑得休告，華山窮絕陘。倚巖睨海浪，引袖拂天星。日駕此迴猲，金神所司刑。泉紳施脩白，石劍攢高青。磴蘚澾拳踢，梯飆颭伶俜。悔狂已咋指，垂誡仍鐫銘。……疊雪走商嶺，飛波航洞庭。……賴其飽山水，得以娛瞻聽。（〈答張徹〉）

長安雨洗新秋出，極目寒鏡開塵函。終南曉望躡龍尾，倚天更覺青巉巉。……歸來得便即遊覽，暫似壯馬脫重銜。（〈酬司門盧四兄雲夫院長望秋作〉）

茲遊苦不數，再到遂經旬。……子雲祇自守，奚事九衢塵。
（〈閒遊〉）

遊玩要飽，如不能飽，絕不甘休，一去再去。

　　不但嗜遊，又勸人「汲汲來遊」，〈遊青龍寺贈崔大補闕〉云：

> 秋灰初吹季月管，日出卯南暉景短。友生招我佛寺行，正植
> 萬株紅葉滿。……南山逼冬轉清瘦，刻畫圭角出崖竅。當憂
> 復被冰雪埋，汲汲來歸戒遲緩。（《集釋》卷五）

昌黎深切瞭解山水，復能曲折酣暢地抒寫山水之情。如贈詩惠師、靈
師，前者歷敘其名山之遊，後者敘其放蕩於山水。程學恂說：「非穩
於山水不能寫」，筆者以爲非深嗜山水不能寫。〈送惠師〉云：

> 惠師浮屠者，乃是不羈人。十五愛山水，超然謝朋親。脫
> 冠翦頭髮，飛步遺縱塵。發跡入四明，梯空上秋旻，遂登
> 天臺望，眾壑皆嶙峋。夜宿最高頂，舉頭看星辰。……常
> 聞禹穴奇，東去窺甌閩，越俗不好古，流傳失其眞。……
> 迴臨浙江濤，屹起高峨岷。壯志死不息，千年如隔晨。……
> 凌江詣廬嶽，浩蕩極游巡，崔峇沒雲表，陂陀浸湖淪。……
> 前年往羅浮，步戛南海漘。……自來連州寺，曾未造城闉。
> 日攜青雲客，探勝窮崖濱。……吾聞九疑好，夙志今欲伸；
> 斑竹啼舜婦，清湘沈楚臣，衡山與洞庭，此固道所循。尋
> 嵩方抵洛，歷華遂之秦。浮游靡定處，偶往即通津。（《集釋》
> 卷二）

惠師最嗜山水，故一一敘到四明，天臺、禹穴、浙濤、廬嶽、羅浮之
遊，而以衡山、嵩華之遊作結。〈送靈師〉亦著眼於山水：

> 尋勝不憚險，黔江屢洄沿。瞿塘五六月，驚雷讓歸船。怒水
> 忽中裂，千尋墮幽泉。環迴勢益急，仰見團圓天。投身豈得
> 計，性命甘徒捐。浪沫蹙翻湧，漂浮再生全。同行二十人，
> 魂骨俱坑塡。靈師不掛懷。冒涉道轉延。（《集釋》卷二）

嗜遊山水以至於「尋勝不憚險」，可謂痴痴入迷了。這樣寫送行詩，
不啻對尙說，吾輩是同道，這是有趣的送行方式。

（一）內　容

　　昌黎愛山水之遊，寺觀、池閣之遊。平日宴遊有詩，兩次南貶有

詩，從征蔡州有詩，宣諭鎮州有詩，記述其生活情趣。篇幅甚多，別表列如次：

1. 京畿宴遊之什

遊　　　地	時　　　間	紀遊的詩篇
岐山	貞元八年至十年	岐山下二首
華山	貞元十五年	答張徹
洛北惠林寺	貞元十七年七月廿二日	山石
孟州盤谷	貞元十六、十八年	盧郎中雲夫寄示送盤谷子詩兩章歌以和之
長安炭谷湫祠堂	貞元十九年	炭谷湫祠堂
終南山	元和元年	南山
長安青龍寺	元和元年九月	游青龍寺贈崔大補闕
河南魏王池	元和五年	東都遇春
峽石西泉	元和六年	峽石西泉
長安太平公主山莊	元和七年	游太平公主山莊
虢州劉使君三堂	元和八年	奉和虢州劉給事使君三堂
城南別墅	元和十一年	新題二十一詠
城南	元和十一年	人日城南登高
城南	不能一一考出	游城南十六首
曲江	元和十一年	奉酬盧雲夫曲江荷花見寄並呈錢張
街西行香	元和十一年	早赴街西行香贈盧李二中舍人
鄭家池	元和十二年	閑遊二首
長安城南杏園	穆宗長慶元年	杏園送張徹侍郎
長安楊尚書林亭	長慶二年	早春與張十八博士籍遊楊尚書林亭寄楊白二閣老
曲江	長慶二年	同水部張員外曲江春遊寄白舍人
南溪	長慶四年	南溪始泛三首

2. 貶謫陽山之什

遊　　地	時　　間	紀遊的詩篇
汨羅	貞元二十年	湘中
同冠峽（陽山縣西北七十里）	貞元二十年	同冠峽、次同冠峽
貞女峽（連州桂陽縣）	貞元二十年春	貞女峽
龍宮灘（陽山縣）	貞元二十一年	宿龍宮灘
郴州	貞元二十一年	郴州祈雨、湘中酬張十一功曹、郴口又贈二首
衡州合江亭	貞元二十一年	題合江亭寄刺史鄒君
衡山	貞元二十一年九月	謁衡嶽廟遂宿嶽寺題門樓、岣嶁山
江陵	貞元二十一年九月	赴江陵途中寄贈王、李、李三學士
潭州	貞元二十一年九月	潭州泊船呈諸公
湘西岳麓寺道林寺	貞元二十一年九月	陪杜侍御遊湘西兩寺獨宿有題一首因獻楊常侍
洞庭湖	貞元二十一年九月	洞庭湖阻風贈張署
岳陽樓	貞元二十一年九月	岳陽樓別竇司直
荊江口	貞元二十一年九月	晚泊江口

3. 從征淮西之什

遊　　地	時　　間	紀遊的詩篇
滎陽鴻溝	元和十二年八月	過鴻溝
女几山	元和十二年八月	奉和裴相公東征途經女几山作
郾城	元和十二年八月	晚秋郾城夜會聯句、郾城晚飲奉贈馬侍郎
襄城	元和十二年十二月	同李二十八夜次襄城 同李二十八員外從裴相公野宿西界過襄城
神龜驛	元和十二年十二月	宿神龜招李馮
峽石	元和十二年十二月	次峽石
宜陽連昌宮	元和十二年十二月	和李司勳過連昌宮
桃林	元和十二年十二月	桃林夜賀晉公
潼關	元和十二年十二月	次潼關先寄張十二閣老 次潼關上都統相公

4. 貶謫潮袁之什

遊　　地	時　　間	紀遊的詩篇
藍關	元和十四年正月	左遷至藍關示姪孫湘
武關	元和十四年正月	武關西逢配流吐蕃
鄧州	元和十四年二月	次鄧州界
曲河驛	元和十四年二月	食曲河驛
南陽	元和十四年二月	過南陽
宜城楚昭王廟	元和十四年三月	題楚昭王廟
瀧口	元和十四年三月	瀧吏
臨瀧寺	元和十四年三月	題臨瀧寺
韶州宣溪	元和十四年三月	晚次宣溪酬張端公使君
韶州始興江	元和十四年三月	過始興江感懷
廣州	元和十四年三月	贈別元十八協律六首
曾江口	元和十四年四月	宿曾江口示姪孫湘
潮州	元和十四年四月	答柳柳州食蝦蟆
潮州	元和十四年冬	量移袁州張韶州以詩相賀因酬之
韶州	元和十五年冬	將至韶州先寄張端公借圖經
禪寺	元和十五年冬	題秀禪師房
江州	元和十五年十月	除官赴闕至江州寄李大夫
石頭驛	元和十五年十月	次石頭驛寄王閣老
廬山西林寺	元和十五年十月	遊西林寺題蕭二兄郎中舊堂
安陸	元和十五年十月	自袁州還京行次安陸先寄周員外
隨州棗陽	元和十五年十月	題廣昌館
商南層峰驛	元和十五年十月	去歲以罪貶潮州小女道死殯之層峰驛旁山下蒙恩還朝過其墓留題驛梁

5. 宣諭鎮州之什

遊　　地	時　　間	紀遊之詩篇
太原	長慶二年二月	奉使常山早次太原呈副使吳郎中
壽陽驛	長慶二年二月	夕次壽陽驛題吳郎中詩後
承天行營	長慶二年二月	奉使鎮州行次奉天行營奉酬裴相公
鎮州	長慶二年二月	鎮州路上謹酬裴司空相公重見寄
鎮州	長慶二年春末	鎮州初歸

（二）特　色

昌黎嗜遊，有宴遊詩，有行旅詩。《昭明文選》卷二十二、二十六、七先後有「遊覽」、「行旅」詩之目，可見此風自古已然。

　　從詩的內容（時間、地點、風土、人情、地理）觀察，看出一些特色：1、宴遊的去處

　　甲、曾到過的山水：終南山、峽石西泉、衡山、盤谷南溪、汩羅、同冠峽、貞女峽、龍宮灘、衡山合江亭、江陵、潭州、洞庭湖、岳陽樓、荊江口、楚昭王廟、華山、嵩山。

　　乙、曾到過的寺觀：洛北惠林寺、長安青龍寺、長安炭谷湫祠、臨瀧寺、秀禪師房、廬山西林寺、衡嶽廟、岳麓寺、道林寺。

　　丙、曾到過的園池：河南魏王池、長安太平公主山莊、虢州劉使君三堂城南、曲江、鄭家池、杏園、長安楊尚書林亭、南溪。

還一個人游泳：「有船魏王池，往往縱孤泳。」（〈東都遇春〉）

2. 記南方風土

昌黎兩次南貶，陽山潮陽，皆為荒僻地。而在他的詩筆之下，無論寫景色、敘風俗、述人情，狀物態，無不活靈活現。鈔錄如次，括號及說明為筆者所加。

　　（1）〈縣齋有懷〉：

投荒誠職分，領邑幸寬赦。湖波翻日車，（大湖）嶺石坼天罅。（高嶺）毒霧恒熏晝，（毒霧）炎風每燒夏。（燒風）雷威固已加，（打雷）颶勢仍相借。（打風）氣象杳難測，（氣象）聲音吁可怕。（怪聲音）夷言聽未慣，（蠻音）越俗循猶乍。（越俗）指謫兩憎嫌，睚眥互猜訝。（猜忌）

　　（2）〈八月十五夜贈張功曹〉：

洞庭連天九疑高，蛟龍出沒猩鼯號。（山高猨啼）十生九死到官所，幽居默默如藏逃。（驚魂甫定）下牀畏蛇食畏藥，（畏蛇怕藥）海氣濕蟄熏腥臊。（海氣腥濕）

　　（3）〈赴江陵途中寄三學士〉：

商山季冬月，冰凍絕行輈。（冬令行貶）春風洞庭浪，出沒
驚孤舟。（過洞庭）逾嶺到所任，低顏拜君侯。（到任）酸
寒何足道，隨事生瘡疣。（生瘡）遠地觸途異，吏民似猿猴。
（吏民乾瘦猿）生獰多忿很，辭舌紛嘲啁。（面貌語言）白
日屋簷下，雙鳴鬥鵁鶄。（南方異鳥）有蛇類兩首，有蟲群
飛遊。（南方蛇蟲）窮冬或搖扇，盛夏或重裘。（氣候劇變）
颶起最可畏，訇哮簸陵邱。（颶風猛烈）雷霆助光怪，氣象
難比侔。（激雷閃電）癘疫忽潛遘，十家無一瘳。（南方瘴
病）猜嫌動置毒，對案輒懷愁。（南人蠱毒）

（4）〈答張徹〉：

疊雪走商嶺，飛波航洞庭。下險疑墮井，守官類拘囚。（登山
涉水）荒餐茹獠蠱，幽夢感湘靈。（野餐野宿）刺史蕭著蔡，
吏人沸螳螟。（吏民甚眾）點綴簿上字，趨蹌閣前鈴。（大吏
尊嚴）賴其飽山水，得以娛視聽。（閒游山水）紫樹雕斐亹，
碧流滴瓏玲。（冰花滿樹）映波鋪遠錦，插地列長屏。（山水
奇麗）愁狖酸骨死，怪花醉魂馨，（猿悲花醉）潛苞絳實坼，
幽乳翠毛零。（花苞飄香）

（5）〈送湖南李正字歸〉：

長沙入楚深，洞庭值秋晚。人隨鴻雁少，江共蒹葭遠。（人
跡罕少）歷歷余所經，悠悠子當返。……風土稍殊昔，魚
蝦日異飯。（常吃魚蝦）

（6）〈瀧吏〉：

南行逾六旬，始下昌樂瀧。險惡不可狀，船石相舂撞。（波
濤險惡）……下此三千里，有州始名潮。遠方潮州惡溪瘴
毒聚，雷電常洶洶。鱷魚大於船，牙眼怖殺儂。（鱷魚恐怖）
州南數千里，有海無天地。（南海茫茫）颶風有時作，掀簸
真差事。（颶風肆虐）

（7）〈贈元十八協律六首之六〉云：

峽山逢颶風，雷電助撞捽。乘潮簸扶胥，近岸指一髮。兩
巖難云牢，木石兀飛發。屯門雖云高，亦映波浪沒。（廣州

沿途風濤澎湃）

詩中描寫了南方的風土：鱷魚、毒瘴、颶風、雷電、蠱毒等。還吃了「鱟魚」、「蠔蚵」、「蝦蟇」、「章魚」、「蒲魚」、「江瑤柱」。

> 鱟實如惠文，骨眼相負行。蠔相黏爲山，百十各自生。蒲魚尾如蛇，口眼不相營。蛤即是蝦蟇，同實浪異名。章舉馬甲柱，鬬以怪自呈。其餘數十種，莫不可歎驚。我來禦魑魅。自宜味南烹。調以咸與酸，芼以椒與橙。腥臊始發越，咀吞面汗騂。（〈初南食貽元十八協律〉）

> 蝦蟆雖水居，水特變形貌。……居然當鼎味，豈不辱釣罩。余初不下喉，近亦能稍稍。（〈答柳柳州食蝦蟆〉）

這些詩篇，係沿途忍受著顛簸勞頓，故意寫下來的。柳宗元在永州寫山水遊記，昌黎則藉寫行旅詩，充滿著南蠻風味。遣詞用韻，雄奇瑰麗，一改謝靈運的風格；筆者以爲，昌黎由此道發展，而欲有所突破。

二、釣魚詩

昌黎對釣魚有癖嗜，固然是生活上的調節，可能與好古有關。自從大舜漁於雷澤，呂尚釣於渭陽，釣魚成爲寄意。《論語》有「子釣而不網」的記錄，《莊子》有「任公子投竿東海」的寓言，《列子・湯問》有「詹何引盈車之魚於九仞之淵」的誇張，宋玉還有〈釣賦〉。

韓愈、張籍、李賀、盧仝嗜釣，寫過釣魚詩。昌黎有十二首之多。李賀〈釣魚詩〉云：

> 秋水釣紅渠，仙人待素書。菱絲縈獨繭，蒲米蟄雙魚，斜竹垂清沼，長綸貫碧虛。餌懸春蜥蜴，鉤墮小蟾蜍。詹子情無恨，龍陽恨有餘。爲看煙浦上，楚女淚霑裾。（《全唐詩》卷三百九十二）

盧仝〈直鉤吟〉：

> 初歲學釣魚，自謂魚易得。三十持釣竿，一魚釣不得。人鉤曲，我鉤直。哀哉我鉤又無食，文王已沒不復生，直鉤之道何時行。（《全唐詩》卷三百八十八）

盧仝效法呂尚（姜太公），用直鉤釣魚，因爲「文王已沒」「我鉤無食」，比喻「直道」難行。

張籍的釣魚詩則是：

憶昔西潭時，並持釣魚竿。共忻得魴鯉，烹鱠於我前。（〈寄韓愈〉）（《全唐詩》卷三百八十三）

板亭坐垂釣，煩苦稍已平……釣車擲長線，有獲齊歡驚。（〈祭退之〉）（《全唐詩》卷三百八十三）

至於叉魚，其源甚古。〈周官〉有「以時籍魚」的記載。甚麼是叉魚？鄭玄注：「以杈刺泥中取之。」秦始皇曾「射魚」。載於《三齊記》：「始皇祭青城山，入海三十里射魚，水變色如血者數里。」

杜甫有兩首觀打魚詩。第一首敘寫燭火下網魚：「漁人漾舟沈大網，截江一擁數百鱗。」第二首寫叉魚的經過，興起「暴殄天物」的哀嘆，詩云：

蒼江漁子清晨集，設網提網萬萬急。能者操舟疾若飛，撐突波濤挺叉入。小魚脫漏不可記，半死半生還戢戢。大魚傷損皆垂頭，屈強泥沙有時立。（《錢箋杜詩》卷五）

（一）內　容

昌黎嗜釣，逢釣必有伴侶。至少八位：侯喜李景興、尉遲汾、區冊、劉師命、張徹、侯繼、張籍。陽山之時，區冊、區弘、竇存、劉師命皆自遠方來從，閒中釣魚爲樂。

（二）特　色

昌黎的愛釣心理，提三點：

1. 釣魚可悟哲理：莊子遊於濠梁之上，看見鯈魚「出遊從容」便覺得魚樂，因爲他對於「出遊從容」的滋味是有經驗的。人與人或人與物之間都有共同點，可以互相感通。莊子以「樂」來形容魚的心境，其實不過是把他自己的「樂」的心境外射到魚的身上罷，這叫「移情作用」。移情作用和美感經驗是有密切關係的。所謂美感經驗，是在聚精會神之中，主體和客體的情趣往復迴流。

卅四歲寫〈贈侯喜〉時，際遇是坎坷的。「四試禮部始一得」（貞元四、五、七、八年），「三舉吏部終無成」（貞元九、十、十一年），由貞元十二年至十七年，兩任推官（董晉、張建封幕下），半生耗於科舉，仿如魚之求餌；而一入仕途，為名利祿所牽累，豈不似遊魚中鉤？昌黎釣魚，猶之乎利祿之釣韓氏，他被利祿所誘何殊于遊魚為餌？彼此遭遇如此相似，「晡時堅坐到黃昏」。終於，從名利枷鎖中頓悟：

> 是時侯生與韓子，良久歎息相看悲。我今行事盡如此，此事正好為吾規。半世遑遑就舉選，一名始得紅顏衰。（〈贈侯喜〉）
> 士為生名累，有似魚中鉤。齎財入市賣，貴者恆難售。豈不畏顛頓，為功忌中休。勉哉耘其業，以待歲晚收。（〈送劉師服〉）

從遊魚求餌，比喻士人求名利，貼切極了。由「魚中鉤」的痛，推至生民之苦，把痛苦形象化。〈赴江陵途中寄三學士詩〉云：

> 是年京師旱，田畝少所收。上憐民無食，征賦半已休。有司恤經費，未免煩苛求。富者既云急，貧者固已流。傳聞閭里間，赤子棄渠溝。持男易斗粟，掉臂莫與酬。我時出衢路，餓者何其稠。親逢道邊死，佇立久咿嚘。歸舍不能食，有如魚中鉤。（《集釋》卷三）

士人為科舉，皓首窮經，拋盡心力，棲棲遑遑，固然徒自痛苦；即使科名得遂，又為官職所縛，俯仰由人，豈不似魚成俎醢。於此，便有退隱念頭。〈贈侯喜〉云：

> 人間事勢豈不見，徒自辛苦終何為。便當提攜妻與子，南入箕穎無還時。（《集釋》卷二）

即使供奉朝廷，若不知利害，得罪被貶，即如魚鱗被戕，翅鬐被傷，無復其用。但是，昌黎正言若反，語出詼諧：「我才與世不相當，戕鱗委翅無復望。」他熟知魚的遭遇，因為他釣魚。

2. 釣魚可以消閒：愛釣和嗜遊分不開。下釣之處多為風景佳勝處，有池花、岸竹、老樹、濃蔭，石磯上、沙水中，景色幽美，足以怡情

養性：

> 侯家林館勝，偶入得垂竿。曲樹行藤角，平池散黃盤。
> 一徑向池斜，池塘野草花。雨多添柳耳，水長減蒲芽。
> 秋半百物變，溪魚去不來。風能坼芰菱，露亦染梨顋。
> 遠岫重疊出，寒花散亂開。獨往南塘上，秋晨景氣醒。
> 露排四岸草，風約半池萍。鳥下見人寂，魚來聞餌馨。
>
> （〈獨釣四首〉）
>
> 雨後來更好，繞池遍青青。柳花閒度竹，菱葉故穿萍。
> 萍蓋汙池淨，藤籠老樹新。林鳥鳴訝客，岸竹長遮鄰。
>
> （〈閒遊〉）

3. 魚獲用以加餐：還可誇耀於兒女，元和初年任國子博士的日子，生活清苦，便常釣魚加餐：

> 三年國子師，腸肚習藜莧。況住洛之涯，魴鱒可罩汕。（〈酬崔十六少府攝伊陽詩〉）
>
> 聊取誇兒女，榆條繫從鞍。（〈獨釣〉四之一）

三、飲酒詩

飲酒是唐人的社交，貴族子弟，幾乎無不解飲酒。昌黎特地提出「文字飲」，飲酒事小，卻有「文字飲」和「紅裙飲」之分。何謂「文字飲」？詳見下論。杜甫〈飲中八仙歌〉記載唐人嗜飲：

> 知章騎馬似乘船，眼花落井水底眠。汝陽三斗始朝天，道逢麴車口流涎。恨不移封向酒泉，左相日興費萬錢。飲如長鯨吸百川，銜盃樂聖稱世賢。宗之蕭灑美少年，舉觴白眼望青天，皎如玉樹臨風前，蘇晉長齋禮佛前。醉中往往愛逃禪。李白一斗詩百篇，長安市上酒家眠，天子呼來不上船。自稱臣是酒中仙。張旭三盃草聖傳，脫帽露頂王公前，揮毫落紙如雲煙。焦遂五斗方卓然，高談雄辯驚四筵。
>
> （《全唐詩》卷二一六）

所謂「八仙」是：賀知章、汝陽王璡、李適之、崔宗之、蘇晉、李白、張旭、焦遂等人。

當時酒名繁多，如郢州有「富水」，烏程有「若下」，滎陽有「土窟春」，富平有「石凍春」，劍南有「燒春」，河東有「乾和葡萄」，嶺南有「靈谿」，博羅宜城有「九醞」，潯陽有「湓水」，京師有「西市」、「蝦蟆陵」、「郎官清」、「阿婆清」等。

（一）內　容

昌黎豐肥寡髯，不知與嗜酒有無關係？從少年就開始嗜酒：

> 少年氣眞狂，有意與春競。行逢二三月，九州花相映。川原曉服鮮，桃李晨糚靚，荒乘不知疲，醉死豈辭病。（〈東都遇春〉）
>
> 擾擾馳名者，誰能一日閒。我來無伴侶，把酒對南山。（〈游城南〉之十三〈把酒〉）
>
> 直把春償酒，都將命乞花。（〈游城南〉之十五〈嘲少年〉）

昌黎嗜酒、同飲也好，獨飲亦妙，不擇地而飲，城南道邊、古墓上可飲；失意可飲，生病時可飲。閑遊可飲，行軍亦可飲。有伴侶可飲，無伴侶亦飲。再舉幾首：

> 偶上城南土骨堆，共傾春酒兩三盃。（〈飲城南道邊古墓上逢中丞過贈禮部衛員外少室張道士〉）
>
> 秋風一披拂……趨死惟一軌。胡爲浪自苦，得酒且歡喜。（〈秋懷之一〉）
>
> 犀首空好飲，廉頗尚能飯。（〈秋懷之三〉）
>
> 少年氣眞狂，有意與春競。……荒乘不知疲，醉死豈辭病。（〈東都遇春〉）
>
> 歸來身已病，相見眼還明。更遣將詩酒，誰家逐後生。（〈杏園送張徹侍郎〉）
>
> 幕中無事惟須飲，即是連鑣向闕時。（〈鄆城晚飲奉贈副使馬侍郎及馮李二員外〉）

（二）特　色

飲酒不外四個原因：解愁、消閑、歡宴、文字飲。前三種普遍，

第四種則爲儒雅之趣了。

1. 解愁之飲

〈秋懷詩〉之一:「牕前兩好樹,眾葉光凝凝。秋風一披拂,策策鳴不已。微燈照空床,夜半偏入耳。愁憂無端來,感慨成坐起。……浮生雖多塗,趨死惟一軌。胡爲浪自苦,得酒且歡喜。」

〈秋懷詩〉之三:「彼時何卒卒,我志何曼曼。犀首空好飲,廉頗尚能飯。」

元和初年,韓愈自江陵掾召爲國子博士,此時作詩。詩中云:「學堂日無事」、「南山見高棱」,「詰屈避語穽,冥茫觸心兵」。

陳景雲謂:「作於憂讒畏譏時也。」(《點勘》)這是解愁之飲。

2. 消閑之飲

韓愈遊青龍寺,閑遊賞花賞紅柿,當然不能沒有酒。

> 何人有酒身無事,誰家多竹門可款。(〈游情青龍寺贈崔大補闕〉)
> 我來無伴侶,把酒對南山。(〈游城南之十三〉)
> 幕中無事惟須飲,即是連鑣向闕時。(〈鄆城晚飲〉)

這是消閑之飲。

3. 歡宴之飲

城南莊是韓氏的別墅,新春人日之時,親交子姪都來此宴集。此際一觴一詠,暢敘親情。元和十一年作〈人日城南登高〉,詩云:

> 聖朝身不廢,佳節古所用。親交既許來,子姪亦可從。盤蔬冬春雜,罇酒清濁共。令徵前事爲,觴詠新詩送。(《集釋》卷九)

元和十五年自袁州召還,過襄陽,李逢吉招宴,寫〈酒中留上襄陽李相公〉,中有四句:「眼穿長訝雙魚斷,耳熱何辭數爵頻。銀燭未銷窗送曙,金釵半墮座添春。」(《集釋》卷十二)

飲酒相聚,本是唐代的社交,酒酣耳熱,「樂飲過三爵」。這是歡宴之飲。

4. 文字飲

昌黎提倡文字飲。見於〈醉贈張秘書〉詩：

> 人皆勸我酒，我若耳不聞。今日到君家，呼酒持勸君。爲此座上客，及余各能文。君詩多態度，藹藹春空雲。東野動驚俗，天葩吐奇芬。張籍學古淡，軒鶴避雞群。阿買不識字，頗知書八分，詩成使之寫，亦足張吾軍。所以欲得酒，爲文俟其醺，酒味既泠冽，酒氣又氛氳，性情漸浩浩，諧笑方云云，此誠得酒意，餘外徒繽紛。長安眾富兒，盤饌羅羶葷，不解文字飲，惟能醉紅裙。雖得一餉樂，有如聚飛蚊。今我及數子，固無猶與薰。險語破鬼膽，高詞媲皇墳。至寶不雕琢，神功謝鋤耘。方今向泰平，元凱承華勳，吾徒幸無事，庶以窮朝曛。

所謂「文字飲」，經何焯研究，謂出於詩〈小雅·瓠葉〉「君子有酒」，鄭箋：「此君子謂庶人之有賢行者，其農功畢，乃爲酒漿以合朋友，習禮講道藝也。」（《義門讀書記》）古時的鄉飲酒及燕禮便是文字飲。舉二例，例一：

元和五年冬，韓愈爲河南縣令，作〈燕河南府秀才〉詩，係燕禮時作。按《新唐書·選舉志》：「唐制，取士之科，多因隋舊。然其大要有三：由學館者曰生徒，由州縣者曰鄉貢，皆升於有司而進退之。……每歲仲冬，州縣館監舉其成者，送之尚書省；而選舉不由館學者，謂之鄉貢，皆懷牒自列于州縣。試已，長吏以鄉飲酒禮令屬僚設賓主，陳俎豆，備管弦，牲用少牢，歌鹿鳴之詩。因與耆艾序長少焉。」河南府秀才，即由州縣所升的鄉貢。昌黎有詩紀載，除了「習禮講道藝」，勸勉他們：「勉哉戒徒馭，家國遲子榮。」當時所陳列歡讌的物品：紅柿、紫葡萄、荼茶、好酒，都是上品。還可以帶些回家，這是朝廷的敬意：「還家敕妻兒，具此煎炰烹，柿紅蒲萄紫，肴果相扶擎。芳茶出蜀門，好酒濃且清，何能充歡燕，庶以露厥誠。」這種「以酒漿以合朋友，習禮講道藝」，就是文字飲。

例二，〈示兒〉，詩裡，自述交際大官時，講論唐虞之道：

開門問誰來，無非卿大夫。不知官高卑，玉帶懸金魚。問
客之所爲，峨冠講唐虞。酒食罷無爲，棋槊以相娛。凡此
座中人，十九持鈞樞。又問誰與頻，莫與張樊如。來過亦
無事，考評道精麤。(《集釋》卷九)

歷來詩評家，如胡仔、王應麟、鄧肅皆誤斥昌黎以利祿教子「鄙陋」。
他們忽視了：「峨冠講唐虞」、「考評道精粗」的用心。何焯就說：「『峨
冠講唐虞』、『考評道精粗』則猶行道憂世之爲也。姑以其外焉者誘進
小兒曹耳。」(《義門讀書記》)

　　總之，「聚飲酒食」、「棋槊相娛」、「講唐虞之道」、「考評道精粗」，
凡此種種，便是「文字飲」。

四、賞花詩

　　在昌黎筆下，詠花詩十七篇，所詠的花，包括梨花、梅花、杏花、
李花、菊花、桃花、牡丹、芍藥、榴花；還有柿和新竹。這些花都被
注入了生命，另具風韻。

（一）內　容

1. 梨花：兩首詩梨花都給劉師命寫的。

　　桃蹊惆悵不能過，紅艷紛紛落地多。

　　聞道郭西千樹雪，欲將君去醉如何。(〈聞梨花發贈劉師命〉)(《集
釋》卷二)

　　洛陽城下清明節，百花寥落梨花發；

　　今日相逢瘴海頭，共驚爛漫開正月。(〈梨花下贈劉師命〉)

　　(《集釋》卷二)

2. 木芙蓉：寫木生的芙蓉。

　　新開寒露叢，遠比水間紅。艷色寧相妒，嘉名偶日同。

　　採江官渡晚，搴木古祠空。願得勤來看，無令便逐風。(〈木
芙蓉〉)(《集釋》卷三)

3. 梅花：詠早春的梅花如：

　　梅將雪共春，彩艷不相因。……誰令香滿座，獨使淨無塵。

芳意饒呈瑞。寒光助照人。玲瓏開已遍，點綴坐來頻。（〈春雪間早梅〉）（《集釋》卷四）

4. 杏花：昌黎寫〈杏花〉贈張署，全詩借花起興，縱筆寫嶺外所見，而思歸京國，感懷就醉。此詩十韻，寫杏花只有一句：「杏花兩株能白紅」而已。

5. 李花：昌黎寫了三首。

江南城西二月尾，花不見桃惟見李。風揉雨練雪羞比，波濤翻空杳無涘。君知此處花何似，白花倒燭天夜明，群雞驚鳴官更起。金烏海底初飛來，朱輝散射青霞開。迷魂亂眼看不得，照耀萬樹鼿如堆。（〈李花贈張十一署〉）（《集釋》卷四）

以雪羞喻其色，以波濤翻空喻其盛，以「燭天夜明」、「群雞驚鳴」喻其亮白。

忽憶前時經此樹，正見芳意初萌牙。奈何趁酒不省錄，不見玉樹攢霜葩。……。

當春天地爭奢華，洛陽園苑尤紛挐。誰將平地萬堆雪，翦刻作此連天花。……夜領張徹投盧仝，乘雲共至玉皇家。長姬香御四羅列，縞裙練帨無等差。靜濯明糚有所奉，顧我未顧置齒牙。清寒瑩骨肝膽醒，一生思慮無由邪。（〈李花〉）（《集釋》卷七）

以「靜濯明糚」的仙姬喻其幽雅，以「縞裙練帨」的衣裳喻其容顏，以「清寒瑩骨」寫其神韻，以「一生思慮無由邪」表其志節，昌黎身在花林，彷彿「乘雲共至玉皇家」。

6. 榴花：寫於五月榴花結子時：

五月榴花照眼明，枝間時見子初成。
可憐此地無車馬，顛倒青苔落絳英。（〈題張十一旅舍三詠〉）（《集釋》卷四）

7. 蒲萄：寫蒲萄鬚根生長，攀爬高架，栩栩有生氣。

新莖未遍半猶枯，高架支離倒復扶。

若欲滿盤堆馬乳，莫辭添竹引龍鬚。(〈題張十一旅舍三詠〉)(《集釋》卷四)

8. 菊花：以今日與少年兩段做比較，寄寓滄桑。

少年飲酒時，踴躍見菊花。今來不復飲，每見恒咨嗟。(〈晚菊〉)(《集釋》卷七)

9. 百葉桃花：見下詩，

百葉雙桃晚更紅，窺窗映竹見玲瓏。

應知侍使歸天上，故伴仙郎宿禁中。(〈百葉桃花〉)(《集釋》卷九)

10. 牡丹：寫清晨的牡丹，脈脈含情。

幸自同開俱隱約，何須相倚鬥輕盈。

凌晨併作新妝面，對客偏含不語情。(〈戲題牡丹〉)(《集釋》卷九)

11. 芍藥：寫於宮中：

浩態狂香昔未逢，紅燈爍爍綠盤龍。

覺來獨對情驚恐，身在仙宮第幾重。(〈芍藥〉)(《集釋》卷九)

12. 荷花：寫新荷出水之美，英挺怡人。

風雨秋池上，高荷蓋水繁。未諳鳴槭槭，那似卷翻翻。(〈奉和虢州劉給事使君三堂新題二十一詠〉之十一首)(《集釋》卷八)

13. 柿樹：寫遊青龍寺，賞柿葉，吃紅柿，充滿奇情幻思。括號及說明為筆者所加：

友生招我佛寺行，正值萬株紅葉滿。(寫柿葉)……赫赫炎官張火傘，然雲燒樹大實駢。金烏下啄賴蚪卵。(寫紅柿)魂翻眼到忘處所，赤氣沖融無間斷。有如流傳上古時，九輪照爍乾坤旱。二三道士席其間，靈液屢進頗黎盤。(敘吃柿)(〈游青龍寺贈崔大補闕〉)(《集釋》卷五)

14. 新竹：寫新竹的姿態，盎然有生趣。

筍添南階竹，日日成清閟。縹節也儲霜，黃苞猶掩翠。出欄抽五六，當戶羅三四，高標陵秋嚴，貞色奪春媚。稀生

巧補林，併出疑爭地，縱橫乍依行，爛漫忽無次。風枝未
飄吹，露粉先涵淚。(〈新竹〉)(《集釋》卷七)

15. 辛夷花：元和五年春，分司東都，投閒置散。前詩自寫閒情；
　　後者寫辛夷花的開謝，用朝明夕暗形容。

　　辛夷高花最先開，青天露坐始此迴。
　　己呼孺人戞鳴瑟，更遣稚子傳清盃。
　　選壯軍興不爲用，坐狂朝論無由陪。
　　如今到死得閒處，還有詩賦歌康哉。(〈感春〉五首之一)

　　辛夷花房已全開，將衰正盛須頻來。
　　清晨輝輝燭霧日，薄暮耿耿和煙埃。
　　朝明夕暗已足歎，況乃滿地成摧頹。
　　迎繁送謝別有意，誰肯留念少環迴。(〈感春〉五首之二)(《集
　　釋》卷七)

（二）特　色

　　昌黎愛花，因爲惜花。愛惜寸陰、行樂及時都是愛花的原因。春
殘花落，一地憔悴，愛花的人，「顧得勤來看，無令便逐風」(〈木芙
蓉〉)了。過七日而花謝，「君不強起時難更」(〈寒食日出遊〉)。有次，
張署病中，不能外出賞花，病榻上寫成九首憶花詩，以寄其癡念之情，
昌黎在寒食日回家，拜候張署，以詩和之，告訴他：城西「千株雪相
映」、「紅白如爭競」，勸他賞花趁早，否則「紛紛落盡泥與塵，不共
新粧比端正」。

　　花開花落，本爲自然界常情。個中道理甚深。見花開而喜，是常
情，見花開而咨嗟，則是何故？

　　少年飲酒時，蹦躍見菊花。今來不復飲，每見恒咨嗟。(〈晚
　　菊〉)

　　念昔少年曾遊燕，對花豈省曾辭盃。自從流落憂感集，欲
　　去未到思先迴。祇今四十已如此，後日更老誰論哉？力攜
　　一罇獨就醉，不忍虛擲委黃埃。(〈李花贈張十一署〉)

　　少年時對菊，蹦躍而飲，今來則不復飲，不知飽歷多少憂患風霜，

心情之複雜可知，對酒不飲，這是一個境界；再由李花一開一謝，感慨身世易衰。汪佑指出，韓公「惜李花實自惜也」(《南山徑草堂詩話》)，這是又一境界。

杜甫喜寫桃花，昌黎、荊公喜詠李花，為什麼？

因為桃花經日經雨，色褪而不紅，尤其一望成林之時，不如李花之鮮白奪目，而杜甫愛桃花，是在深紅間淺紅之時。昌黎賞花詩中，有三首寫李花，可知偏愛李花了。

在昌黎的眼中，李花已經是美人了。通過物我交感，這位美人「顏色慘慘似含嗟」，愁容深鎖，「問之」，「不肯道所以」，為了探究美人心事，就在美人身傍依依不去，「獨繞百匝至日斜」，終於明白：「含嗟慘慘」，因為被冷落；「忽憶前時經此樹，正見芳意初萌芽，奈何趁酒不省錄，不見玉樹攢霜葩」，終於感動淚下：「泫然為汝下雨淚」、「斥去不御慚其花」。(〈李花〉二首之一)

陳沆引《楚辭》：「惟草木之零落兮，恐美人之遲暮」，謂此詩寓意是：「吾不能早用子，至今而晚知之，則已負其芳華之年也。」(《詩比興箋》)

美人之慘慘，豈非昌黎之慘慘。〈杏花〉即云：「萬片飄泊隨西東」，由飄泊二字引出悽絕語，縱憶嶺南所見，迴入「若在京國情何窮」的惆帳，這也是由杏花飄泊聯繫自己的飄泊，所以說：「惜花實自惜也」。

李花詩第二首，昌黎道出心中的意象：如登天庭，如對「靜濯明粧」的仙姬，冷然興起「清寒瑩骨肝膽醒，一生思慮無由邪」的心懷。朱彝尊不滿此詩作「禮法語」，筆者以為，這是對美人的超離靈慾的至愛。

陳沆分析：「此章自言其志。奢華紛拏，世之所競，君子必避而去之。但愈置之紛華之中，而愈增其皜白之志，瑩其清寒之骨，醉其肝膽，思慮而無由邪。則道眼視之，無往非道也。」(《詩比興箋》)

總之，昌黎愛花，固然是惜春和惜花，惜花亦即自惜。賞花之時，通過物我交融，而冷冷然生起純潔無邪的至高至愛，超凡脫俗。程學

恂說他「風情不減」，這是「一生思慮無由邪」的風情；又是自表「不與世競」的皎白之志。（《韓詩臆說》）

五、詠物詩

昌黎嗜遊，隨遊蹤所至，有詩紀事，這是縱線的理解；與此同時，因其性情所近而寫作釣魚詩、賞花詩、飲酒詩和詠物詩，這是橫面的觀察。從廣處言，昌黎的賞花詩如芍藥、百葉桃花之類與叉魚、釣魚詩未嘗不可以歸入詠物詩。上文既論，不欲重復。茲按昌黎詠物詩所「形容刻繪」的對象，分類略述：

（一）內　容

1. 詠　雪

昌黎有三首雪詩，各具丰姿。第一首〈詠雪贈張籍〉，作於貞元十九年，極寫落雪，著眼於其弊害，大抵有諷意，據王元啓說，與「京兆尹李實專事剝民奉上，與王韋等朋黨比周」（《讀韓記疑》）有關。第二首〈喜雪獻裴尚書〉作於永貞元年十二月立春後，極力描寫降雪的祥瑞，故詩名〈喜雪〉。第三首〈春雪〉作於元和元年，則純以閑適之情欣賞春雪，頗能「盡雪之性」。三詩中，前一首詠冬雪，後二首詠春雪，各有旨趣。詳論見第五章第一節鍊意。此不贅。

2. 詠苦寒

寒與熱，本為詩人對氣候的感受。但昌黎化身天下萬物，通過它們的覺受，寄寓諷意。據《唐書‧五行志》，貞元十九年三月大雪，昌黎作〈苦寒〉詩：

四時各平分，一氣不可兼。隆寒奪春序，顓頊固不廉。太昊弛維綱，畏避但守謙。遂令黃泉下，萌芽天勾尖。草木不復抽，百味失苦甜。凶飆攪宇宙，鏜刃甚割砭。日月雖云尊，不能活烏蟾。羲和送日出，恇怯頻窺覘。炎帝持祝融，呵噓不相炎。而我當此時，恩光何由沾。肌膚生鱗甲，衣被如刀鐮。氣寒鼻莫齅，血凍指不拈。濁醪沸入喉，口角如銜箝。

> 將持匕箸食，觸指如排籤。侵鑪不覺暖，熾炭屢已添。探湯
> 無所益，何況纊與縑。虎豹僵穴中，蛟螭死幽潛。熒惑喪纏
> 次，六龍冰脫髯。芒碭大包內，生類恐盡殲，啾啾窗間雀。
> 不知已微纖。舉頭仰天鳴，所願晷刻淹。不如彈射死，卻得
> 親炰燖。鸞皇苟不存，爾固不在占。其如蠢動儔，俱死誰恩
> 嫌。伊我稱最靈，不能女覆苫。悲哀激憤歎，五藏難安恬。
> 中宵倚牆立，淫淚何漸漸。天乎哀無辜，惠我下顧瞻。褰旒
> 去耳纊，調和進梅鹽。賢能日登御，黜彼傲與憸。生風吹死
> 氣，豁達如褰簾。懸乳零落墮，晨光入前簷。雪霜頓銷釋，
> 土脈膏且黏。豈徒蘭蕙榮，施及艾與蒹。日萼行鑠鑠，風條
> 坐襜襜。天乎苟其能，吾死意亦厭。（《集釋》卷二）

由「伊我稱最靈，不能女覆苫。悲哀激憤歎，五藏難安恬」，反映了昌黎不忍生民受苦的懷抱。韓醇說：「天乎哀無辜，則望人主進賢退不肖，使恩澤下流，施及草木，其愛君憂民之意，具見於此。」王元啓以爲，此與杜甫「安得廣廈千萬間，大庇天下寒士盡歡顏」同一懷抱。

3. 詠打毬

唐代盛行「球戲」。種類頗多：有兩三人對踢的氣球，有騎馬以杖拂擊的打毬，有樂人女妓踩蹋的蹋球。昌黎〈汴泗交流贈張僕射〉詩，極力描寫打毬，作於貞元十五年徐州幕府時。

> 汴泗交流郡城角，築場千步平如削。短垣三面繚逶迤，擊
> 鼓騰騰樹赤旗。新雨朝涼未見日，公早結束來何爲？分曹
> 決勝約前定，百馬攢蹄近相映。毬驚杖奮合且離，紅牛纓
> 紱黃金羈。側身轉臂著馬腹，霹靂應手神珠馳。超遙散漫
> 兩閑暇，揮霍紛紜爭變化。發難得巧意氣麤，譁聲四合壯
> 士呼。此誠習戰非爲劇。豈若安坐行良圖，當今忠臣不可
> 得，公馬莫走須殺賊。（《集釋》卷一）

詩裡寫擊毬的時地，兩隊的裝飾、陣容、隊形；敏捷的身手，紛紜的變化，樣樣兼顧，連得勝的歡呼聲，宛約可聞，寫來有聲有色，極工極致。末四句，才露出勉以殺賊的旨意。

4. 詠射雉

貞元十九年，昌黎入張建封徐州幕府，追同狩獵，寫〈雉帶箭〉，此詩描寫射雉的情景，栩栩生動，如在目前。括號與說明爲筆者所加。

> 原頭火燒靜兀兀，野雉畏鷹出復沒。(火燒)將軍欲以巧伏人，盤馬彎弓惜不發。(欲射)地形漸窄觀者多，雉驚弓滿勁箭加，(雉驚)衝人決起百餘尺，紅翎白鏃隨傾斜。(中箭)將軍仰笑軍吏賀，五色離披馬前墮。(收穫)(《集釋》卷一)

昌黎在七言十句有限的篇幅中，描寫射雉的情狀，火燒，欲射、雉驚、中箭、收穫，盤屈跳盪，生氣遠出，眞是神骨。無怪蘇軾特別用大字寫下，閒來朗讀，以爲妙絕！

5. 詠赤藤杖

赤藤杖原出南詔，元和十四年，錢徽寫〈詠赤藤歌〉，盧汀有酬詩，當時詩人各有寫作，如白樂天便有〈和南詔紅藤杖〉詩。韓愈的和詩就是〈和虞部盧四汀酬翰林錢七徽赤藤歌〉：

> 赤藤爲杖世未窺，臺郎始攜自滇池。滇王掃宮避使者，跪進再拜語嗢咿。繩橋拄過免傾墮，性命造次蒙扶持。途經百國皆莫識，君臣聚觀逐旌旄。共傳滇神出水獻，赤龍拔鬚血淋漓，又云羲和操火鞭，暝到西極睡所遺。幾重包裹自題署，不以珍怪誇荒夷。歸來捧贈同舍子，浮光照手欲把疑。空堂晝眠倚牖戶，飛電著壁搜蛟螭。南宮清深禁闈密，唱和有類吹塤篪。妍辭麗句不可繼，見寄聊且慰分司。
>
> (《集釋》卷六)

此詩由藤杖出南詔(滇池)起，一路鑿空藻繪，赤藤杖是「赤龍的鬚」、「滇神」所獻、「羲和火鞭」，形如蛟螭，其光照手。極盡怪奇之能事，這種「獨造法」，是昌黎的藝術技巧。

6. 詠竹筍

昌黎〈和侯協律詠筍〉，明顯有諷意。元和十一年昌黎論淮西事，爲李逢吉所厭惡，遂遣八關十六子之徒，廣播流言，以影響輿論。由

「得時方張王」至「蛇虺首欣欣」，指斥其挾勢植黨，苞藏姦慝，已不徒然是詠物詩：

> 竹亭人不到，新筍滿前軒。乍出真堪賞，初多未覺煩。成行齊婢僕，環立比兒孫。驗長常攜尺，愁乾屢側盆。對吟忘膳飲，偶坐變朝昏。滯雨膏腴濕，驕陽氣候溫。得時方張王，挾勢欲騰騫。見角牛羊沒，看皮虎豹存。攢生猶有隙，散步忽無垠。詎可持籌算，誰能以理言。縱橫公占地，羅列暗連根。狂劇時穿壁，群強幾觸藩。深潛如避逐，遠去若追奔。始訝妨人路，還驚入藥園。萌牙防寖大，覆載莫偏恩。已復侵危砌，非徒出短垣。身寧虞瓦礫，計擬掩蘭蓀。且歎高無數，庸知上幾番。短長終不校，先後竟誰論。外恨苞藏密，中仍節目繁。暫須迴步履，要取助盤飧。穰穰疑翻地，森森競塞門。戈矛頭戢戢，蛇虺首掀掀。婦懦咨料揀，兒癡謁盡髡。侯生來慰我，詩句讀驚魂。屬和才將竭，呻吟至日暾。（《集釋》卷九）

這是一首和詩。卻極力摹寫竹筍漫生的物態，用「戈矛」「蛇虺」，比喻「挾勢欲騰騫」，「計擬掩蘭蓀」，讀來「驚心動魄」！

7. 詠鬥雞

鬥雞是唐代盛行的遊戲，最盛於上巳之辰。唐玄宗好鬥雞，於兩京設雞坊，蓄鬥雞千餘頭，選六軍小兒五百人以爲馴養。上有所好，民風尤甚。諸王世家有因鬥雞而破產者。京師男女以弄雞爲事，貧者亦喜玩弄假雞。時人賈昌即以善於弄雞，被擢升爲五百小兒長。開元十四年，賈昌之父忠從封東嶽，而中途死亡，得旨沿途護送喪車，天下號昌爲「神雞童」；時人語曰：「生兒不用識文字，鬥雞走馬勝讀書。」（陳鴻〈東城父老傳〉）按鬥雞之事，始於春秋時魯國的季平子、邱昭伯。戰國時，齊俗最盛。鬥雞之外，還有縱犬與走馬。此外，還有養鷹、鬥鳥、鬥蟋蟀等。

元和元年，昌黎和東野二人，合作〈鬥雞聯句〉，先二句，後四句。精心摹劃鬥雞的形狀，側睨之形態，勇戰之心態、距鐵之鋒鏑，

推爲絕作：

> 大雞昂然來，小雞竦而待。（愈）崢嶸顛盛氣，洗刷凝鮮
> 彩。（郊）高行若矜豪，側睨如伺殆。（愈）精光目相射，
> 劍戟心獨在。（郊）既取冠爲冑，復以距爲鐓。天時得清
> 寒，地利挾爽塏。（愈）磔毛各噤痒，怒癭爭碨磊。俄膺
> 忽爾低，植立瞥而改。（郊）膈膊戰聲喧，繽翻落羽䃅，
> 中休事未決，小挫勢益倍。（愈）妒腸務生敵，賊性專相
> 醢。裂血失鳴聲，啄殷甚飢餒。（郊）對起何急驚，隨旋
> 誠巧紿，毒手飽李陽，神槌困朱亥。（愈）惻心我以仁，
> 碎首爾何罪。獨勝事有然，旁驚汗流浼。（郊）知雄欣動
> 顏，怯負愁看賄。爭觀雲塡道，助叫波翻海。（愈）事爪
> 深難解，嗔睛時未怠。一噴一醒然，再接再厲乃。（郊）
> 頭垂碎丹砂，翼搨拖錦綵。連軒尚賈餘，清屬比歸凱。（愈）
> 選俊感收毛，受恩慚始隗。英心甘鬥死，義肉恥庖宰。君
> 看鬥雞篇，短韻有可採。（郊）（《集釋》卷五）

昌黎詠物詩，還有〈詠簟〉、〈詠孔雀〉、〈詠落齒〉、〈詠燈花〉，皆短篇，不論。

（二）特　色

詠物之詩，宋人陳善認爲必須「窮極物理」，近人程學恂說，要「盡性」，須「剔除本字，不作一混同語」，如詠〈木芙蓉〉必須剔清木與芙蓉三字，絲毫不可混入。運思的沈細，趙翼稱爲「沈著」，然後，進行「銳思鑱刻」，自然「雕刻文刀利，搜求智網恢」（〈詠雪贈張籍〉），這種工夫，蔣抱玄說：「須從涵泳經史、烹割子集而來」。而詠物詩要「胸有寄託」「筆有遠情」，方爲妙作。李重華：「詠物詩有二法，一是將身放頓在裏面，一是將自身站立在旁邊。」（《貞一齋詩話》）試觀上述的詠物詩如詠雪、赤藤杖、詠筍諸作，皆有寄託，用的是「將自身站立在旁邊」手法。

本章小結

昌黎餘事作詩，可依孔穎達《毛詩正義》「詩有三訓」分類，以

詩明道、排斥佛老，是「志」；反映政治民生，匡過順美，是「承」；寫生活情趣，抒憂娛悲，是「持」。

　　歐陽修指其詩：「資談笑、助諧謔，敘人情，狀物態。」已經揭露妙趣，但未爲全面。寫詩固然是調理性情，「溫柔敦厚以持其心」，還有「承也」「志也」的作用，本章即詳析其意趣所在。

第四章　韓愈詩風格研究

　　大家詩文皆有其本來面目，前人謂之本色，實即《文心》所謂「體性」，近人所謂「風格」。而「本色」也，「體性」也，「風格」也，皆由作者先天才氣、後天學習所凝聚而成。韓詩本色亦然。茲錄前輩之論如次：

> 韓昌黎學力正大，俯視群蒙。匡君之心，一飯不忘；救時之念，一時不懈。惟是疾惡太嚴，進不獲用，而愛才若渴，退不獨善。嘗謂直接孔孟薪傳，信不誣也。（薛雪《一瓢詩話》）
>
> 阮公、陶公、杜、韓，皆全是自道己意，而筆力強，文法妙，言皆有本。（方東樹《昭昧詹言》）

　　今論昌黎詩風格，為「豪雄」「奇倔」「清麗」「淡遠」四種，以「豪雄」為主；先論「奇倔」。

第一節　奇　倔

　　李杜二公，才情橫恣，各開生面，獨有千古。李白自是仙靈降生，才思俊邁，不用力而著手皆春；至於杜甫思力沈厚，筆力豪勁。昌黎生在其後，不得不竭力變化，另闢一徑。

　　據趙翼分析，杜甫詩有兩種風格：一、沈著：「一題必盡題中之義，沈著至十分者。」二、奇險：「題中未必有此義，而冥心刻骨奇

險至十二三分者。〔註1〕嚴羽《滄浪詩話》所謂「優遊不迫」，大抵指李白那種「揮灑出之」、「觸手成春」的風格；所謂「沈著痛快」大抵指杜甫的「沈著」風格。

那種「冥心刻骨的奇險」，李白沒有，杜甫則才思所到，偶然而作；而昌黎則「一眼覷定，欲從此闢山開道，自成一家。」因為專門求勝，故有斧鑿痕跡。趙翼所稱的「奇險」，即本題所言的「奇倔」。「奇倔」又可寫成「奇崛」。崛即奇也。

「奇崛」風格，並非「搯摭奇字。詰曲其詞、務為不可讀以駭人耳目」的意思。而於「橫空硬語」、「妥貼排奡」之外，尚須「精思結撰」，「思語俱奇，未經人道」方合，杜甫所謂「語不驚人死不休」，趙翼說是昌黎的真本領。趙翼分析其詩之「奇倔」，說：

> 昌黎詩如〈題炭谷湫〉云：「巨靈高其捧，保此一掬慳」，謂湫不在平地，而在山上也。「吁無吹毛刃。血此牛蹄殷」，謂時俗祭賽此湫龍神而已，未具牲牢也。〈送無本詩〉云：「鯤鵬相摩宰，兩舉快一噉」，形容其詩力豪健也。〈月蝕詩〉：「帝箸下腹嘗其膰」，謂烹此食月之蝦蟆，以享天帝也。思語俱奇，真未經人道。至如〈苦寒行〉云：「啾啾窗間雀，所願晷刻淹，不如彈射死，卻得親炰烰」，謂雀受凍難堪，翻願就炰炙之熱也。〈竹簟〉〔按即鄭群贈簟〕云：「倒身甘寢百疾愈，卻願天日恒炎曦。」謂因竹簟可愛，轉願天不退暑而長臥此也，此已不免過火。然思力所至，寧過無不及，所謂矢在弦上不得不發也。(《甌北詩話》卷三)

筆者舉釣魚詩及叉魚詩為例：

> 我為侯生不能已，盤鍼擘粒投泥滓。晡時堅坐到黃昏，手倦目勞方一起。暫動還休未可期，蝦行蛭渡似皆疑。舉竿引線忽有得，一寸纔分鱗與鬐。……（〈贈侯喜〉）

> 侯家林館勝，偶入得垂竿。曲樹行藤角，平池散黃盤。羽沈知食駛，緡細覺牽難。聊取誇兒女，榆條繫從鞍。（〈獨釣〉）

〔註1〕《甌北詩話》卷二。

昌黎寫釣魚，絲絲入扣，由「盤鍼擘粒」的魚具和魚餌寫起，寫到魚食的「羽沈」，寫到「蝦行蛭渡」的可疑，細緻地刻劃釣魚的工具與過程，還有釣者的自誇，可說「極體物之妙」。杜甫只有二首〈觀打魚詩〉，寫網魚、叉魚，古人珠玉在前，於是昌黎另闢蹊徑，別寫釣魚之趣，論工細處不讓老杜。昌黎又寫叉魚，非常工細，〈叉魚〉云：

> 叉魚春岸闊，比興在中宵。火炬然如晝，長船縛似橋。深窺沙可數，靜捞水無搖。刃下那能脫，波間或自跳。中鱗憐錦碎，當目訝珠銷。迷火逃翻近，驚人去暫遙。競多心轉細，得雋語時囂。潭罄知存寡，舷平覺獲饒。交頭疑湊餌，駢首類同條。濡沫情雖密，登門志已遼。盈車欺故事，飼犬驗今朝。血浪凝猶沸，腥風遠更飄。……膾成思我友，觀樂憶吾僚。自可捐憂累，何須強問鵰。（《集釋》卷二）

此詩敘叉魚事，將叉魚之時地，魚逃之狀，中叉之苦，堆疊船上，詩中，叉魚者「誇耀」，乃至魚血、魚腥，以至烹膾用餐，進而憶友，一字不遺，這種沈著、奇險，寫出題外十二三分的寫法，是韓詩藝術技巧。本書第三章第三節，第五款詠物詩部分，亦曾詳論，請參照。

昌黎「奇崛」，極致之時，難免「佶屈聱牙」。趙翼便說：

> 至如〈南山詩〉之：「突起莫間簹。詆訐陷乾竇，仰喜呀不仆，堛塞生怐愗，達枿壯復湊。」〈和鄭相公樊員外詩〉之：「稟生肖剸剛……烹斡力健倔……電判錯袞散……呀豁疚培掘。」〈征蜀詩〉之「刻膚浹瘡痏，敗面碎剖剖……岩鉤蹛狙猿，水漉雜鱣鰌，投奅鬧碅磳，填隍俿儦叠，……蒸堞熇歊熺。抉門呀拗閌。跧梁排郁縮，闖竇揳窊窆。」〈陸渾山火〉之「盎池波風肉陵屯，電光礩磹頳目煓。」此等詞句，徒聱牙轄舌，而實無意義，未免英雄欺人耳。（《甌北詩話》卷三）

諸家論述昌黎詩的風格，用詞不同，大抵指「奇崛」，如：施山《薑露庵雜記》說韓氏「審音擇字」取「逋峭生辣」；潘德輿《養一齋詩話》說：「韓愈古詩崛而堅」；洪亮吉《北江詩話》說韓詩佳處在「字向紙上皆軒昂」。實則，施氏說「逋峭生辣」是從「審音擇字」

言「奇崛」，潘氏之說也是，洪說則加上內心精神狀態的「兀傲」而言。

昌黎詩「奇崛」風格，以表現於運思、造語、造句、用韻各方面最爲明顯，這部分，將留在下節「藝術技巧」分析。

其實，昌黎自有本色，不專以奇險見長。這種本色，趙翼說仍在「文從字順中，自然雄厚博大，不可捉摸。」這是豪雄。

第二節　豪　雄

以豪論韓詩，本於蘇軾。東坡〈讀孟郊詩〉云：「要當鬥詩清，未足當韓豪」，一字定評。而豪必雄，前人論之不少。如下所錄：

司空圖：「韓吏部歌詩累百篇，而驅駕氣勢，若掀雷抉電，撐扶於天地之間。」（〈題韓集後〉）

蘇轍：「唐人詩當推韓、杜，韓詩豪，杜詩雄，然杜之雄，亦可以兼韓之豪也。」（《歲寒堂詩話》引）

張戒：「退之詩大抵才氣有餘，故能擒能縱，顛倒倔奇，無施不可。放之如長江大河，瀾翻沟湧，滾滾不窮；收之則藏形匿影，乍出乍沒，姿態橫生，變怪百出，可喜可愕，可畏可服也。」（《歲寒堂詩話》）

范梈：「韓杜沈雄厚壯，學者不察，失於龐硬。」（《木天禁語》）

潘德輿：「韓昌黎、蘇眉山皆以文爲詩，故詩筆健崛駿爽，而終非本色。」（《養一齋詩話》）

劉熙載：「統觀昌黎詩，頗以雄怪自喜。」（《藝概》）

陳三立：「韓公詩繼李杜而興，雄直之氣，詼詭之趣，自足鼎峙天壤。模範百世；不能病其以文爲詩，而損偏勝獨至之光價。」（〈題程學恂韓詩臆說〉）

夏敬觀云：「予以爲退之詩不止於豪，自亦有杜之雄在，且雄豪二字，皆不足以盡子美、退之之詩也。」（〈說韓〉）

茲舉〈此日足可惜〉爲例，以見其豪雄。括號及說明爲筆者所加：

此日足可惜，此酒不足嘗；捨酒去相語，共分一日光。（飲
酒昔別）念昔未知子，孟君自南方；自矜有所得，言子有
文章。（孟郊推譽）我名屬相府，欲往不得行；思之不可見，
百端在中腸。（想念）維時月魄死，冬日朝在房，驅馳公事
退，聞子適及城。命車載之至，引坐於中堂，開懷聽其說，
往往副所望。（相見）孔丘歿已遠，仁義路久荒，紛紛百家
起，詭怪相披猖。長老守所聞，後生習爲常。少知誠難得，
純粹古已亡。譬彼植園木，有根易爲長。留之不遣去，館
置城西旁，（留宿）歲時未云幾，浩浩觀湖江。眾夫指之笑，
謂我知不明，兒童畏雷電，魚鱉驚夜光。州家舉進士，選
試繆所當，馳辭對我策，章句何煒煌。（試貢）相公朝服立，
工席歌鹿鳴。禮終樂亦闋，相拜送於庭。（初別）之子去須
臾，赫赫流盛名。竊喜復竊歎，諒知有所成。（祝願）人事
安可恆，奄忽令我傷。聞子高第日，正從相公喪，哀情逢
吉語，惝怳難爲雙。暮宿偃師西，徒展轉在牀。（從董晉喪）
夜聞汴州亂，遠壁行傍徨。（汴州亂）我時留妻子，倉卒不
及將，相見不復期，零落甘所丁。驕女未絕乳，念之不能
忘，忽如在我所，耳若聞啼聲。（掛心妻小）中塗安得返，
一日不可更。俄有東來說，我家免懼殃，乘舡下汴水，東
去趨彭城。（妻小平安）從喪朝至洛，還走不及停。（至洛
陽）假道經盟津，出入行澗岡。日西入軍門，羸馬顛且僵。
（抵汴州）主人願少留，延入陳壺觴。卑賤不敢辭，忽忽
心如狂。飲食豈知味，絲竹徒轟轟。平明脫身去，決若驚
鳧翔。（辭別主人）黃昏次氾水，欲過無舟航，號呼久乃至，
夜濟十里黃。中流上灘潬，沙水不可詳，驚波暗合沓，星
宿爭翻芒。（夜渡黃河）轅馬蹢躅鳴，左右泣僕童。甲午憩
時門，臨泉窺鬭龍。東南出陳許，陂澤平茫茫。道邊草木
花，紅紫相低昂，百里不逢人，角角雉雛鳴。（路過陳許）
行行二月暮，乃及徐南疆。（抵徐州）下馬步堤岸，上船拜
吾兄。誰云經艱難，百口無夭殤。（家人重聚）僕射南陽公，
宅我睢水陽。籃中有餘衣，盎中有餘糧。（入張幕）閉門讀

書史，清風窗戶涼。日念子來游，子豈知我情？別離未爲久，辛苦多所經。對食每不飽，共言無倦聽。連延三十日，晨坐達五更。（秉燭再聚）我友二三子，宦游在西京，東野窺禹穴，李翱觀濤江，蕭條千萬里，會合安可逢？（思念好友）淮之水舒舒，楚山直叢叢，子又捨我去，我懷焉所窮？男兒不再壯，百歲如風狂。高爵尚可求，無爲守一鄉。

（再別、祝願）

此詩敍寫與張籍的初見、初別、再聚、再別，中間插敍孟郊的推譽，昌黎於汴徐二幕府的遭遇，表達依依不捨的情緒。凡一百四十句，主從通押；陽韻爲主，「東、鍾、江、陽、唐、耕、清、青」韻爲從。

綜上，昌黎長於古詩，就其才性之所至，以古文之筆法行之，有如「長江大河，瀾翻洶湧，滾滾不窮」、「可喜可愕」、「怪變百出」「磊落豪橫，挫籠萬有」，倚天拔地，這是豪雄風格。

第三節　清　麗

自初唐沈宋諸人創爲律體，嗣後，時人爭競於五七字之中作雄麗語，如賈至〈早朝大明宮〉推爲傑作，王維、岑參、杜甫皆有和詩，漸漸形成一種體格；杜甫專擅此體，而以氣魄、神力勝，被譽爲「詩聖」。

昌黎詩中，律絕不少，五律48首，七律17首，五絕27首，七絕79首，五言排律14首，共爲185首，以量而言，比古詩171首還多。

昌黎的律絕，如何評價？趙翼分析，昌黎「律詩最少」的原因，因爲大才，「一束於格式聲病，即難展其所長，故不多作。」（《甌北詩話》卷三）然而，對昌黎的律詩，也是推崇：「律中如詠月、詠雪諸詩，極體物之工、措詞之雅；七律更無一不完善穩妥，與古詩之奇崛，判若兩乎。」「完善穩妥」，即是符合律詩的寫作特點。試舉幾例。

1、〈戲題牡丹〉：

幸自同開俱隱約，何須相倚鬭輕盈。陵晨併作新妝面，對

客偏含不語情。雙燕無機還拂掠，游蜂多思正經營。長年
是事皆拋盡，今日欄邊暫眼明。(《集釋》卷九)

黃叔燦曰：「起二句似有比意。陵晨一聯寫牡丹，風致極妙。雙
燕一聯似指人之爭來賞玩說。公七言長句，難得如此風情。」

汪佑南評為詩家上乘：「唐人詠牡丹夥矣，即如《才調集》中薛
能、溫飛卿、李山甫、唐彥謙、羅隱、羅鄴，均有此詩。盡態極妍，
總不如昌黎一首。前六句輕清流麗，無意求工。結聯云：『長年是事
都拋盡，今日欄邊暫眼明。』不泥煞牡丹，非此不足以當之，此詩家
上乘也。」

2、〈晉雨破賊回重拜台司以詩示幕中賓客愈奉和〉云：
南伐旋師太華東，天書夜到冊元功。將軍舊壓三司貴，相
國新兼五等崇。鵷鷺欲歸仙仗裏，熊羆還入禁營中。長慚
典午非材職，得就閒官即至公。(《集釋》卷十)

3、〈左遷至藍關示姪孫湘〉云：
一封朝奏九重天，夕貶潮州路八千。欲為聖明除弊事，肯
將衰朽惜殘年。雲橫秦嶺家何在？雪擁藍關馬不前。知汝
遠來應有意，好收吾骨瘴江邊。(《集釋》卷十一)

4、〈奉和庫部盧四兄曹長元日朝迴〉云：
天仗宵嚴建羽旄，春雲送色曉雞號。金爐香動螭頭暗，玉
佩聲來雉尾高。戎服上趨承北極，儒冠列侍映東曹。太平
時節難身遇，郎署何須歎二毛。(《集釋》卷九)

5、〈酒中留上襄陽李相公〉云：
濁水汙泥清路塵，還曾同制掌絲綸。眼穿長訝雙魚斷，耳
熱何辭爵頻？銀燭未銷窗送曙，金釵半墮座添春。知公不
久歸鈞軸，應許閒官寄病身。(《集釋》卷十二)

6、〈奉和杜相公太清宮紀事陳誠上李相雨十六韻〉云：
犛邦興姬國，輔輅建夏家。在功誠可尚，於道詎為華？象
帝威容大，仙宗黃曆賒。衡門羅戟架，圓壁雜龍蛇。禮樂
追尊盛，乾坤降福遐。四真皆齒列，二聖亦肩差。陽月時
之首，陰泉氣未牙。殿階鋪水碧，庭炬坼金葩。紫極觀忘

倦，青詞奏不譁。嘈呟宮夜闢，嘈嘯鼓晨撾。褻味陳奚取？
名香薦孔嘉。垂祥紛可錄，俾壽浩無涯。貴相山瞻峻，清
文玉絕瑕。代工聲問遠，攝事敬恭加。皎潔當天月，葳蕤
捧日霞。唱研酬亦麗，俛仰但稱嗟。（《集釋》卷十二）

如上所引，〈晉公破賊回重拜台司以詩示幕中賓客愈奉和〉之「嚴重
蒼渾，直逼杜陵」，〔註2〕〈左遷至藍關示姪孫湘〉之「沈鬱頓挫」，
〈奉和盧四兄曹長元日朝迴〉之「雍容雅麗」、「蒼古宏壯」，〔註3〕
〈酒中留上李相公〉之「神韻獨絕」，〔註4〕〈奉和杜相公太清宮紀
事〉之「宏麗精密」，無不「完善穩妥」。以上律詩，以下絕句。

1、〈題楚昭王廟〉云：

丘墳滿目衣冠盡，城闕連雲草樹荒。猶有國人懷舊德，一
間茅屋祭昭王。（《集釋》卷十一）

此為南貶潮州途中所作。宋人劉辰翁（1231～1294）譽為「盡壓
晚唐」，明高棅取其說（《唐詩品彙》）；楊慎則指為「平平」之作（《升
庵詩話》），而欲翻其說，歷來爭議不定。就中，何焯（1661～1722）
推為：「意味深長，昌黎絕句中第一。」撇開是否唐詩萬首之冠不論，
就昌黎詩言，可推為「絕句第一」。蔣抱玄說：「以氣勢為風致」，而
且「愈讀則愈綿，愈嚼則字愈香」，推為「絕句中傑作。」這種「愈
讀愈綿，愈嚼愈香」的風致，正是絕句所要求的「興象風神」。

2、〈次潼關先寄張十二閣老使君〉，不但「氣象開闊」，又有「意
於言外」之妙：

荊山已去華山來，日出潼關四扇開；
刺史莫辭迎候遠，相公親破蔡州迴。

查慎行（1650～1727）說：「卷波瀾入小詩者」，程學恂說：「寫歌舞
入關，不著一字，盡於言外傳之，所以為妙。」

由上可見：昌黎絕詩頗佳妙，而且自具面目。嚴羽曾說：「五言

〔註2〕《唐宋詩醇》，卷十，頁1079。
〔註3〕蔣之翹說、朱彝尊說，俱見《集釋》卷九，頁939。
〔註4〕上句汪琬說，下句朱彝尊說，見《集釋》卷十二，頁1198～1270。

絕句。眾唐人是一樣，少陵是一樣，韓退之是一樣，本朝諸公是一樣。」（《滄浪詩話》）方世舉說，唐人五絕分派，王（昌齡）李（太白）正宗之外，杜甫一派，錢起一派，裴王（維）一派，李賀一派，昌黎一派，又說：「昌黎派遂爲東坡所宗，而陸放翁承之。」試觀〈劉使君三堂二十一詠〉，取韻精切，係步武王維《輞川・雜詩》自出新意；雖然昌黎不專以律絕見長，其眞本領也不在此，但也自成一格。

　　總而言之，韓愈律絕的風格，雍容雅麗、宏麗精密、輕清流麗，以清麗二字概括。

第四節　平　淡

　　昌黎晚年，另有一種眞率、樸直，不煩繩削而自合的風格，正如他自謂：「姦窮怪變得，往往造平淡」。這平淡，必須經過艱苦怪變、烹斡老鍊而漸變過來。即如論文，亦從陳言務去、怪怪奇奇之中以達文從字順。這種「平淡」以不著色爲特色，看似白話詩，但距離普通的白話詩，就如天壤之別。裡面的烹斡、陶鎔工夫，個中甘苦，鮮爲人知，文體雖淺白，但序事眞切，愈樸愈眞，耐人吟諷。方東樹舉例：「如公〈南溪始泛〉三篇，寄元協律四篇，送李翶，寄鄂岳李大夫等」（《昭昧詹言》）皆此風格；又說此格不易學，「未有其道腴，而專學其貌，必成流病」。黃山谷和陳後山，特別推崇此種體格，是爲「爐火純青」之境。

　　舉幾篇爲例：

　　1.〈南溪始泛〉（之一）：

榜舟南山下，上上不得返。幽事隨去多，孰能量近遠？陰沈過連樹，藏昂抵橫阪。石麤肆磨礪？波惡厭牽挽。或倚偏岸漁，竟就平洲飯。點點暮雨飄，梢梢新月偃。餘年懷無幾，休日愴已晚。自是病使然，非由取高寒。

　　2.〈南溪始泛〉（之二）：

南溪亦清駃，而無檝與舟。山農驚見之，隨我觀不休。不

惟兒童輩，或有杖白頭。饋我籠中瓜，勸我此淹留。我云
以病歸，此已頗自由。幸有用餘俸，置居在西疇。囷倉米
穀滿，未有旦夕憂。上去無得得，下來亦悠悠。但恐煩里
閭，時有緩急投。願爲同社人，雞豚燕春秋。

3. 〈南溪始泛〉（之三）：
足弱不能步，自宜收朝蹟。羸形可輿致，佳觀安可擲？即
此南阪下，久聞有水石。挐舟入其間，溪流正清激。隨波
吾未能，峻瀨乍可刺。驚起若導吾，前飛數十尺。亭亭柳
帶沙，團團松冠壁。歸時還盡夜，誰謂非事役？

4. 〈同水部張員外曲江春遊寄白二十二人舍人〉：
漠漠輕陰晚自開，青天白日映樓臺。曲江水滿花千樹，有
底忙時不肯來？

5. 〈示爽〉詩：
宣城去京國，里數逾三千。念汝欲別我，解裝具盤筵。日
昏不能散，起坐相引牽。冬夜豈不長？達旦燈燭然。座中
悉親故，誰肯捨汝眠？念汝將一身，西來曾幾年？名科擢
眾俊，州考居吏前。今從府公召，府公又時賢。時輩千百
人，孰不謂汝妍？汝來江南近，里閭故依然。昔日同戲兒，
看汝立路邊。人生但如此，其實亦可憐。吾老世味薄，因
循致留連。強顏班行內，何實非罪愆？才短難自立，懼終
莫洗湔。臨分不汝誑，有路即歸田。

6. 〈翫月喜張十八員外以王六祕書至〉：
前夕雖十五，月長未滿規。君來晤我時，風露渺無涯。浮
雲散白石，天宇開青池。孤質不自憚，中天爲君施。翫翫
夜遂久，亭亭曙將披。況當成夕圓，又以嘉客隨，惜無酒
食樂，但用歌嘲爲。

7. 〈落齒〉詩：
去年落一牙，今年落一齒。俄然落六七，落勢殊未已，餘
存皆動搖，盡落應始止。憶初落一時，但念豁可恥，及至
落二三，始憂衰即死。每一將落時，懍懍恒在己。又牙妨
食物，顛倒怯漱水，終焉捨我落，意與崩山比。今來落既

熟，見落空相似。餘存二十餘，次第知落矣。儻常歲落一，自足支兩紀。如其落併空，與漸亦同指。人言齒之落，壽命理難恃。我言生有涯，長短俱死爾。人言齒之豁，左右驚諦視。我言莊周云，木雁各有喜。語訛默固好，嚼廢軟還美。因歌遂成詩，持用詫妻子。

8. 〈郴口又贈〉（二首）：
山作劍攢江寫鏡，扁舟斗轉疾於飛。迴頭笑向張公子，終日思歸此日歸。（之一）雪颼霜翻看不分，雷驚電激語難聞。沿涯宛轉到深處，何限青天無片雲。（之二）

9. 〈醉贈張祕書〉：
人皆勸我酒，我若耳不聞。今日到君家，呼酒持勸君。爲此座上客，及余各能文。君詩多態度，藹藹春空雲。東野動驚俗，天葩吐奇芬。張籍學古淡，軒鶴避雞羣。阿買不識字，頗知書八分，詩成使之寫，亦足張吾軍。所以欲得酒，爲文俟其醺，酒味既冷洌，酒氣又氛氳，性情漸浩浩，諧笑方云云，此誠得酒意，餘外徒繽紛。長安眾富兒，盤饌羅羶葷，不解文字飲，惟能醉紅裙。雖得一餉樂，有如聚飛蚊。今我及數子，固無猶與薰。險語破鬼膽，高詞媲皇墳。至寶不雕琢，神功謝鋤耘。方今向泰平，元凱承華勳，吾徒幸無事，庶以窮朝暾。

10. 〈酬裴十六功曹巡府驛途中見寄〉：
相公罷論道，聿至活東人。御史坐言事，作吏府中塵。遂令河南治，今古無儔倫。四海日富庶，道途隘蹄輪，府西三百里，候館同魚鱗。相公謂御史：勞子去自巡。是時山水秋，光景何鮮新，哀鴻鳴清耳，宿霧褰高旻。遺我行旅詩，軒軒有風神。譬如黃金盤，照耀荊璞眞。我來亦已幸，事賢友其仁。持竿洛水側，孤坐屢窮辰。多才自勞苦，無用祇因循。辭免期匪遠，行行及山春。

11. 〈崔十六少府攝伊陽以詩及書見投因酬三十韻〉：
崔君初來時，相識頗未慣，但聞赤縣尉，不比博士慢。賃屋得連牆，往來忻莫間。我時亦新居，觸事吾難辨。蔬飧

要同喫，破襖請來綻。謂言安堵後，貸借更何患！不知孤遺多，舉族仰薄宦。有時未朝餐，得米日已晏，隔牆聞謹呼，眾口極鵝雁。前計頓乖張，居然見眞贗。嬌兒好眉眼，袴腳凍兩骭。捧書隨諸兄，纍纍兩角丱。冬惟茹寒虀，秋始識瓜瓣。問之不言飢，飯若厭粱豢。才名三十年，久合居給諫。白頭趨走里，閉口絕謗訕。府公舊同袍，拔擢宰山澗。寄詩雜詼俳，有類說鵬鷃，上言酒味酸，冬衣竟未擐，下言人吏稀，惟足彪與虥；又言致豬鹿，此語乃善幻。三年國子師，腸肚習藜莧。況住洛之涯，魴鱒可罩汕。肯效屠門嚼，久嫌戈者篡。謀拙日焦拳，活計似鋤鏟。男寒澀詩書，妻瘦賸腰襻。爲官不事職，厥罪在欺謾。行當自劾去，漁釣老葭薍。歲窮寒氣驕，冰雪滑磴棧。音問難屢通，何由覿淸盼？

12. 〈送劉師服〉：

夏半陰氣始，淅然雲景秋。蟬聲入客耳，驚起不可留。草草具盤饌，不待酒獻酬。士生爲名累，有似魚中鉤。齎財入市賣，貴者恆難售。豈不畏顦顇，爲功忌中休。勉哉耘其業，以待歲晚收。

13. 〈過南陽〉：

南陽郭門外，桑下麥靑靑。行子去未已，春鳩鳴不停。秦商邈旣遠，湖海浩將經。孰忍生以感？吾其寄餘齡。

〈南溪始泛〉三首，是晚年養病城南時，與張籍泛舟於南溪之作，這是老境，蔣之翹曰：「寫得眞率，不用雕琢」、「卽物寫心，愈樸愈切。」朱彝尊評爲：「屬對工而自然。」

如上引，長慶年間的幾首詩，風格一致，如〈同張員外曲江春遊寄白二十二舍人〉之「盡是直道，無斧鑿痕」；〔註5〕〈示爽〉之「眞率」；〔註6〕〈翫月〉之「淸空寫意，不拘藻飾」〔註7〕都是。這裡順

〔註5〕 何谿汶《竹莊詩話》引《蒼梧雜志》。見《集釋》卷十二，頁 1239。
〔註6〕 朱彝尊說，《集釋》卷十二，頁 1278。
〔註7〕 朱彝尊說，見《集釋》卷十二，頁 1286。

便一提，這種風格非限於晚年，早年偶有出現。如〈落齒〉的「眞率痛快」；〔註8〕〈郴口又贈〉的「眞味天然，非假雕飾」；〔註9〕〈醉贈張祕書〉的「和易出之」；〔註10〕〈酬裴十六功曹〉的「亦近古淡」；〔註11〕〈崔十六少府〉的「平淡有味」，〔註12〕〈送劉師服〉的「清空一氣如話」；〔註13〕〈過南陽〉的「淡而有致」，〔註14〕都是。何焯論昌黎詩風，元和後多歸古樸：

> 先生早年詩，好爲鑴鑱以出怪巧，元和後多歸于古樸，所謂：「姦窮變怪得，往往造平淡」，又所云不用意而功益奇老，如此等詩〔按：即孟東野失子〕，詩愈樸，愈奇古。（《義門讀書記》）

這種風格，元和以前已經偶而出現，只是不多，如〈落齒〉作於貞元十九年，昌黎卅六歲，〈郴口又贈〉作於貞元廿一年，昌黎卅八歲，都在元和之前可證。

韓氏晚年詩風，眞率樸直、清空一氣、淡而有致，茲以平淡二字概括。

本章小結

韓愈詩風格可以歸納爲有「豪雄」「奇倔」「清麗」「平淡」四種。

「豪雄」，爲韓愈詩之主要風格。韓氏長於古詩，以古文之筆法行之，如「長江大河，瀾翻洶湧，滾滾不窮」、「磊落豪橫，挫籠萬有」。

「奇崛」，是縱橫詼詭，翻新出奇的意思；是韓愈詩的第二風格。

律詩風格清麗。晚年風格趨於平淡。

〔註8〕　朱彝尊説，見《集釋》卷二，頁 174。
〔註9〕　朱彝尊説，見《集釋》卷三，頁 269。
〔註10〕　蔣抱玄説，見《集釋》卷四，頁 396。
〔註11〕　朱彝尊説，見《集釋》卷六，頁 974。
〔註12〕　查慎行説，見《集釋》卷六，頁 709。
〔註13〕　劉辰翁説，見《集釋》卷八，頁 888。
〔註14〕　蔣抱玄説，見《集釋》卷十一，頁 1107。

第五章　韓愈詩技巧研究

　　前章既論詩心、淵源、內容、風格；本章則探求昌黎詩的藝術技巧。昌黎詩依「詩之三訓」寫作，當然有其指導的思想，同時有其藝術技巧。

　　藝術不能離開生活，昌黎係從日常生活中吸取營養，藉著種種技巧以求新變。本章論技巧。下章述其詩論。

　　昌黎說：「惟古於詞必己出，降而不能乃剽賊」，〔註1〕又說：「惟陳言之務去，戛戛乎其難哉」，〔註2〕「務去陳言、詞必己出」就是他的創作宗旨；而遠紹風雅，近法李杜，走的是「語不驚人死不休」路線。放眼中唐，昌黎就是承先繼後的關鍵人物。昌黎詩文，怎樣去陳言？方東樹分析：

> 務去陳言，非止字句，先在去熟意，凡前人所已道過之意與詞，力禁不得襲用，於用意戒之，於取境戒之，於使勢戒之，於發調戒之，於選字戒之，於隸事戒之。(《昭昧詹言》)

凡經前人習熟，一概力禁，「戛戛其難哉」；擺落一切、冥心獨造，固然可去陳意陳言，但又易「字句率滑」入於「僋荒」；故此，必須有

〔註1〕　《集註》卷三十四，〈南陽樊紹述墓誌銘〉。
〔註2〕　《集註》卷十六，〈答李翊書〉。

所學，有所本，選字隸事，始能妥貼。綜而言之，昌黎的翻新，就是繼承與借鑒，就是因襲而創創。

如何去陳言？秘訣全在「反用」，顧嗣立發現：

> 如〈醉贈張秘書〉詩，本用嵇紹「鶴立雞群」語，偏云：「張籍學古淡，軒鶴避雞群。」〈縣齋有懷〉詩，本用向平婚嫁畢事，偏云「如今便可爾，何用畢婚嫁。」〈送文暢師〉，本用老杜「每愁夜中自足蠍」句，偏云：「照壁喜見蠍。」〈薦士〉詩，本用《漢書》「強弩之末不能入魯縞」語，偏云：「強箭射魯縞」，〈嶽廟〉詩本用謝靈運：「猿鳴誠知曙」句，偏云：「猿鳴鐘動不知曙。」此等不可枚舉，學詩者解得此秘，則臭腐化爲神奇矣。（《寒廳詩話》）

又提出所謂「反襯法」、「深一步法」：

> 又善用反襯法，如〈鄭群贈簟〉：「攜來當晝不得臥，卻願天日恒炎曦」是也；善用深一步法，如〈病鴟〉：「計校平生事，殺卻理亦宜；亮無責報心，固以聽所爲」是也。

近人錢鍾書提出「曲喻」法，所謂「曲喻」，是就「現成典故比喻字面上，更生新意，將錯而遂認眞，坐實以爲鑿空」，錢氏引《大般涅槃經》卷五〈如來性品〉第四之二論分喻一節舉例：「面貌端正，如月圓滿，白象鮮潔，猶如雪山」，又引《翻譯名義集》卷五第五十三篇，申斥比喻未當：「雪山比象，安責尾牙；滿月況面，豈有眉目」，然後暢述：「愼思明辨，說理宜然，至詩人修詞，奇情幻想，則雪山比象，不妨生長尾牙，滿月同面，儘可妝成眉目。」又說：「英國玄學詩派之曲喻多屬此體」，接著說：「昌黎門下頗喜爲之」。還舉〈三星行〉：「箕獨有神靈，無時停簸揚」爲例。〔註3〕

其實「曲喻」法，亦是「翻新出奇」。

顧氏所謂「反用」，錢氏所謂「曲喻」，可以參照。惟其所論不多，接觸面不廣；如今，試就「創意」、「創格」、「造句」、「造語」、「用典」、

〔註3〕 《談藝錄》頁27；同書，論李賀〈秦王飲酒詩〉：「敲日玻璃聲」，頁61。

「用韻」六方面討論昌黎自鑄偉詞的技巧。

第一節　鍊　意

　　鍊是鍛鍊的意思；猶如鍊鐵出鋼，淘鍊純金一般。宋人張表臣：
「詩以意爲主，又須篇中鍊句，句中鍊字，乃得工兒耳。」(《珊瑚鉤
詩話》)意和格，是不同的概念，主要不是修辭問題，而是思想內容
和藝術創造的問題。

　　昌黎「鍊意」，就是從思想內容著手，趙翼稱爲：寫入詩題十分，
寫出詩題十二三分。升天落地，窮形盡相，出人意表，爲別人所思索
不到。前人謂之「匪夷所思」、「意象超脫」、「翻新見奇」。今舉昌黎
三首雪詩爲例，就是鍊意的顯例。

　　1.〈詠雪贈張籍〉，括號及說明爲筆者所加：

　　　只見縱橫落，寧知遠近來。(落雪)飄颻還自弄，歷亂竟誰
　　　催。(雪姿)座暖銷那怪，池清失可猜。(消失)坳中初蓋
　　　底，垤處遂成堆。(成堆)慢有先居後，輕多去卻迴。(雪
　　　舞)度前鋪瓦隴，(落屋)奔發積牆隈。(落牆)穿細時雙
　　　透，乘危忽半催。(穿透)舞深逢坎井，(落井)集早值層
　　　臺，(落臺)砧練終宜擣，階紈未暇裁。(如練如紈)城寒
　　　裝睥睨，(落城)樹凍裡莓苔。(落樹)片片匀如翦，(片片)
　　　紛紛碎若挼。(紛紛)定非燖鵁鸑，眞是屑瓊瑰。(如瓊屑)
　　　緯繣觀朝蕣，冥茫矚晚埃。當窗恒懍懍，出戶即皚皚。(窗
　　　戶白)潤野榮芝菌，傾都委貨財。(都人相觀)娥嬉華蕩漾，
　　　胥怒浪崔嵬。(如雪山)磧迴疑浮地，(如浮地)雲平想輾
　　　雷。(如雲間)隨車翻縞帶，逐馬散銀盃。(迎車馬飛舞)
　　　萬屋漫汗合，千株照耀開。(遮連千樹萬屋)松篁遭挫抑，
　　　糞壤獲饒培。(土地滋潤)隔絕門庭遽，擠排陛級纔。(隔
　　　絕)豈堪禪嶽鎮，強欲效鹽梅。(白而亮)隱匿瑕疵盡，包
　　　羅委瑣該(遮瑕疵)。誤雞宵呃喔，驚雀暗徘徊。(驚雞雀)
　　　浩浩過三暮，悠悠帀九垓。(大地茫茫)鯨鯢陸死骨，玉石

火炎灰。（喻鯨比玉）厚慮塡溟壑，高愁撅斗魁。（堆疊頂天）日輪埋欲側，坤軸厭將頹。（日月欲側）岸類長蛇攪，陵猶巨象豗。（陵岸皆雪）水官誇傑黠，木氣怯胚胎。（木氣怯生）著地無由卷，連天不易推。（厚而又厚）龍魚冷蟄苦，虎豹餓號哀。（龍虎哀號）巧借奢豪便，專繩困約災。（富人得益，窮人受災）威貪陵布被，（冰氣穿被）光肯離金罍。（雪光閃閃）（《集釋》卷二）

此詩詠雪著眼於雪飄漫天的姿態、雪的形、雪的色、雪的光、堆雪之狀，極盡「鏤繪之工」，復借「松篁遭挫折」、「隱匿瑕疵盡，包羅委瑣該」、「專繩困約災，威貪陵布被」以寄諷意。末句自逞得意，「莫煩相屬和，傳示及提孩」。明顯是昌黎的「以詩爲教」。

再看〈喜雪獻裴尚書〉：

宿寒雲不卷，春雪墮如箍。騁巧先投隙，潛光半入池。喜深將策試，驚密仰簷窺。自下何曾汙，增高未覺危。比心明可燭，拂面愛還吹。妒舞時飄袖，欺梅併壓枝。地空迷界限，砌滿接高卑。浩蕩乾坤合，霏微物象移。爲祥矜大熟，布澤荷平施。已分年華晚，猶憐曙色隨。氣嚴當酒換，灑急聽窗知。照曜臨初日，玲瓏滴晚澌。聚庭看嶽聳，掃路見雲披。陣勢魚麗遠，書文鳥篆奇。縱歡羅艷點，列賀擁熊螭。履弊行偏冷，門扃臥更羸。悲嘶聞病馬，浪走信嬌兒。竈靜愁煙絕，絲繁念鬢衰。擬鹽吟舊句，授簡慕前規。捧贈同燕石，多慚失所宜。（《集釋》卷三）

這首〈喜雪〉，同樣極寫春雪的縱橫、雪花堆積，雖然「欺梅壓枝」，情意是可喜的，「爲祥矜大熟」、「拂面愛還吹」，還是豐年之瑞！

再看〈春雪〉：

看雪乘清旦，無人坐獨謠。拂花輕尚起，落地暖初銷。已訝陵歌扇，還來伴舞腰。灑篁留半節，著柳送長條。入鏡鸞窺沼，行天馬度橋。遍階憐可掃，滿樹戲成搖。江浪迎濤日，風毛縱獵朝。弄間時細轉，爭急忽驚飄。城險疑懸布，砧寒未搗綃。莫愁陰景促，夜色自相饒。（《集釋》卷四）

這首純然詠雪，無寄意。由首句到末句，「看雪乘清旦」、「夜色自相饒」，從早到晚看雪，一個人看雪，看著雪花從天空飄下，灑篁、著柳、落地種種景像。「入鏡鸞窺沼，行天馬度橋」句，寫雪中池橋之景，雄狀景奇，竟成名句。

看過以上三首雪詩，對昌黎的鍊意技巧，思過半矣。詳論請參第三章第三節詠物詩。不多贅。再舉幾例：

2. 〈秋懷〉詩：

> 霜風侵梧桐，眾葉著樹乾，空階一片下，崢若摧琅玕。謂是夜氣滅，望舒霣其團。青冥無依倚，飛轍危難安。驚起出戶視，倚楹久汍瀾。憂愁費晷景，日月如跳丸。迷復不計遠，爲君駐塵鞍。(其九)(《集釋》卷五)

此詩描寫桐葉之落，響如琴箏，非常奇警，而有創意。「空階一片下，崢若摧琅玕，謂是夜氣滅，望舒霣其團。」朱彝尊說：「桐葉落，常事耳，寫得如此奇峭，不知費多少營構工夫。」又說：「此是退之苦心詩，純是練意故妙。」《唐宋詩醇》曰：「一葉之落，寫得如許奇峭，此等蹊徑從何處開出？聯句云：『腸胃繞萬象』，可想見落筆時意思。」

3. 〈盧郎中雲夫寄示送盤谷子詩兩章歌以和之〉詩，以長劍喻太行，已經奇偉，又把落雨誇飾爲天井關的之水，被罡風所吹而灑遍洛陽：

> 是時新晴天井溢，誰把長劍倚太行，衝風吹破落天外，飛雨白日灑洛陽。……又知李侯竟不顧，方冬獨入崔嵬藏。(《集釋》卷七)

何焯大讚：「奇絕高絕」。

朱彝尊說：「大抵鍊意爲多」。

曾國藩：「語誕而情奇」。(《求闕齋讀書錄》)

4. 〈李花贈張十一署〉云：

> 江陵城西二月尾，花不見桃惟見李，風揉雨練雪羞比，波

濤翻空杳無涘。君知此處花何似，白花倒燭天夜明，群雞
驚鳴官吏起。金烏海底初飛來，朱輝散射青霞開。迷魂亂
眼看不得，照耀萬樹緜如堆。（《集釋》卷四）

「白花倒燭天夜明」句，以漫漫黑夜，映襯李花白而明，有如倒燭的
比喻，張鴻說：「造意奇」。

5. 〈和侯協律詠筍〉詩，寫竹筍之羅列漫生，括號及說明爲筆者
所加。

成行齊婢僕（如僕），環立比兒孫（如孫）……得時方張王，
挾勢欲騰騫。（漫生）見角牛羊沒，看皮虎豹存。（如虎豹）
攢生猶有隙，散佈忽無垠（攢生）……。縱橫公占地（占
地），羅列暗連根。（連根）狂劇時穿壁，羣強幾觸藩。（穿
壁）深潛如避逐，遠去若追奔。（深潛）始訝妨人路，還驚
入藥園。（侵園）萌牙防寖大，覆載莫偏恩。（到處萌生）
已復侵危砌，非徒出短垣。（侵垣）身寧虞瓦礫，計擬掩蘭
蓀（侵蘭）……。（《集釋》卷九）

張鴻評曰：「鍊意用字，陳言務去，此公詩之所以獨成一格也。」

6. 〈送無本師歸范陽〉開首十二句蟬聯一氣，贊其膽大，括號及
說明爲筆者所加：

吾嘗示之難，勇往無不敢。（此爲詩訣）蛟龍弄角牙，造次
欲手攬，（攬龍角牙）眾鬼因大幽，下覷襲玄窞（襲鬼之室），
天陽熙四海，注視首不頷（廣於四海），鯨鵬相摩窣，兩舉
快一噉（包取鯨鵬），夫豈能必然，固已謝黮黯。（運思精
細）（《集釋》卷七）

此外，如「又云羲和操火鞭，暝到西極睡所遺」（〈赤藤杖歌〉）
寫赤藤杖的奇傑設造；「白日座上傾天維」（〈感春〉四首之二）寫罡
風驚動天維而「意新語奇」。「綠槐萍合不可芟」（〈望秋作〉）以浮萍
之聚合形容槐陰；「日輪埋欲側，坤軸壓將頹」（〈詠雪〉）極言雪降之
大；「人生如此自可樂，豈必局束爲人鞿，嗟哉吾黨二三子，安得至
老不更歸」（〈山石〉），方東樹曾討論，雖然論一首，仍可作爲昌黎「創

意」技巧的總結：

> 凡結局都是不從人間來，乃爲匪夷所思，奇險不測，他人百思所不解，我卻如此語，乃爲我之詩，如韓〈山石〉是也。不然人人胸中所可有，手筆所可到，是爲凡近。(《昭昧詹言》)

第二節　鍊　格

承上節所言，鍊格就是藝術創造的問題。宋人嚴羽論「詩體」凡五變，以時而論，有建安體等十六種，以人而論，則有蘇李體三十七種；其中有所謂韓愈體。(《滄浪詩話》)究竟甚麼是「韓愈體」？嚴羽沒有細述。其實，韓愈詩有不少創格，如聯句詩、長篇五古不轉韻、七古一韻到底、七古三平調、以俳儷入古詩、五言半律、七絕用剛筆、以排律詠物等等。其中，「以俳儷入古詩」前人詩話指爲「仄排律」或「拗排律」，對此不正確的見解，亦有辨正。以下，試依聯句、古詩、律、絕論述。

一、長篇聯句

聯句詩體，古來已有，前人胡仔、趙翼、方世舉論之甚詳。〔註4〕《文心雕龍・明詩》云：「聯句共韻，柏梁餘製」，可見漢武帝時，〈柏梁臺〉共韻成篇，已肇其體。顧亭林《日知錄》卷廿一，反復考證，斷爲後人擬作，但仍有價值。至如晉賈充與妻李氏有聯句（六朝以前謂之連句，見《梁書》及《南史》；詩見《全晉詩》卷二）、北魏孝文帝與臣僚懸瓠方丈竹堂饗侍臣聯句（見《全北魏詩》）、鮑照與謝尚書莊三聯句（見《全宋詩》卷四）、陶淵明與愔之循之聯句（《陶集》卷四）、何遜與范雲、劉孝綽聯句，至如唐中宗誕辰亦有內殿聯句（載《全唐詩話》），可見聯句之體，其源甚古。而其句法，或群臣相聯，或夫妻共對，或文士倡酬，不過偶一爲之，在中以《何遜集》較多此體，

〔註4〕胡仔之說及方世舉〈遠遊聯句〉注，引見《集釋》卷一，頁47;見《甌北詩話》卷三。

然而「文義斷續，筆力懸殊」，又皆為「寥寥短篇，不及數韻」，而且，仍是「眾人之製」。

長篇聯句，則始於昌黎。趙翼說：「古來原有此體，特長篇則創自昌黎耳。」（《甌北詩話》卷三）

按《韓愈集》聯句十五題，作者各異，句法各異，為求明白，列表於下：

詩　　題	作　　者	句　　法
1. 會合聯句	昌黎、孟郊、張籍、張徹四人	人各二句
2. 石鼎聯句	劉師服〔註5〕、侯喜、軒轅彌明所作	人各二句，惟末八句則為彌明作。
3. 晚秋郾城夜會聯句	昌黎與李正封所作	人各四句
4. 同宿聯句	昌黎、孟郊所作	人各二句
5. 秋雨聯句	昌黎、孟郊所作	人各二句
6. 雨中寄孟幾道聯句	昌黎、孟郊所作	人各二句
7. 納涼聯句	昌黎、孟郊所作	人各二句
8. 征蜀聯句	昌黎、孟郊所作	人各四句
9. 城南聯句	昌黎、孟郊所作	孟起句結句各一，中一人唱句，一人和句。
10. 遠遊聯句	昌黎、孟郊所作	人各二句
11. 鬥雞聯句	昌黎、孟郊所作	人各二句
12. 有所思聯句	昌黎、孟郊所作	人各四句
13. 遣興聯句	昌黎、孟郊所作	人各二句
14. 贈劍客李園聯句	昌黎、孟郊所作	人各二句
15. 莎柵聯句	昌黎、孟郊所作	人各二句

〔註5〕〈石鼎聯句〉之軒轅彌明實韓氏化名。洪興祖《韓子年譜》、朱熹《考異》、焦竑《焦氏筆乘》有論，見《集釋》卷八，頁852～853。

朱彝尊評〈城南聯句〉云：

> 柏梁，人賦一句，道己事，姑無論。他聯句，亦只人各一聯，若夫一人唱句，一人和句，更唱迭對者，則自韓孟始。

趙翼評「韓孟聯句」說：

> 大概韓孟俱好奇，故兩人如出一手，其他則險易不同。然即二人聯句中亦自有利鈍，惟〈鬥雞〉一首，至一千餘字，已覺太冗，而段落尚分明，至〈城南〉一首，則一千五六百字，自古聯句未有如此之冗者。（《甌北詩話》卷三）

長篇聯句確爲韓孟所「斬新開闢」，難得的是：他倆天才傑出，旗鼓相當，功力悉敵，故能獨步千古。沈德潛評爲「連篇累牘，有傷詩品」，〔註6〕可說是「翻新好奇」之過。

二、古　詩

（一）長篇五古不轉韻

五言古詩在漢、魏時多不轉韻，如《古詩十九首》就是（按只有〈涉江採芙蓉〉、〈冉冉孤生竹〉、〈生年不滿百〉三首轉韻）；蘇李贈別詩、曹植詩、建安七子詩皆不轉韻；晉以後漸多轉韻。唐時五古長篇，便有兩種，一種完全仿古，不轉韻；一種爲新式古風，大多轉韻。前者，如杜甫〈北征〉六十五韻一韻到底，後者如李白五古。因爲轉韻，每讀至接換處，便覺「體欠鄭重」，所以葉燮和胡震亨一致認爲「五古一韻爲正體」，〔註7〕轉韻爲變體。

試考察《韓愈集》，其長篇五古不轉韻情況爲：

1、〈燕河南府秀才〉，平英京名生精轟聲驚鳴情爭烹擎清誠楨行睛榮；庚耕清通押（唐韻同用）二十韻。

〔註6〕《說詩晬語》卷上。

〔註7〕葉燮：「五古漢魏無轉韻者，至晉以後漸多。唐時五古長篇，大都轉韻矣！惟杜甫五古，終集無轉韻者，畢竟以不轉韻爲得，韓愈亦然。」《原詩·外編》，載《清詩話》。

胡震亨：「若五言古畢竟以不轉韻爲正。」《唐音癸籤》卷四。下稱《癸籤》。

2、〈病中贈張十八〉，窗逢邦撞扛雙摐江幢杠缸釭彤降肛哤龐腔瀧峴樁淙；（江韻獨用）廿二韻。

3、〈調張籍〉，長傷量望茫航揚硍涼僵翔琅將芒荒腸漿襄忙頏。（陽唐同押，唐韻同用）二十韻。

4、〈岳陽樓別竇司直〉，讓放狀向長妨壯兩曠悵踢愴障傍上盎亮纊況瀁漲望暢悵羌釀唱醬忘王亢謗妄仗誑將當葬浪諒創喪尚相餉訪；（漾宕通押，唐韻同用）四十六韻。

5、〈答張徹〉，聆形齡停萍經霆櫺丁甀寧泠腥汀冥溟扃伶駉舲亭螢醒翎熒陘星刑青偋銘涇筳庭囷靈螟鈴聽玲屏馨零蓂蛉餅鵒硎廷廳。（青韻獨用）五十韻。

6、〈赴江陵途中〉，尤浮由收休求流溝酬稠噉鉤秋謀喉優麰繆州劉讎不留幽頭羞州囚軸舟侯疣猴啁鷗游裘丘侔瘳愁憂擾矛陬周儔偷罘修猶旒呦疇璆鏊鄒猷輈呦裯蝣柔蓲楸遒蝥牛籌投；（尤侯幽通押，唐韻同用）七十韻。

他如〈南山詩〉，宥候幼通押（唐韻同用）一百零二韻；〈縣齋有懷〉，禡韻獨用，四十韻；〈送惠師〉，真諄通押（唐韻同），四十三韻；〈送靈師〉，先仙通押（唐韻同用），四十五韻；〈送文暢師北遊〉，月韻獨用，三十二韻；〈薦士〉，號韻獨用，四十韻；〈送侯參謀赴河中幕〉，蒸登通押（唐韻用），四十韻；〈苦寒〉，鹽添通押（唐韻同），三十六韻；〈酬盧雲夫望秋作〉，咸銜通押（唐韻同），十五韻；〈送無本師歸範陽〉，感敢通押（唐韻同），二十韻；〈孟生詩〉，侵覃通押（唐韻用），廿七韻。這些詩作，反映了昌黎仿古的一面。

其他較短的五古，就不列舉了。

昌黎五古一韻到底之作，以〈赴江陵途中贈三學士〉七十韻為最長，超過杜甫〈北征〉六十四韻。由此可見，昌黎學杜而爭勝。

（二）七古一韻到底

長篇七古興起於唐，有「歌行」之稱。七古有兩種：一種，四句

一轉，係古樂府體；一種，一韻到底，以古文筆法爲之。前者，如胡震亨所謂：「出自《離騷》、《樂府》，故極散漫縱橫」。〔註8〕葉燮：「初唐七古四句一轉韻，轉必蟬聯雙承而下，猶是古樂府體」。〔註9〕後者，盛唐後漸多。如葉燮說：「七古終篇一韻。唐初絕少，盛唐間有之，杜則十有二三，韓則十居八九。逮於宋，七古不轉韻益多。」(《原詩》)葉氏認定終篇一韻，才是最高境界：「如杜之〈哀王孫〉，終篇一韻，變化波瀾，層層掉換，竟似逐段換韻，七古能事，至斯已極。」因此，昌黎學杜開新，「避虛而走實，任力而不任巧」，啓迪了宋人。份量上，韓愈「十居八九」比杜甫「十有二三」還多。這是昌黎的「創格」。

昌黎七古，一韻到底而二十韻以上的詩，共七首：

〈陸渾山火〉，元魂痕通押（唐韻同），五十九韻；〈遊青龍寺〉，旱緩通押（唐韻同），廿一韻；〈崔立之評事〉，軫準通押（唐韻同），廿六韻；〈石鼓歌〉，歌戈通押（唐韻同），卅三韻；〈劉生詩〉，尤侯幽通押（唐韻同），卅一韻；〈寄盧仝〉，止韻獨用，卅四韻；〈寒食日出遊〉，映諍勁通押（唐韻同），廿一韻；至於二十韻以下的，無暇列舉了。

（三）七古三平韻

以七言詩論，栢梁體的體製最古。眞正的栢梁體，是句句用韻，一韻到底，純七言，平韻的詩。茲以〈陸渾山火〉爲例：

王力說：「韓愈詩的〈陸渾山火〉是栢梁體，平仄的規律和普通七古稍有不同，而且在語法上是上三下四，所以故意在平仄上也造成上三下四的局面。」〔註10〕

趙執信（1662～1744）批註〈陸渾山火〉，指七言古詩平韻句法，

〔註8〕《唐音癸籤》卷三。
〔註9〕引見《原詩・外篇》。又王士禎：「七古換韻法起於陳隋，初唐四傑筆沿之。盛唐王右丞、高常侍、李東川尚然。李杜始大變其格。」見《師友詩傳錄》。
〔註10〕《漢語詩律學》，頁401。

盡在此中，說：

> 此篇各種句法俱備，然中有數句，雖是古體，止可用於柏
> 梁，至於尋常古詩，斷不可用，轉韻尤不可用，用之則失
> 調。當細辨之，如「仄仄平平平平平」、「仄仄仄平平平平」
> 是也。(《聲調譜》)

翁方綱提出尙有上三下四的創句法，凡二句「溺厥邑囚之崑崙」「雖
欲悔舌不可捫」。〔註11〕

　　此外，翁氏又在《七言詩平仄舉隅》裡，又引昌黎〈謁衡嶽廟遂
宿嶽寺題門樓〉及〈石鼓歌〉作爲「平聲正調長篇一韻到底之正調」；
在〈謁衡嶽廟〉詩下注：「此以句第五字用平，是阮亭先生所講七言平
韻到底之正調也。」

　　顯然地，這七古三平句，王阮亭、翁方綱皆推崇爲唐代一人，影
響及於宋代。按《師友詩傳續錄》，王士禎答劉大勤問曰：「一韻到底，
第五字須平聲者，恐句弱似律句耳。大抵七古句法字法，皆須撐得住，
拓得開，熟看杜、韓、蘇三家自得之。」〔註12〕

（四）俳儷入古詩

　　本小段目的有二：給下述四詩分類辨正；指出此四詩爲創格。

　　昌黎有四首詩：〈縣齋讀書〉、〈縣齋有懷〉、〈答張徹〉、〈新竹〉，，
歷來分類有岐異。李漢編《昌黎集》時，列爲古詩；清高宗《唐宗
詩醇》及朱彝尊則以爲是「拗排律」或「仄排律」，這牽涉古體和
近體（排律）區分問題。李漢是韓愈女婿，爲元和前後人士。清人
錢大昕說：「古律之別，其在元和之世乎？李漢編次《昌黎集》，亦
分古詩、聯句、律詩爲三體」，〔註13〕這樣看來，《韓愈集》對古體
近體詩的分類，是正確的。〔註14〕爲甚麼清人卻認是「拗排律」或

〔註11〕趙執信《聲調譜》按語。
〔註12〕王士禎《師友詩傳續錄》。
〔註13〕（清）錢大昕《十駕齋養新錄》（萬有文庫本），頁377。
〔註14〕也有些詩，的確不合乎後來的標準。見苟春榮〈韓愈的詩歌用韻〉，
　　　　頁209～210。

「仄排律」？問題出在那裡？

　　排律之體，始於沈（佺期）、宋（之問），至杜甫而極致。杜甫的五言排律有長至百韻，七言排律亦爲老杜所創；排律在當時仍屬律詩，只是較長篇，可稱爲長篇律詩。排律爲後起之名，見於明人高棅《唐音品彙》，高棅根據元稹〈杜工部墓誌銘〉：「舖陳終始，排比聲韻，大或千言，次猶數百」的話。排律的名稱，爲唐代所未有；今爲行文方便，纔作此稱謂。

　　自「沈宋體」興起，加上近於排律的「試帖詩」，〔註15〕因爲功令而風靡。有唐一代，士人學子無不精於此道，於是律體大行。相對於不合律體的詩，一概稱爲古詩，這是籠統的分類。古體有四言、五言、七言之別，樂府和古詩氣格復異。唐代既以五言律詩爲盛，上述岐異的四首，就是五言詩。現在把討論範圍縮小到五言去，以作比較，觀察古體和近體的岐異，希望找到癥結。

　　先列表，再說明：

	古　　詩	排　　律
句　數	無限制	無限制
對　仗	可以對，可以不對	除首尾二聯外，其餘皆須對仗。
用　韻	除本韻外，可以通韻、轉韻	只可用本韻。不可用通韻、轉韻。
句的平仄	不嚴。無所謂「拗」或「失黏」。統名「古句」。	嚴用律句，不可混以古句，否則爲拗。
語　法	最宜雜以古文語法（助詞、感歎、連接詞等）	不宜混入古文語法。
章　法	宜以古文筆法行之，以疏宕其氣。有分段、過脈、回照、讚歎四法〔註16〕	亦有「首尾開闔，波瀾頓挫」之法。〔註17〕

〔註15〕中唐以後，試帖詩一般都限用五言排律十二句。
〔註16〕見〔元〕范梈《木天禁語》。
〔註17〕見《師友詩傳續錄》。

通過比較，古詩與排律的分別，就是：從「用韻」、「句的平仄」和「語法」三方面言，二者距離甚遠，「章法」次之，「句數」和「對仗」方面則較近。若兩者皆為長篇，甚至句句相對的時候，便容易混淆。前述的四詩，〈縣齋讀書〉、〈縣齋有懷〉兩首，通篇對句，〈答張徹〉、〈新竹〉兩首只首尾二聯不對，餘聯均為對仗，外形上與「排律」相近，用的是仄韻，於是朱彝尊認為是「仄排律」，〔註18〕又因此四詩多用「古句」而非「律句」，又說成「拗排律」。〔註19〕須知「拗」體可偶一為之，若俯拾皆是時，就不是嚴謹得體的「排律」了。

按，這四詩因多用俳儷對句，介於古詩與和排律之間，其通首對句，接近排律；其平仄，接近古詩，所以歸類上有歧見。朱氏等人或愛韓氏太過，或受他「翻新創奇」所炫惑，以致說成「仄排律」、「拗排律」；復次，排律多為平韻，仄韻排律甚罕見（按可以說沒有），據筆者翻閱杜甫全集就沒有（據《錢注杜詩》），有人便誤以為昌黎於此「開山闢道」，於是，產生選擇偏差，並曲為之諱，造成無謂的困擾。依筆者檢察，《韓愈集》排律有十四首，首首得體，並無平仄失拗的問題，都用平韻，這些將留在下面「排律」講。請注意，沒有一首仄韻排律。按律體（包括律、絕、排律）皆發軔於唐，以平韻為正體。於是有人認為律詩無仄韻，一切仄韻詩都被排斥在律詩之外。即使退一步承認仄韻律詩存在，也該要平仄合律，對仗合律。如上四首詩，用仄韻已經近於古詩，何況欠缺「平仄合律」的條件，實難歸入排律，只算是古詩了。

〔註18〕朱彝尊說：「側排律。」引見《集釋》卷七，頁742。
〔註19〕《唐宋詩醇》評〈答張徹〉詩：「排律用拗體，亦是變格，調古而詞豔。」
朱彝尊評〈縣齋有懷〉：「此仄韻排律，鎔裁甚工。」；《唐宋詩醇》評：「仄韻排律，名手所希。似此組織精工，頓挫悲壯，在集中亦自成一格。」
朱彝尊評〈縣齋讀書〉：「是拗排律。」《集釋》卷二，頁193。

昌黎「好古」多作古詩，又好奇翻新，以駢儷入古詩，以為創格，這顯然想銷融「齊梁體」。前人嚴虞惇（1650～1720）就指〈縣齋有懷〉：「古詩句句對偶，疑自《文選》出。」黃鉞（1679～1754）指〈縣齋讀書〉：「通首對句，絕似選體」（《增補証訛》），可見世俗迷醉也有清醒的人。

綜上所論，目的是：為這四首詩重新歸類為古詩；說明「以俳儷入古詩」，也是創格。

三、以排律詠物

排律，向以稱頌功德為正體。楊萬里和葉燮先後說：

> 襃頌功德五言長韻律詩，最要典雅重大。（《誠齋詩話》）
>
> 五言排律，近時作者動必數十韻，大約用之稱功頌德者居多，其稱頌處，必極冠冕闊大，……排律如前半頌揚，後半自謙，杜集中亦有一二。今人守此法，而決不敢變，善於學杜者，其在斯乎？（《原詩》）

排律創自初唐四傑，陳、杜、沈、宋繼之，多為侍從遊宴應制之篇，即所謂「臺閣體」，以稱功頌德為特色；而稱頌要「極冠冕闊大」，此體為杜甫所擅。直到清代，仍然如此。葉燮是清人，觀其詩話可知。

昌黎排律十三首，[註20] 皆平韻；祇〈送李尚書赴襄陽〉、〈和席八十二韻〉、〈鄭尚書赴南海〉、〈奉和太清宮紀事陳誠〉四首是頌揚之作，算是「得體」。

其餘九首「詠物」，用排律寫作，九首是：〈叉魚〉、〈春雪〉（共二首）、〈春雪間早梅〉、〈早春雪中聞鶯〉、〈詠雪贈張籍〉、〈和崔舍人詠月〉、〈詠筍〉、〈學諸進士作精衛銜石填海〉。有幾首，前面已舉例，不欲重復，略舉幾例：

1、〈春雪〉：

片片驅鴻急，紛紛逐吹斜。到江還作水，著樹漸成花。越

〔註20〕本十四首，因〈喜雪〉支與寘通押（上平與去聲通押），有所保留，故為十三首。

喜飛排瘴，胡愁厚蓋砂。兼雲封洞口，助月照天涯。暝見迷巢鳥，朝逢失轍車。呈豐盡相賀，寧止力耕家。

2、〈春雪間早梅〉：

梅將雪共春，彩豔不相因。逐吹能爭密，排枝巧妒新。誰令香滿座，獨使淨無塵。芳意饒呈瑞，寒光助照人。玲瓏開已徧，點綴坐來頻。那是俱疑似，須知兩逼真。熒煌初亂眼，浩蕩忽迷神。未許瓊華比，從將玉樹親。先期迎獻歲，更伴占茲辰。願得長輝映，輕微敢自珍。

3、〈早春雪中聞鶯〉：

朝鶯雪裏新，雪樹眼前春。帶澀先迎氣，侵寒已報人。共矜初聽早，誰貴後聞頻。暫囀那成曲，孤鳴豈及辰。風霜徒自保，桃李詎相親。寄謝幽棲友，辛勤不爲身。

4、〈和崔舍人詠月二十韻〉：

三秋端正月，今夜出東溟。對日猶分勢，騰天漸吐靈。未高蒸遠氣，半上霽孤形。赫奕當躔次，虛徐度杳冥。長河晴散霧，列宿曙分螢。浩蕩英華溢，蕭疎物象泠。池邊臨倒照，簷際送橫經。花樹參差見，臯禽斷續聆。牖光窺寂寞，砧影伴娉婷。幽坐看侵戶，閒吟愛滿庭。輝斜通壁練，彩碎射沙星。清潔雲間路，空涼水上亭。淨堪分顧兔，細得數飄萍。山翠相凝綠，林煙共冪青。過隅驚桂側，當午覺輪停。屬思攡霞錦，追歡罄縹缾。郡樓何處望？隴笛此時聽。右掖連台座，重門限禁扃。風臺觀混漾，冰砌步青熒。獨有虞庠客，無由拾落蓂。

5、〈學諸進士作精衛銜石填海〉：

鳥有償冤者，終年抱寸誠。口銜山石細，心望海波平。渺渺功難見，區區命已輕。人皆譏造次，我獨賞專精。豈計休無日，惟應盡此生。何慚刺客傳，不著報讎名。

裡面，〈詠雪贈張籍〉、〈詠筍〉，不但無歌頌，相反地隱含諷刺！總之，這九首詩不合於排律的寫作特色。爲甚麼昌黎以詠物游藝？也許是嘗試「翻新」以爲示範教學。歐陽修說：「資談笑、助諧謔、敘人情、狀物態，一寓於詩，而曲盡其妙」(《六一詩話》)，在此找到答案。

四、五言半律體

集中有〈李員外寄紙筆〉詩，是六句的五言律詩：

> 題是臨池後，分從起草餘。兔尖針莫并，繭淨雪難如。莫
> 怪殷勤謝，虞劉正著書。

查慎行說「五言半律，唐人集中僅見。」許昂霄說：「按杜牧之集有七言半律，許丁卯集中亦有五言小律，皆止六句」〔註21〕

五、七絕用剛筆

〈次潼關先寄張十二閣老使君〉云：

> 荊山已去華山來，日出潼關四扇開。刺史莫辭迎候遠，相
> 公親破蔡州迴。

施補華：「七絕亦切忌用剛筆，剛則不韻，即邊塞之作，亦須斂剛於柔，使雄健之章，亦饒頓挫乃不落粗豪。」（《硯傭說詩》）又評此詩「是剛筆之最佳者，然退之亦不能爲第二首，他人亦不能效退之再作一首。」按此絕詩爲平起首句入韻，首句「荊山已去華山來」，平平仄仄平平平，末三字三平，故稱剛筆。

六、章法的創造

唐初，沈宋諸人創爲律詩，詩格大體已備。李白多寫古詩，杜甫多作律詩；昌黎則於古詩多所開創。

趙翼說：「自沈、宋創爲律詩後，詩格已無不備。至昌黎又斬新開闢，務爲前人所未有。如〈南山〉詩內鋪列春夏秋冬四時之景，〈月蝕〉詩內鋪列東西南北四方之神，〈譴瘧鬼〉詩內歷數醫師灸師詛師符師是也。如又〈南山詩〉連用數十或字（按爲五十一個），〈雙鳥詩〉連用『不停兩鳥鳴』四句，〈雜詩〉四首內一首連用五鳴字，〈贈別元十八詩〉連用四何字，皆有意出奇，另增一格。〈答張徹〉五律一首自起至始，句句對偶又全用拗體，轉覺生峭，此則創體之最佳者也。」

〔註21〕查、許二說，引見《集釋》頁215。

（《甌北詩話》）這是章法的創造。引詩先後見頁 41、42、40、59、100、43、64，不贅。

如〈送諸葛覺隨州讀書〉，程學恂稱：「前半全說李繁，此古格法。杜與公（韓公）每用之，世俗多不知之。」詩云：

> 鄆侯家多書，插架三萬軸，一一懸牙籤，新若手未觸。爲南強記覽，過眼不再讀。偉哉羣聖文，磊落載其腹。行年餘五十，出守數已六。京邑有舊廬，不容久食宿，臺閣多官員，無地寄一足。我雖官在朝，氣勢日局縮。屢爲丞相言，雖懇不見錄。送行過滻水，東望不轉目。今子從之游，學問得所欲。入海觀龍魚，矯翮逐黃鵠。勉爲新詩章，月寄三四幅。（《集釋》卷十二）

再如〈翫月喜張十八員外以王六祕書至〉，朱彝尊說：「當夜月不說，卻追念說前夕月，格亦新。」詩云：

> 前夕雖十五，月長未滿規。君來晤我時，風露渺無涯。浮雲乃白石，天宇開青池。孤質不自憚，中天爲君施。翫翫夜遂久，亭亭曙將披。況當今夕圓，又以嘉客隨，惜無酒食樂，但用歌嘲爲。（《集釋》卷十二）

至如〈送石處士赴河陽幕〉以「口頭說話作詩」，朱彝尊說：「唐人亦少此體」。詩云：

> 長把種樹書，二云避世士。忽騎將軍馬，自號報恩子。風雲入壯懷，泉石別幽耳。鉅鹿師欲老，常山險猶恃。豈惟彼相憂，固是吾徒恥。去去事方急，酒行可以起。（《集釋》卷七）

以上，是昌黎詩章法的創造。

第三節　鍊　句

　　古來名家無不重視錘鍊功夫，昌黎力主「務去陳言」，就在造句方面下工夫。分述如下：

一、獨造法

以運思細膩，不落凡近爲妙。如「舉竿引線忽有得，一寸纖分鱗與鬐」（〈贈侯喜〉）描寫釣魚的細膩，張鴻曰：「造句古勁」；「娥嬉華蕩瀁，胥怒浪崔嵬」（〈詠雪〉）上句以月光比雪色，下句即昌黎〈春雪詩〉所謂「江浪迎濤日」，造句精警；「輝斜通壁練，綵碎射沙星」（〈詠月廿韻〉），方世舉評：「詩意謂壁流光而似練，沙散彩而如星。琢句精工，能狀難狀之景。」其它，「暗晨躡露舄，晨夕眠風櫺」（〈答張徹〉）寫生活悠閒；「清湘沈楚臣」（〈送惠師〉）的奇峭；「仰見團圓天」（〈送靈師〉）的奇警。「溪宴駐潺湲」（〈送靈師〉）的閒適；「歸舍不能食，有如魚中鉤」（〈赴江陵途中〉）的不忍民困；「自從齒牙缺，始慕舌爲柔；因疾鼻又塞，漸能等薰蕕」的自省，張鴻說「可窺造句之妙」，以上一鱗半爪，因小見大，這是昌黎「戞戞獨造」的法度。

二、假借法

昌黎〈酒中上李相公〉：「眼穿長訝雙魚斷，耳熱何辭數爵頻？」俞弁認是假借法：

> 余謂孟浩然有「庖人具雞黍，稚子摘楊梅」，以雞對楊；老杜亦有「枸杞因吾有，雞棲奈爾何」，以枸對雞。韓退之云：「眼穿長訝雙魚斷，耳熱何辭數爵頻」，以魚對爵，皆是假借，以寓一時之興，唐人多有此格。（《逸老堂詩話》）

「眼穿」「耳熱」二句琢句，就是此法。此法，唐人孟浩然、杜甫已經有用。

三、錯綜法

〈路傍堠〉詩：「千以高山遮，萬以遠水隔」，趙翼《甌北詩話》譽爲「此創句之佳者」。此詩作於元和十四年春，出貶潮州，南行之時，因見路旁的土堠，一雙一雙、一隻一隻，依依送別，送他出秦關，送他入楚澤，因此感懷而作。末句：「臣愚幸可哀，臣罪庶可釋」，溫

柔敦厚。昌黎所謂「千以高山遮，萬以遠水隔」，實說「千萬高山遮，千萬遠水隔」，以千萬二字，具體地形容了蒼蒼芒芒的意象，這是錯綜句法。

四、避對法

〈燕河南府秀才〉：「怒起簸羽翮，引吭吐鏗轟。」上句本作「怒簸起羽翮」，以對下句，朱彝尊指此「故爲顛倒不對。」

〈此日足可惜〉：「淮之水舒舒，楚山直叢叢」，常人則寫：「淮之水舒舒，楚之山叢叢。」強幼安指此句「故避屬對」（《唐子西文錄》）。朱彝尊認爲「添一之字，故避對，乃更古健。」

昌黎作古詩，爲了力避齊梁體的影響，故爲不屬對，此可理解。施補華比較杜甫、韓愈兩家七古後，說：「少陵七古多用對偶，退之七古多用單行。」（《峴傭說詩》）又說：「少陵七古間用比興，退之則純是賦」，可以參證。

五、變句法

四言發展到五言，只多一個字，《詩品》便認爲是「眾作之有滋味者。」七言歌行，創自初唐。五言詩、七言詩以上二下三、上四下三句式，爲常格；上三下二、上一下四、上三下四爲變格。

胡震亨說：「五言字以上二下三爲脈，七字句以上四下三爲脈，其恒也。」（《唐音癸籤》）而此變格，就是昌黎所創。如：「落以斧引以縆徽」、「子去矣時若發機」（〈送區宏南歸〉），「溺厥邑囚之崑崙」（〈陸渾山火〉），是上三下四之例；另「在紡織耕耘」（〈謝自然詩〉），「乃一龍一豬」（〈符城南讀書〉），「有窮者孟郊」（〈薦士〉）是上一下四之例。凡此皆順文章體勢自然而寫，極爲稀少。《韓愈集》中，亦止此數句，趙翼說：「以後莫有人仿之也。」

六、急就篇句法

七言詩的句法，多由主語、謂語組成。昌黎卻疊用六七個名詞成

句，句法怪異。如〈陸渾山火〉：

> 虎熊麋豬逮猴猿，水龍鼉龜魚與黿；
> 鴉鴟鵰鷹雉鵠鸛，焄炰煨爊孰飛奔，

歷來頗有議論，如：

何孟春《餘冬詩話》引〈柏梁臺〉詩：「柤梨橘栗桃李梅」以證所出；蔣之翹則說：「本法本之〈招魂〉。漢柏梁亦嘗效也」；翁方綱引王漁洋說，則以爲學「急就篇」句法（《石洲詩話》），又舉〈別趙子〉：「蚌螺魚鼈蟲」爲證。

按〈招魂〉，並無「七疊名詞」句，蔣說失據；漢武〈柏梁臺〉詩「七疊名詞」，只此一句，不足爲例。再按《急就篇》爲漢元帝時黃門令史游所作。今本有三十四章，文詞古雅，無一複字，皆以三字或七字爲句。如記樂之言：「竽笙箜篌琴筑箏」，全書語法如此，即所謂「口訣文體」。《急就篇》唐顏師古有注，書成時間稍晚於「柏梁體」，其書語法如此，體例獨出。王漁洋說可從。

以《急就篇》句法入詩，唐人罕用；昌黎好奇，自然成爲獨法。如〈燕河南府秀才〉：「具此煎炰烹。」朱彝尊即言：「疊煎炰烹三字，非昌黎無此句法。」

總上，昌黎是講究的句法的。

明人胡震亨比喻鍊句爲君子：「一詩之中，妙在一句，爲詩之根本。根本不凡，則花葉自然殊異，如君子在位，善人皆來。」（《唐詩癸籤》卷四）胡氏是明朝人，筆者今引其言，以爲呼應的意思。

第四節　鍊　字

《文心雕龍・練字》篇云：「是以綴字屬篇，必須練擇。」所謂「練擇」便需「推敲」。韓愈和賈島的相交，便是千古傳誦的「推敲」公案。昌黎重「推敲」，鍊字、造語，「不落凡近」，自成本色。葉燮說：「韓詩無一字猶人，如太華削成，不可攀躋。」（《原詩》）究竟昌黎「鍊字」、「造語」有什麼方法？

施補華與葉燮先後指出：

> 韓孟聯句，字字生造，爲古來所未有。(《峴傭説詩》)

> 韓詩用舊事而間以己意，易以新字者，蘇詩常一句中用兩事三事者，非騁博也，力大故無所不舉，然此皆本於杜。(《原詩》)

由上説，昌黎的鍊字法爲：生造；用舊事間以己意，易以新字；還有「以俚俗字入詩」、「以古字入詩」、「倒用」三種。

一、生造法

如〈陸渾山火〉詩，造語險怪，瞿佑説「初讀殆不可曉」。全詩只是寫陸渾（地名）的山林大火，平常題目，卻寫得如此天動地岐」(《歸田詩話》)，《唐宋詩醇》説爲：「憑空結撰，心花怒生」；朱彝尊指爲：「鑿空硬造」，程學恂説是：「生闢獨造，前無所假」，又説：「〈青龍寺〉詩是小奇觀，〈陸渾山火〉是大奇觀。」

綜觀上語，「生造」意即「前無所假」，通過作者的豐富想像，「憑空結撰」，所以「生闢獨造」。

昌黎「生造」的例子不少，略舉幾條。

如「浩態狂香」(〈芍藥〉)之生造，〔註22〕「榮華肖天秀，捷疾逾響報」(〈薦士〉)之「逾奇逾確」；〔註23〕「靄靄野浮陽，暉暉水披凍」之「參奪造化」；〔註24〕「想當施手時，巨刃摩天揚；垠崖劃崩豁，乾坤擺雷硠」(〈調張籍〉)之「高秀」；〔註25〕「精神忽交通，百怪入我腸」(〈調張籍〉)之「奇特」；〔註26〕再看「釋嶠孤雲縱」，以「縱」字寫釋嶠之雲，「非親歷其境，不知此語之工」(王

〔註22〕《臆説》卷二。

〔註23〕同上注，卷一。

〔註24〕同上注，卷二。

〔註25〕朱彝尊説，見《集釋》卷九，頁993。原句爲：「運思好，若造語則全是有意爲高秀。」頁991。

〔註26〕同上注，卷九，頁992。

元啓《讀韓記疑》說）；至如「辰在丁」（〈縣齋有懷〉）是「上疏之日」（貞元十九年十二月），更是「戛戛獨造」。宋人范晞文說：「詩用生字，自是一病；要使一句之意，盡於此字上見工，方爲穩帖。」（《對床夜話》）昌黎雖然「生造」，卻是「橫空盤硬語，妥帖力排奡」。

二、反用法

昌黎論文主張：師意不師詞，就是反用。如：

〈秋懷十一〉：「斂退就新懦，趨營悼前猛。」葛立方說：「此淵明覺今是而昨非之意，似有所悟也。」（《韻語陽秋》）

〈南山〉：「遠賈期必售。」，李輔平說是「翻用《世說》：『未聞巢由買山而隱』之語。（《讀杜韓筆記》）

〈題廣昌館〉，朱彝尊以爲涵蓋〈張孟陽七哀詩〉而以「四語道盡」。

〈左遷藍關〉「欲爲聖明除弊事」句，李光地以爲其「除弊事」三字可蓋括一篇孤映千古的〈佛骨表〉。（《榕村詩選》）

〈送惠師〉：「金鴉既騰翥。」韓醇說：「金鴉，日也。」脫化自隋人孟康的〈詠日詩〉：「金烏升曉氣，玉鑒漾晨曦。」

〈題炭谷湫〉：「血此牛蹄殷。」，脫化自《左傳》：「左輪朱殷」，殷：「血染也。」

以上是部份例子，管中可以窺豹。「反用」舊語，易以新字，這是韓愈詩的技巧。

三、以俚俗字入詩

〈赴江陵途中〉：「生獰多忿很。」近人錢仲聯說：「生獰」係唐人常言，如：「李賀詩：『教得生獰』；元稹詩：『生獰攝䰡使』；東野〈征蜀聯句〉：『生獰競挐跌。』」

〈鄭群贈簟〉：「卻願天日恒炎曦。」曦爲俗字，慧琳《一切經音

義》：「曦，俗字也。字書正作羲。」本字作羲，王逸《楚辭注》云：
「羲，光明貌也」，《說文》：「從兮，義聲。」

〈南溪始泛之二〉：「上去無得得。」尤袤：「得得，唐人方言，
猶特地也。」（《全唐詩話》）

〈感春之三〉：「朝騎一馬出，暝就一床臥。」暝，是俗字。黃鉞：
「冥已從日，從日作暝，俗字也。」（《增注証訛》）

以「唐人常言」入詩，杜甫最精此道，昌黎以俚俗字入詩、顯然
是學老杜的。

四、以古字入詩

昌黎懂古文字學，曾得唐代書家李服之（陽冰之子）傳授《科斗
孝經》《衛宏官書》，主張「凡爲文辭，宜略識字。」（〈科斗書後記〉）
因爲有此學養，自然以古字入詩。例子很多，略舉下例：

1、〈答孟郊〉二例：

「文字覷天巧」，《廣雅・釋詁》：「覷、視也。」

「腸肚鎮煎爝」，《廣韻》：「爝，初爪切。熬也。」

2、〈病中贈張十八〉詩六例：

「曲節初摐摐」，《博雅》曰：「摐，撞也。」

「解旆束空杠」，杠，旗幹。《爾雅》：「素錦綢杠。」

「照爐釘明釭」，《廣韻》：「釭，訓燈，古雙切。」

「哆口疎眉厖」，厖，《文選》李善注：「厖，雜也。」

「形軀頓降肛」，《玉篇》：「降肛，大也。」

「酒壺綴羊腔」，《廣韻》：「腔，羊腔也。腔，古文。」

3、〈苦寒詩〉八例：

「氣寒鼻莫齅」，《說文》：「齅，以鼻就氣也。」

「血凍指不拈」，《釋名》：「拈，黏也。兩指禽之，黏著不
放也。」

「口角如銜箝」，《釋文》：「拑，以木銜馬口。」

「觸指如排籤」，《說文》：「籤，驗也；一曰：銳也、貫也；竹、韱聲。」

「何況纊與縑」，《說文》：「纊，絮也，從糸，廣聲。」又：「縑，並絲繒也，從糸兼聲。」

「所願晷刻淹」，《說文》：「晷，日景也，從日咎聲。」

「黜彼傲與憸」，祝充注曰：「憸，詖也；又利口也。」《書》：「國則罔有立，政用憸人。」

「風條坐襜襜」，《楚辭·九歎》：「裳襜襜而含風兮。」王逸注：「襜襜，搖貌。」

4、〈詠雪〉詩五例：

「城寒裝睥睨」，《釋名》：「城上垣曰睥睨，言於其孔中睥睨非常也。」

「緯繣觀朝菶」，《楚辭》：「忽緯繣其難遷。」注：「緯繣，乖戾也。」

「磧迴疑浮地」，《說文》：「沙漠曰磧。」

「高愁撽斗魁」，〈甘泉賦〉：「洪臺倔其獨出，撽北極之嶟嶟。」應劭曰：「撽，至也。」

「陵猶巨象豗」，李華〈海賦〉：「磊匒合而相豗」，李善曰：「相豗，相擊也。」

它如「擺掉栱桷頹堅塗」（〈射訓狐〉）；「怠羞潔且繁」（〈郴州祈雨〉）；「與汝恣啖咋」、「截橑為欂櫨」（〈雜詩〉）；「冬衣纔掩骼」、「援引乏姻婭」、「睢盱互猜訝」、「斸嵩開雲扃。」（〈縣齋有懷〉）；「浩汗橫戈鋋」、「飲酒盡百醆」、「湖遊泛漭沆。」（〈送靈師〉）；「秋空上秋旻。」（〈送惠師〉）；「簹簹競長纖纖筍。」（〈答張十一〉）；「保此一掬慳。」（〈炭谷湫〉）；「造父夾其輈。」（〈鶵鶚〉）；「披腹呈琅玕。」（〈齪齪〉）；「潎落門巷空。」（贈族姪）例子太多，不必枚舉。

昌黎詩「出入經傳，烹斡子史」，故造語古雅，不落凡近。馬位即說：

退之古詩，造語皆根柢經傳，故讀之猶陳列商周彝鼎，古
痕斑然，令人起敬。時而火齊木難，錯落眼底，應接不暇。
非徒作幽澀之語，如牛鬼蛇神也。(《秋窗隨筆》)

筆者以爲：昌黎多用古字入詩，與他振揚古詩的心願，分不開；
用古字既可「古雅」，去陳脫俗，別開生面，自成本色。惟因此故，
不免晦澀，此乃源於古學淵奧，和日後李賀、賈島的幽澀，境界就有
高下。

五、倒用字

宋人孫奕，曾專論昌黎「倒用字」：

詩中倒用字，獨昌黎最多。〈醉贈張秘書〉曰：「元凱承華
勳。」〈赴江陵〉云：「所學皆孔周。」〈歸彭城〉云：「閭
里多死飢。」「下言引龍夔。」〈城南聯句〉云：「戛鼓侑
牢牲。」又「百金交弟兄。」〈赴江陵〉云：「殷勤謝友朋。」
〈孟東野失子〉云：「薄厚胡不均。」〈重雲〉云：「身體
豈寧康？」〈送惠師〉云：「超然謝朋親。」〈答張徹〉云：
「碧海滴瓏玲。」〈苦寒〉云：「調和進梅鹽。」〈東都遇
春〉云：「渚牙相緯經」。〈雜詩〉云：「詩書置後前」。〈寄
崔立之〉云：「約不論財貨。」又「無人角雄雌。」〈孟生〉
云：「應對多差參。」又「此格轉崛嶔。」〈符讀書〉云：
「寒飢出無驢。」〈人日登高〉云：「盤蔬冬春雜。」〈南
內朝賀〉云：「不見酬稗稊。」又「磨淬出角圭。」〈晚秋
聯句〉云：「惟學平貴富。」〈贈唐衢〉云：「坐令四海如
虞唐。」〈八月十五夜贈功曹〉云：「嗣皇繼聖登夔皋。」
〈贈劉師服〉云：「後日懸知漸蒤鹵。」〈杏花〉云：「杏
花兩株能白紅。」又「百片飄泊隨西東。」〈感春〉云：「兩
鬢雪白趨埃塵。」〈和盤穀子〉詩云：「推書撲筆歌慨慷。」
皆倒字類也。(《履齋示兒編·詩說》)

上例，很多是倒用以求叶韻的，倒用了就可產生「翻新出奇」的效果，
卻難免有「趁韻」的批評，可見世事難以兩美。

第五節　用　典

　　用典又稱用事。我國文學作品的用典，由來已久。《詩經》大小雅的引用格言，《離騷、九章》的大量用典；〈古詩十九首〉，偶爾也會使用；到了建安以後，詩人日多，才刻意去用典。《文心雕龍·事類篇》歸納爲「據事以類義，援古以證今」二種用典方法。像曹植之「多用史語」，謝靈運之「多用經語」，杜甫之「經史稗官無所不用」，〔註27〕畢竟是「不得已而後用之。」（《石林詩話》），大多屬健康的。但流風所扇，詩作漸漸講求用事，乃至「動輒用事」，「殆同書抄」，〔註28〕用事又僻澀，如宋初的西崑派、清代浙派詩人的詩作便是。

　　趙翼分析用典之妙：「詩寫性情，原不專恃敷典，然古事已成典故，則一典已自有一意，作詩者借彼之意，寫我之情，自然倍覺深厚，而後代詩人不得不用書卷也。」（《甌北詩話》卷十）

　　詩歌用典，是可以增加高華瑋麗的風致，何師敬羣說：

　　　　詩之使事亦謂之用典實。不徒可以增加其高華瑋麗之風
　　　　致，抑且可以化繁爲簡，攝難達之意，於會心莫逆之間，
　　　　此在詩歌，實爲尤要者也。惟使事用典，在熟而不在生，
　　　　其使之之方，則在活用，在暗用。其使之而切，則在適其
　　　　時適其事。故用典實如用兵，必知運用之妙，存乎一心，
　　　　自能信手拈來，即成妙諦矣。〔註29〕

　　用典，在修辭法上，全是一種代入法，大抵有三個原則：（一）事難直言，用典以求其含蓄；（二）事難詳言，用典以求其簡鍊；（三）事難俗言，用典以求其雅趣。〔註30〕歸納前人經驗，似乎不出（一）明用法；（二）暗用法；（三）反用法；（四）借用法。試以昌黎詩舉例：

〔註27〕《詮評》第七條「詩用經史」注3。
〔註28〕《詩品》序。
〔註29〕《益智仁室論詩隨筆》，頁49。
〔註30〕蘇師文擢〈古典詩用典的原則與方法〉，《邃加室講論集》，頁 353
　　　　～357。

一、明用法

明用法，就是把典故中的人、物、事、情、時間或空間，分別代
入，使讀者可作直線的聯想的方法。

如〈韶州留別張端公使君〉：「久欽江總文才妙，自歎虞翻骨相
屯」，上句用《南史・江總傳》，下句用《吳志・虞翻傳》，〔註31〕以
張氏比江總，切其高才與官地；江總爲始興內史，張氏刺韶州即古之
始興，同爲流寓嶺南；虞翻「骨格不媚」，因諫神仙而坐貶交州，公
亦以諫佛骨貶於潮陽，故以自比，切其人骨格與嶺南之地，這種用典
的精妙妥帖，前人早致高譽。

〈遊西林寺〉：「中郎有女能傳業，伯道無兒可保家」，上句用
《後漢書・列女傳》蔡文姬傳父業的故事，下句用《晉書・鄧攸傳》
無子的典事；比喻蕭存（穎士之子）棄官歸隱廬山，如今諸子凋謝，
惟二女在焉。〔註32〕而蕭條慨歎之意自出。

〈嘲鼾睡〉：「南帝初奮槌，鑿竅洩混沌」，用《莊子》儵與忽鑿

〔註31〕《南史・江總傳》：「總，字總持。幼聰敏。及長，篤學有文辭。南
陽劉之遴等，並高才碩學，總時年少有名，之遴嘗酬總詩，深相欽
挹，梁元帝徵爲始興內史，流寓嶺南積歲。」

《三國志・吳志・虞翻傳》卷五十七：「翻，字仲翔。孫權以爲騎都
尉，數犯顏諫爭，權不能悅。又性不協俗，多見謗毀，坐徙丹陽。
涇縣呂蒙，請以自隨，因此令翻得釋。翻性疎直，數有酒失。權與
張昭論及神仙，翻指昭曰：彼皆死人，而語神仙，世豈有仙人也。
權積怒非一，遂徙翻交州。」

〔註32〕《後漢書・列女傳》卷八十四：「蔡琰，字文姬。博學有才辯。興平
中，天下喪亂，爲胡騎所獲。曹操素與邕善，痛其無嗣，乃遣使者
以金璧贖之，而嫁於祀。操因問曰：聞夫人先多墳籍，猶能憶識之
否？文姬曰：昔亡父賜書四千餘卷，流離塗炭，固有存者，今所憶
誦，裁四百餘篇，乞給紙筆，真草唯命。於是繕書送之，文無遺誤。」

《晉書・鄧攸傳》卷九十：「攸，字伯道。永嘉末，沒於石勒。步走
擔其兒及其弟子綏而逃，度不能兩全。乃謂其妻曰：吾弟早亡，唯
有一息，理不可絕，祇應自棄我兒耳。幸而得存，我後當有子，妻
泣而從之。棄之後，卒以無嗣，時人義而哀之，爲之語曰：『天道
無知，使鄧伯道無兒。』」

混沌七竅故事，比喻澹師酣睡之鼻鼾聲。〔註33〕

　　〈讀東方朔雜事〉：「方朔不懲創，挾息更矜誇，詆欺劉天子，正晝溺殿衙」，全用《漢書・東方朔》傳，比喻中官亂政。〔註34〕

　　〈太行皇太后挽歌詞〉：「鳳飛終不返，劍化會相從」，上句用《列仙傳》弄玉公主乘鳳凰升天事，下句用《雲笈七籤魏夫人傳》託劍化形而去故事，〔註35〕以喻皇太后之薨。例子正多，恕不詳舉。

二、暗用法

　　暗用法是把故事隱藏在詞語裡面，其技巧比明用法爲高。如：

　　〈遊青龍寺〉：「何人有酒身無事，誰家多竹門可款」，表面寫閒情之趣，而隱藏了二事，上句用《史記》犀首好飲故事，下句用《晉書・王徽之傳》、《南史・袁粲傳》竹下諷嘯故事，〔註36〕有如「繫風捉影，不見痕跡」。

　　〈赤藤杖歌〉：「飛雷著壁搜蛟螭」句，暗用了《晉書・陶侃傳》梭變成龍、《漢書・費長房傳》乘杖歸家，杖變成龍故事。〔註37〕

〔註33〕《莊子・應帝王》卷七：「南海之帝爲儵，北海之帝爲忽，中央之帝爲渾沌。儵與忽時相與遇於渾沌之地，渾沌待之甚善。儵與忽謀報渾沌之德，曰：人皆有七竅以視聽食息，此獨無有。嘗試鑿之，日鑿一竅，七日而渾沌死。」

〔註34〕《漢書・東方朔傳》：「朔嘗醉入殿中，小遺殿上，劾不敬，有詔免爲庶人。」

〔註35〕《列仙傳》：「蕭史教秦穆公女弄玉吹簫作鳳聲，鳳凰來止其屋，一旦皆隨鳳飛去。」《雲笈七籤・魏夫人傳》：「凡住世八十三年，以晉成帝咸和九年，太乙元仙遣飈車來迎，夫人乃託劍化形而去。」

〔註36〕《史記・張儀列傳》卷七十附公孫衍傳及陳軫傳：「犀首，名衍，姓公孫氏。」「楚使陳軫使於秦。過梁，欲見犀首。陳軫曰：公何好飲也。犀首曰：無事也。」

　　　《晉書・王徽之傳》卷八十：「吳中有一士大夫，家有好竹，欲觀之，便輿造竹下諷嘯。」

　　　《南史・袁粲傳》卷二十六：「爲丹陽尹，郡南一家有竹石，率爾步往，直造竹所，嘯詠自得。」

〔註37〕《晉書・陶侃傳》卷六十六：「陶侃嘗捕魚，得一織梭，還掛著壁。有頃雷雨，梭變成赤龍，從屋而躍。」亦見劉敬叔異苑。

〈寄盧仝〉：「都邑未可猛政理」句，暗用了鄭子產訓子，以寬政
使人民服從的故事。〔註38〕

〈石鼓歌〉：「氈苞席裹可立致」句，暗用《魏志·鄧艾傳》裏氈
攻蜀的故事。〔註39〕

〈送俱文珍〉：「忠孝兩全難」句，暗用了《漢書·王尊傳》爲
忠臣、《晉書·潘京傳》不得復爲孝子的故事〔註40〕都是。
例子還多，恕不細舉。

三、反用法

用典一般都是正面使用，但當典故不能適如其量表示作者主觀的
情志時，於是藉反用以凸出主題，是爲反用法。嚴有翼說：「直用其
事，人皆能之，反其意而用之者，非學業高人，超越尋常拘攣之見，
不規規然蹈襲前人陳跡者，何以臻此！」（《藝苑雌黃》）〔註41〕其藝
術手法較暗用爲高，昌黎多用此法。

如〈送區弘南歸〉：「嗟我道不能自肥」，翻用《韓非子》，〔註42〕
語出子夏，因「先王之義」戰勝「富貴之樂」，故肥；先王之義即孔

《後漢書·費長房傳》卷八十二下：「長房辭老翁歸，翁與以竹杖，
曰：騎此任所之，則自至矣。既至，可以投杖葛陂中也。長房乘杖，
須臾歸家。即以杖投陂，顧視則龍也。」

〔註38〕《左傳·昭公二十年》：「鄭子產有疾，謂子大叔曰：『我死子必爲政，
惟爲德者能以寬服民，其次莫如猛。』」

〔註39〕《三國志·魏志·鄧艾傳》卷廿八：「陰平道山下谷深，至爲艱險，
艾以氈自裹，推轉而下。」

〔註40〕《漢書·王尊傳》卷七十六：「尊遷益州刺史，行部至卭郲九折坡，
問吏曰：此非王陽所畏道耶？叱其馭曰：驅之，王陽爲孝子，王尊
爲忠臣。」

《晉書·潘京傳》卷九十：「京爲州所辟，謁見問策，探得不孝字，刺
史戲京曰：辟士爲不孝耶？京舉版答曰：今爲忠臣，不得復爲孝子。」

〔註41〕《詩人玉屑》卷七引。

〔註42〕《韓非子》卷七：「子夏見曾子。曾子曰：何肥也。對曰：戰勝故肥
也。曾子曰：何謂也？子夏曰：吾入見先王之義則榮之，出見富貴
之樂又榮之，兩者戰於胸中，未知勝負，故臞。今先生之義勝，故
肥。」

孟之道，而昌黎反用之，其痛尤深，而「先王之道」不行，也意在言外了。

〈孟生〉：「古心雖自鞭，世路終難拗」，「名聲暫韞腥，腸肚鎮煎熬」，就是「不能自肥」的顯明寫照。

〈孟東野失子〉：「吾將上尤天」，翻用《論語》：「不怨天，不尤人」。

〈薦士〉：「強箭射魯縞」，翻用《史記·韓安國傳》：「彊弩之極矢不能穿魯縞」。

〈感春〉：「摧落老物誰惜之」，翻用《晉書·宣穆張皇后傳》「老物不足惜」故事。〔註43〕

〈送無本師〉：「身大不及膽」，翻用《三國志·趙雲別傳》卷三十六：「蜀先主曰：『子龍一身都是膽也』」故事。

〈縣齋有懷〉：「何用畢婚嫁」，翻用《後漢書·向長傳》，〔註44〕男女娶嫁既畢，了斷家事而遍遊名山的故事。目下昌黎安住在陽山的縣齋裡，官租輸納了，禾麥滿種了，與老農相邀飲酒，享受閒適之樂，不必等待兒女婚嫁事畢，如今便可歸隱了；這是翻用以見眞情的例子。

四、借用法

借用法是無正典可用而借用相似的事之法。是無而爲有、點鐵成金的高度境界。

如昌黎詩〈鬥雞聯句〉：「毒手飽李陽，神槌困朱亥」，形容鬥雞實無正典可用，不得不借用《晉書》石勒飽李陽以拳，和《史記》朱亥槌殺晉鄙的故事，〔註45〕就把雞的慘烈搏鬥之情活然紙上了。

〔註43〕《晉書·宣穆張皇后傳》卷卅一：「宣帝常臥疾，后往省病，帝曰：老物可憎。后慚恚不食，諸子亦不食。帝驚謝。退而謂人曰：老物不足惜，慮困我好兒耳。」

〔註44〕《後漢書·向長傳》卷八十三：「字子平，隱居不仕。建武中，男女娶嫁既畢，勒斷家事，與北海禽慶俱遊五嶽名山，竟不知所終。」

〔註45〕《晉書·石勒傳》卷一零四：「初，勒與李勒同居，歲嘗爭麻地，迭相毆擊，至是引陽臂曰：『孤往往厭卿老拳，卿亦飽孤毒手。』」

〈鄭群贈簟〉：「一府傳看黃琉璃」，簟的顏色難有正面典故，於是借用罽賓國所出之黃琉璃，比喻其產地與光澤，典故見於《漢書西域傳》、《北史大月氏國傳》。〔註46〕

〈遊青龍寺〉：「赫赫炎官張火傘」，形容柿樹林的「火紅一片」，無正典可用，於是借夏季神靈炎官張開火傘做比擬。炎官見《禮記·月令》，〔註47〕笠傘見《南史·王縉傳》。單從用典的技巧來看，已是「水中著鹽」的境界了。

總上所述，昌黎用典，經史子無所不用，前人謂其詩「浸潤經傳、烹斡子史」而來，確實如此。

第六節　用　韻

歐陽修最先看到昌黎「工於用韻」：

> 而余獨愛其工於用韻也。蓋其得韻寬，則波瀾橫溢，泛入傍韻，乍還乍離，出入迴合，殆不可拘以常格，如〈此日足可惜〉之類是也；得韻窄，則不復傍出，而因難見巧，愈險愈奇，如〈病中贈張十八〉之類是也。(《六一詩話》)

以後，諸家開始議論。以下只錄取用韻部分；至於論「以文為詩」部分，另詳第七章。

1、張戒《歲寒堂詩話》：

> 以押韻為工，始於韓退之，而極於蘇黃。

2、何孟春《餘冬詩話》：

> 韓退之詩，歐陽永叔謂其工於用韻云云，蔡寬夫因此遂言：「秦漢以前字書未備，既多假借，而音無反切，平仄

朱亥袖四十斤鐵槌，槌殺晉鄙，見《史記·信陵君列傳》七十七。

〔註46〕《漢書·西域傳》卷九十六上：「罽賓國出流離。」

《北史·大月氏國傳》卷九十七：「其國人商販京師，能鑄石為五色琉璃，光色映徹，觀者莫不驚駭。」

〔註47〕《禮記·月令》卷十五：「孟夏之月，其帝炎帝，其神祝融。」此詩之炎官，即炎帝。

《南史·王縉傳》：「以笠傘覆面。」

皆通用。自齊梁後，概拘以四聲，又限以音韻，故士率以偶儷聲病爲工，文氣安得不卑弱？惟陶淵明、韓退之擺脱拘忌，皆取其旁韻用，蓋筆力自足以達之。」春按：秦漢以前韻，有平仄皆通用者，古韻應爾，豈爲字書未備？淵明退之集，多用古韻，於古俱是一韻，何旁之有？歐陽所謂旁韻，就今韻而言，非謂其兼取於彼此也。

3、劉大勤《師友傳續錄》：

善押強韻，莫如韓退之，卻無一字無出處也。

4、葉燮《原詩》：

五古漢魏無轉韻者，至晉以後漸多，唐時五古長篇大都轉韻矣。惟杜甫五古終集無轉韻者，畢竟以不轉韻者爲得。韓愈亦然。七古終篇一韻，唐知絕少，盛唐間有之，杜則十有二、三，韓則十居八、九。終篇一韻，全在筆力能舉之。

5、《孔毅夫詩話》：

退之詩好押狹韻累句以示工，而不知重疊用韻之爲病也

6、明人謝榛《四溟詩話》：

韓昌黎柳子厚長篇聯句（按應爲〈韓孟聯句〉），字難韻險。

7、袁枚《隨園詩話》：

昌黎鬥險，掇唐韻而拉雜砌之，不過一時遊戲。

8、王鳴盛《蛾術編》：

昌黎詩用韻最雜。如〈南山〉之姤、遘；〈秋懷〉之乾、玕；〈江陵途中寄三學士〉之憂、櫌；〈贈張秘書〉之勛、曛；〈游湘西兩寺〉之苒、染；〈答張徹〉之冥、溟、莛、庭、囹、靈；〈薦士〉之盜、蹈；〈喜侯喜至〉之塹、槧；〈崔十六少府攝伊陽〉之雁、贗；皆同紐。若聯句〈會合〉之蛹、踴；〈郾城夜會〉之橐、拓；并屬和之者亦爲所牽掣矣。然皆古詩也。至律詩惟〈和崔舍人詠月〉婷、庭連用，似同紐，但《廣韻》不收婷字，則仍無害。

9、趙翼《甌北詩話》：

昌黎古詩用韻，有通用數韻者，有專用一韻者，《六一詩

話》謂:「(略)。」今按〈此日足可惜〉一首,通用東、
冬、江、陽、庚、青六韻,此外如〈元和聖德詩〉,通用
語、麌、馬、有、哿五韻。〈孟東野失子〉詩,通用先·
寒·刪·眞·文·元六韻,餘可類推。其用窄韻,亦不止
〈病中贈張十八〉一首,如〈陪杜侍御遊湘西兩寺〉一首,
又〈會合聯句〉三十四韻。洪容齋謂除蠭。蛹二字,《韻
略》未收,餘皆不出二腫之內。今按蠭蛹二字,唐韻本收
在二腫,則皆本韻也。

前輩論昌黎詩用韻,有的涉入古今音韻的演化,本文未擬細述;
請述其用韻大概。

《六一詩話》所說的「寬韻」(得韻寬)、「窄韻」(得韻窄)、「傍
出」是甚麼?甚麼是「狹韻」「險韻」?甚麼是傍韻?

唐宋詩人用韻根據的韻書是《切韻》或《唐韻》,凡韻書中注明「同
用」的韻,就可認爲同韻;到了元末,索性把同用的韻歸併,稍加變通,
成爲一百零六個韻。這就是後代所稱的「平水韻」,也就是明清時代普
通所謂《詩韻》。由此看來,若說唐宋詩人用韻是依照「平水韻」的,
雖然在歷史上說不過去,而在韻部上卻大致不差。

現在,就把這一百零六個韻,將附注著《唐韻》原來的韻目,用
括號表示,見下表: 〔註48〕

平　　　聲
上平一東 (東)　　二冬 (冬鍾)　　三江 (江)　　四支 (支脂之)
五微 (微)　　六魚 (魚)　　七虞 (虞模)　　八齊 (齊)
九佳 (佳皆)　　十灰 (灰咍)　　十一眞 (眞諄臻)　　十二文 (文欣)
十三元 (元魂痕)　　十四寒 (寒桓)　　十五刪 (刪山)
下平一先 (先仙)　　二蕭 (蕭宵)　　三肴 (肴)　　四豪 (豪)
五歌 (歌戈)　　六麻 (麻)　　七陽 (陽唐)　　八庚 (庚耕清)
九青 (青)　　十蒸 (蒸登)　　十一尤 (尤侯幽)　　十二侵 (侵)
十三覃 (覃談)　　十四鹽 (鹽添嚴)　　十五咸 (咸銜凡)

〔註48〕 《漢語詩律學》,頁 42〜43。

上　　聲
一董（董）　二腫（腫）　三講（講）　四紙（紙旨止）
五尾（尾）　六語（語）　七麌（麌姥）　八薺（薺）
九蟹（蟹駭）　十賄（賄海）　十一軫（軫準）　十二吻（吻穩）
十三阮（阮混很）　十四旱（旱緩）　十五潸（潸產）　十六銑（銑獮）
十七篠（篠小）　十八巧（巧）　十九皓（皓）　二十哿（哿果）
廿一馬（馬）　廿二養（養蕩）　廿三梗（梗耿靜）　廿四迥（迥拯等）
廿五有（有厚黝）　廿六寢（寢）　廿七感（感敢）　廿八儉（琰忝儼）
廿九豏（豏檻范）

去　　聲
一送（送）　二宋（宋用）　三絳（絳）　四寘（寘至志）
五未（未）　六御（御）　七遇（遇暮）　八霽（霽）
九泰（泰）　十卦（卦怪夬）　十一隊（隊代廢）　十二震（震稕）
十三問（問焮）　十四願（願恩恨）　十五翰（翰換）　十六諫（諫襇）
十七霰（霰線）　十八嘯（嘯笑）　十九效（效）　二十號（號）
廿一箇（箇過）　廿二禡（禡）　廿三漾（漾宕）　廿四敬（映諍勁）
廿五徑（徑證嶝）　廿六宥（宥候幼）　廿七沁（沁）　廿八勘（闞）
廿九豔（豔㮇釅）　三十陷（陷鑑梵）

入　　聲
一屋（屋）　二沃（沃燭）　三覺（覺）　四質（質術櫛）
五物（物迄）　六月（月沒）　七曷（曷末）　八黠（黠鎋）
九屑（屑薛）　十藥（藥鐸）　十一陌（陌麥昔）　十二錫（錫）
十三職（職德）　十四緝（緝）　十五合（合盍）　十六葉（葉怗業）
十七洽（洽狎乏）

　　這一百零六個韻，所包括的字數很不相稱，有些韻很寬，有些韻很窄。寬韻可以很自由，窄韻就會令人受窘。據王力《漢語詩律學》，依寬窄的程度而論，詩韻大約可以分為四類，如下（舉平韻以包仄韻）：

　　一、寬韻：支、先、陽、庚、尤、東、眞、虞

　　二、中韻：元、寒、魚、蕭、侵、冬、灰、齊、歌、麻、豪

　　三、窄韻：微、文、刪、青、蒸、覃、鹽

　　四、險韻：江、佳、肴、咸〔註49〕

〔註49〕同上注，頁44。

據近人研究，發覺「跟李白、杜甫一樣，韓愈用韻也有寬、嚴兩個系統。嚴的一套專用於近體，寬的一套專用於古體。嚴的一套所見各韻的分合，盡同於《廣韻》所注同用，獨用情況」，而「寬的一套大大突破了功令的限制，可能更加接近實際讀音。」〔註 50〕對於昌黎的近體詩頗合韻書的要求，古來無人異議，〔註 51〕可以不論。至於古詩用韻，自古以來，論者注意到幾個特點：試依用險韻、用窄韻、用通韻、用轉韻四項，論述如後：

一、用險韻

韓愈作詩，根據的韻書是《切韻》或《廣韻》。所謂「險韻」是指「江、佳、肴、咸」四韻類。昌黎詩有四例，如〈病中贈張十八〉廿二韻，江韻獨用；〈酬盧雲夫望秋作〉十五韻，〔咸、銜〕同用；〈答孟郊〉八韻，巧韻獨用；〈答柳柳州食蝦蟇〉十七韻，效韻獨用。

據上述，歐陽修舉〈病中贈張十八〉爲窄韻例，今改稱用險韵：

中虛得暴下，避冷臥北窻。
不蹋曉鼓朝，安眠聽逢逢。
籍也處閭里，抱能未施邦。
文章自娛戲，金石日擊撞。
龍文百斛鼎，筆力可獨扛。
談舌久不掉，非君亮誰雙。
扶几導之言，曲節初摐摐。
半塗喜開鑿，派別失大江。
吾欲盈其氣，不令見麾幢。
牛羊滿田野，解旆束空杠。
傾罇與斟酌，四壁堆甖缸。
玄帷隔雪風，照鑪釘明釭。
夜闌縱捭闔，哆口疎眉厖。

〔註 50〕荀春榮〈韓愈的詩歌用韻〉。

〔註 51〕荀氏提到二個近體詩用韻與《廣韻》所定的不同的例。同上注，頁 231。

勢侔高陽翁，坐約齊橫降。
連日挾所有，形軀頓脬肛。
將歸乃徐謂，子言得無哤。
迴軍與角逐，斫樹收窮厖。
雌聲吐款要，酒壺綴羊腔。
君乃崑崙渠，籍乃嶺頭瀧。
譬如蟻垤微，詎可陵崆㟅。
幸願終賜之，斬拔栿與椿。
從此識歸處，東流水淙淙。

全詩四十四句，廿二韻，純用江韻，江韻之所以列爲險韻，因全韻共
五十個韻字，多爲古字，能用韻字不多，如騎馬於山徑險道，故喻爲
險韻。但昌黎才華傑出，用之如驊騮走山，險而能穩；歐陽修便譽爲
「天下之工」：

> 譬如善馭良馬者，通衢廣陌，縱橫驅逐，唯意所之。至于
> 水曲蟻封，疾徐中節，而不少蹉跌，乃天下之工也。(《六一
> 詩話》)

這比喻，可謂妙極了。

二、用窄韻

所謂窄韻，是指「微、支、刪、青、蒸、覃、鹽」七韻類。昌黎
詩有廿四例。如〈落葉送陳羽〉，四韻，獨用微韻；〈烽火〉五韻，獨
用微韻；〈辛卯年雪〉十韻，獨用微韻；〈宿曾江口二首〉其一，八韻，
獨用微韻；〈譴瘧鬼〉十七韻，獨用微韻；〈醉贈張秘書〉二十韻，獨
用文韻；〈送陸暢歸江南〉二十韻，同用〔刪、山〕；〈題炭谷湫〉二
十韻，同用〔刪、山〕；〈宿曾江口二首〉其二，四韻，同用〔刪、山〕；
〈雪後寄崔二十六丞公〉十二韻，同用〔刪、山〕；〈華山女〉十六韻，
獨用青韻；〈答張徹〉五十韻，獨用青韻；〈過南陽〉四韻，獨用青韻；
〈題張十八所居〉四韻，獨用青韻；〈秋懷詩〉其四，六韻，同用〔蒸、
登〕，〈送侯參謀赴河中幕〉四十韻，同用〔蒸、登〕；〈苦寒〉三十六
韻，同用〔鹽、添〕；〈晚寄張十一助教周郎博士〉四韻，獨用鹽韻。

以上平韻，共十八首。

〈贈張籍〉十八韻，同用〔潸、產〕；〈崔少府攝伊陽〉三十韻，同用〔諫、襇〕；〈夜歌〉三韻，同用〔職、德〕；〈贈別元十八博律六首〉其二，六韻，同用〔職、德〕；〈送無本師解范陽〉二十韻，同用〔感、敢〕；〈秋懷詩〉其七，九韻，同用〔勘、闞〕。以上仄韻，共六首。

三、用通韻

此部份，唐人稱為「仿古用韻」。聲韻學家稱為通韻。宋人歐陽修說：

> 蓋其得韻寬，則波瀾橫溢，傍入傍韻，乍還乍離，出入迴合，殆不可拘以常格，如〈此日足可惜〉之類是也。（《六一詩話》）

古體詩又叫「古風」，即是模仿古人寫詩的意思。五言的古風就被認為是正統的古體詩，為甚麼？因為《古詩十九首》是五古，蘇李贈別詩乃至六朝的詩，多數是五言。齊梁以後，講求聲韻駢偶，五古開始律化。自從陳子昂提倡風雅，唐人相率仿古。仿古的五言詩，有兩種現象：1、少用對仗，以用本韻為常見；2、用通韻。所謂通韻，指的是鄰韻相通。

如上所舉的〈此日足可惜〉，凡百四十句，七十韻，東、鍾、江、陽、唐、耕、清、青通押。屬於三韻以上的主從通押，陽主，東、冬、江、庚、青從。表列如下，主韻不出，從韻則用括號說明：

> 此日足可惜，此酒不足嘗。
> 捨酒去相語，共分一日光。
> 念昔未知子，孟君自南方。
> 自矜有所得，言子有文章。
> 我名屬相府，欲往不得行。〔庚〕
> 思之不可見，百端在中腸。
> 維時月魄死，冬日朝在房。
> 驅馳公事退，聞子適及城。〔庚〕

命車載之至，引坐於中堂。
開懷聽其說，往往副所望。
孔丘歿已遠，仁斤路久荒。
紛紛百家起，詭怪相披猖。
長老守所聞，後生習為常。
少知誠難得，純粹古已亡。
譬彼植園木，有根易為長。
留之不遣去，館置城西旁。
歲時未云幾，浩浩觀湖江。〔江〕
眾夫指之笑，謂我知不明。〔庚〕
兒童畏雷電，魚鱉驚夜光。
州家舉進士，選試繆所當。
馳辭對我策，章句何煒煌。
相公朝服立，工席歌鹿鳴。〔庚〕
禮終樂亦闋，相拜送於庭。〔青〕
之子去須臾，赫赫流盛名。〔青〕
竊喜復竊歎，諒知有所成。〔庚〕
人事安可恆，奄忽令我傷。
聞子高第日，正從相公喪。
哀情逢吉語，惝怳臨為雙。〔江〕
暮宿偃師西，徒展轉在牀。
夜聞汴州亂，遠避行旁徨。
我時留妻子，倉卒不及將。
相見不復期，零落甘所丁。〔青〕
嬌女未絕乳，念之不能忘。
忽如在我所，耳若聞啼聲。〔庚〕
中途安得返，一日不可更。〔庚〕
俄有東來說，我家免罹殃。
乘船下汴水，東去趨彭城。〔庚〕
從喪朝至洛，還走不及停。〔青〕
假道經盟津，出入行澗岡。

日西入軍門，羸馬顛且僵。
主人願少留，延入陳壺觴。
卑賤不敢辭，忽忽心如狂。
飲食豈知味，絲竹徒轟轟。〔庚〕
平明脫身去，決若驚鳧翔。
黃昏次氾水，欲過無舟航。
號呼久乃至，夜濟十里黃。
中流上灘潭，沙水不可詳。
驚波暗合沓，星宿爭翻芒。
轅馬蹢躅鳴，左右泣僕童。〔東〕
甲午憩時門，臨泉窺鬪龍。
東西出陳許，陂澤平茫茫。
道邊草木花，紅紫相低昂。
百里不逢人，角角雄雉鳴。〔庚〕
行行二月暮，乃及徐南彊。
下馬步堤岸，上船拜吾兄。〔庚〕
誰云經艱難，百口無夭殤。
僕射南陽公，宅我睢水陽。
篋中有餘衣，盎中有餘糧。
閉門讀書史，窗戶忽已涼。
日念子來遊，子豈知我情。〔庚〕
別離未爲久，辛落多所經。〔青〕
對食每不飽，共言無倦聽。〔青〕
連延三十日，晨坐達五更。〔庚〕
我友二三子，宦遊在西京。〔庚〕
東野窺禹穴，李翱觀濤江。〔江〕
蕭條千萬里，會合安可逢。〔冬〕
淮之水舒舒，楚山直叢叢。〔東〕
子又捨我去，我懷焉所窮。〔東〕
男兒不再壯，百歲如風狂。
高爵尚可求，無爲守一鄉。（《集釋》卷二）

此為長篇五言古詩，七十韻。全詩以陽韻為主（45 字），偶然泛入鄰韻：東韻（3 字）、多韻（1 字）、江韻（2 字）、庚韻（13 字）、青韻（6 字），形成「波瀾橫溢，偶入傍韻，乍還乍離，出入迴合」的驚人藝術效果。

所謂通押，依王力先生說，分為三種：兩韻相通，三韻以上相通，上去相押。其中，每種又細分為：偶然出韻、主從通韻，等立通韻。茲以昌黎古詩為例。

（一）兩韻相通者，有〈山石〉廿七韻，通押〔侵、覃〕；〈孟生詩〉廿七韻，通押〔侵、覃〕；〈陪杜侍御遊湘西寺〉廿五韻，通押〔琰、忝、豏、儼〕；〈感春三首〉其三，八韻，通押〔陌、麥、昔、錫〕。以上偶然出韻四例。

〈琴操·別鵠操〉四韻，通押〔微、支〕；〈雜詩四首〉其四，四韻，通押〔眞、文〕；〈庭楸〉，十五韻，通押〔山、先、仙〕；〈晚菊〉四韻，通押〔麻、歌〕；〈琴操·拘幽操〉五韻，通押〔庚、清、青、耕〕；〈人日城南登高〉十韻，通押〔送、用〕；〈朝歸〉，七韻，通押〔掛、怪、隊、代〕；〈東都遇春〉廿韻，通押〔映、諍、勁、徑〕；〈喜侯喜至贈張籍張徹〉，廿韻，通押〔艷、桥、陷、梵〕；〈山南鄭樊酬答為詩〉，十四韻，通押〔物、質〕；〈贈別元十八協律六首〉其六，七韻，通押〔月、沒、末〕，〈路傍堠〉六韻，通押〔陌、麥、昔、錫〕；〈和裴僕射假山〉十一韻，通押〔陌、麥、昔、若、錫〕；〈南溪始泛三首〉其三，八韻，通押〔昔、錫〕。以上主從通押十四例。

〈別趙子〉十七韻，通押〔魚、虞、模〕；〈示兒〉廿五韻，通押〔魚、虞、模〕；〈讀東方朔雜事〉十八韻，通押〔歌、戈、麻〕；〈感春三首〉其二，四韻，通押〔隊、泰〕；〈送諸葛覺往隨州讀書〉，十三韻，通押〔屋、沃、燭〕，以上等立通押五例。

（二）三韻以上相通者，有十三例：

〈駑驥贈歐陽詹〉，二十韻，通押〔魚、虞、尤、模〕；〈謝自然詩〉，卅四韻，通押〔元、寒、桓、刪、山、仙、眞、諄、文〕；〈孟

東野失子〉二十八韻，通押〔眞、諄、欣、元、魂、寒、刪、山、仙、先〕；〈雜詩〉十三韻，通押〔桓、山、先、仙、眞、文、元〕；〈秋懷詩〉其八，十韻，通押〔元、魂、寒、桓、先〕；〈此日足可惜〉七十韻，通押〔東、鍾、江、陽、唐、庚、耕、清、青〕。按：此首已詳細分析於前；〈南山有高樹〉二十韻，通押〔支、脂、之、咍、微、齊、灰〕；〈贈別元十八協律六首〉其一，十二韻，通押〔阮、產、銑〕；以上主從通押八例。

〈江漢答孟郊〉七韻，通押〔元、魂、寒、刪、山〕；〈感春三首〉其一，五韻，通押〔元、寒、桓、山〕；〈剝啄行〉，十九韻，通押〔眞、文、元、魂、寒、桓、刪、山、先、仙〕；〈猛虎行〉，十六韻，通押〔皆、支、脂、之、微、齊〕；〈元和聖德詩〉百二十八韻，通押〔語、虞、姥、哿、果、馬、有、黝〕；以上等立通押五例。

（三）上去通押方面，有乙例：

〈感春四首〉其三，四韻，通押〔果、箇、過〕。

四、用轉韻

唐代古詩的轉韻，依王力說，大別為兩種：一、隨便換韻，像漢魏古詩一樣；二、講究轉韻。前者稱為仿古的古風；後者稱為新式的古風。前者，可隨便換韻。今舉〈八月十五夜贈張功曹〉為例，括號內表示韻部：

纖雲四卷天無河，〔歌〕　　　清風吹空月舒波，〔歌〕
沙平水息聲影絕，　　　　　一盃相屬君當歌，〔歌〕
君歌聲酸辭且苦，〔虞〕　　　不能聽終淚如雨，〔虞〕
洞庭連天九疑高，〔豪〕　　　蛟龍出沒猩鼯號，〔豪〕
十生九死到官所，　　　　　幽居默默如藏逃，〔豪〕
下牀畏蛇食畏藥，　　　　　海氣濕蟄熏腥臊，〔豪〕
昨者州前搥大鼓，　　　　　嗣皇繼聖登夔皋，〔豪〕
赦書一日行萬里，〔紙〕　　　罪從大辟皆除死，〔紙〕
遷者追迴流者還，〔刪〕　　　滌瑕蕩垢朝清班，〔刪〕

州家申名使家抑，　　　　　坎軻祇得移荊蠻，〔刪〕

同時輩流多上道，　　　　　天路幽險難追攀，〔刪〕

君歌且休聽我歌，〔歌〕　　我歌今與君殊科，〔歌〕

一年明月今宵多，〔歌〕　　人生由命非由他，〔歌〕

有酒不飲奈明何，〔歌〕

此詩二十二韻，韻隨意轉，開頭「河、波、歌」三字歌韻，起寫韓氏當歌；之後，「虞、雨」二字虞韻，接寫張徹泣而歌；之後，「高、號、逃、臊、皋」五字豪韻，寫南貶之情狀；「里、死」二字紙韻，寫獲赦；「還、班、蠻、攀」四字「刪」韻，寫量移江陵；末五句「歌、科、多、他、何」五字，歌韻，句句押韻，婉轉道出「人生由命」的嘆息，以慰藉收結。此爲昌黎仿古的七言古詩。

後者，則講究轉韻，舉二例。

例一，〈贈對師服〉十五韻：

羨君齒牙牢且潔，〔屑〕　　大肉硬餅如刀截。〔屑〕

我今呀豁落者多，　　　　　所存十餘皆兀臲。〔屑〕

匙抄爛飯穩送之，〔支〕　　合口軟嚼如牛呞。〔支〕

妻兒恐我生悵望，　　　　　盤中不飣栗與梨。〔支〕

祇今年纔四十五，〔麌〕　　後日懸知漸莃鹵。〔麌〕

朱顏皓頸訝莫親，　　　　　此外諸餘誰更數。〔麌〕

憶昔太公仕進初，〔魚〕　　口含兩齒無贏餘。〔魚〕

虞翻十三比豈少，　　　　　遂自惋恨形於書。〔魚〕

丈夫命存百無害，〔泰〕　　誰能檢點形骸外。〔泰〕

巨緡束釣儻可期，　　　　　與子共飽鯨魚膾。〔泰〕

此詩三十句，十五韻。開首，「潔、截、臲」三字屑韻；「之、呞、梨」三字支韻；「五、鹵、數」三字麌韻；「初、餘、書」三字魚韻；末後，以「害、外、膾」三字泰韻收結；昌黎此詩好像由五首首句入韻的七言絕句合成，但細觀之，不入律句。

例二，〈贈唐衢〉：

虎有爪兮牛有角，〔覺〕　　虎可搏兮牛可觸。〔沃〕

奈何君獨抱奇材，　　　　手把鋤犁餓空谷。〔沃〕

當今天子急賢良，〔陽〕　　甌函朝出開明光。〔陽〕

胡不上書自薦達，　　　　坐令四海如虞唐。〔唐〕

　　此詩八句六韻，開首，「角、觸、谷」三字同用「沃、覺」；「良、光、唐」三字同用「陽、唐」；像由二首首句入韻的七言絕句合成，但又不是絕句，因爲不入律。以上二例可見昌黎古詩的創造。

　　總計昌黎詩全部五古、七古的轉韻情況，如下述。

　　（一）昌黎的五言古詩，是轉韻的，有三例：

　　〈招揚之罘一首〉十八韻，平仄轉韻〔泰、東、至、庚、馬、支、刪、魚、屋、曷〕。

　　〈瀧吏〉卅六韻，平仄轉韻〔江、紙、虞、尤、支、蟹、蕭、冬、賔、紙、養、支、有、文、眞、尤、支、箇〕。

　　〈除官赴闕寄鄂岳李大夫〉，十四韻，平仄轉韻〔紙、微、霽、歌、有、支、賔〕。

　　（二）昌黎的七言古詩，有轉韻的，共十二例：

　　〈汴泗交流贈張僕射〉十七韻，平仄轉韻〔覺、藥、支、敬、徑、禡、模、職〕。

　　〈雉帶箭〉八韻，平仄轉韻〔月、歌、麻、曷、箇〕。

　　〈桃源圖〉廿七韻，平仄轉韻〔陽、馬、支、質、麻、語、虞、霰、先、賔、庚、暮、眞〕。

　　〈贈唐衢〉六韻，平仄轉韻〔沃、覺、陽〕。

　　〈贈侯喜〉二十韻，平仄轉韻〔紙、尤、支、御〕。

　　〈八月十五夜贈張功曹〉，廿二韻，平仄轉韻〔歌、虞、豪、紙、刪、歌〕。

　　〈李花贈張十一署〉，十三韻，平仄轉韻〔旨、尾、灰〕。

　　〈豐陵行〉，十一韻，平仄轉韻〔紙、魚〕

　　〈贈劉師服〉，十五韻，平仄轉韻〔屑、支、虞、魚、泰〕

〈短燈檠歌〉，十二韻，平仄轉韻〔陽、陌、先、至〕。

〈送僧澄觀〉，廿七韻，平仄轉韻〔支、陌、馬、虞、寘、眞、屋、先、問、冬〕。

〈記夢〉，二十四韻，平仄轉韻〔元、刪、屋、沃、支、嘯、庚、箇、元、寒、徑、敬、刪〕。

至於，雜言詩，不舉例了。

總之，韓愈的古詩以仿古爲主，好用險韻、窄韻，喜歡一韻到底，以表才力雄厚；至用通韻，但見其一氣斡旋，波瀾橫溢，造出奇人的藝術效果；乃至轉韻，平韻仄韻互出，隨意揮灑，韻隨意轉；再如寫作講究轉韻的古風，力避律句，或整齊，或不整齊，皆能翔迴飛動，此見昌黎古詩寫作藝術的用力所在。所謂「餘事作詩人」，不過是謙遜之詞罷了。

本章小結

昌黎之詩，有繼承、有借鑒、有新變。中唐時，陳言爲患，昌黎深知文貴自立，必須自鑄偉詞。凡經前人之熟意、熟境、熟勢、熟調、熟字、熟典，一概力禁，擺落一切、冥心獨造；由上見到，他在意格字句上的鍛鍊功夫。因爲淵源正大，學有本源，盈科而進，反本而開新。復次，昌黎以古文筆法入詩，開啓千年新變法門，五七言長篇古詩即是。所謂「約六經旨成文」，其詩亦模範風雅；所以說「經誥指歸，遷雄氣格」，一時趨於筆下，紙上湧起波濤。既而，麗辭、偶對，兼融合美；古字、古韻，滿目琳瑯；俚語、今音，共冶成趣；敘事議論，無不曲折如意，行行止止；眞氣獨運，情思茂發；詩中有道，詩中有諷，詩中有情，情中有持，情中有志，展卷細讀，眞風眞雅，這是昌黎的詩教。

昔日，陳寅恪先生從唐代文化史上考察，推舉韓愈爲承先啓後、改舊爲新的關鍵人物；今日，筆者接其旨趣，進而說：昌黎的詩藝，亦是承先啓後的關鍵人物也。

第六章　韓愈詩論研究

　　昌黎詩論有四個重點：一、著重立身大節；二、主張讀書悟道；三、詩之源流正變；四、尊法李杜之長。關於此點，黃節《詩學》有論。

　　黃節先生舉昌黎所加於孟郊的推譽爲言：

　　　　其論東野詩曰：「橫空盤硬語。妥帖力排奡。」又必推其立身之大，曰：「行身踐規矩。甘辱恥媚竈。」又必推其讀書悟道之功，曰：「冥觀洞古今。象外逐幽好。」可知詩雖文章一藝，而能造其極者，必在修身讀書之人。於昌黎之論詩。則如其所以能名家者，非第文章之事云爾。（《詩學》）

又舉〈薦士〉及〈調張籍〉兩篇爲例：

　　　　昌黎論詩見於〈薦士〉及〈調張籍〉兩篇。其於初唐盛唐諸家，獨推陳子昂李白杜甫而已，同時則孟郊而已。其〈薦士〉云：……其述詩之源流正變，至今論之，猶無以易之也。其〈調張籍〉云：……則其傾倒李杜尤至矣。顧當時爲詩者，於李杜輒至非議。獨昌黎尊之。則讀〈調張籍〉詩可知也。

凡此種種，都是韓門詩教。本章承前輩之說，擴充如次：

第一節　重視立身

　　昌黎倡行二帝三王之道，〈原道〉篇云：「博愛之謂仁，行而宜之

之謂義，由是而之焉之謂道，足乎己無待於外之謂德。」是說本乎仁
心，行於義路，博施濟眾，拯危扶厄，主持正義，教化天下，和樂五
倫，無一不是道德。祖述堯舜，憲章文武，聖君賢哲，師師相傳，這
就是「道統」。《大學》所稱三綱八目，修身位於其中。君子下學而上
達，「窮則獨善其身，達則兼善天下。」

　　重視立身，原是古來道藝本末之義。本書第一章第一節昌黎的性
情，第三節「餘事作詩人」，已經詳細析論，請參照。

第二節　讀書悟道

　　昌黎重讀書悟道，最好的例子，看他怎樣教兒子；以〈符讀書城
南〉為例，符韓昶的小名：

> 金璧雖重寶，費用難貯儲。學問藏之身，身在則有餘。君
> 子與小人，不繫父母且。不見公與相，起身自犁鋤。不見
> 三公後，寒飢出無驢。文章豈不貴，經訓乃菑畬。潢潦無
> 根源，朝滿夕已除。人不通古今，馬牛而襟裾。行身陷不
> 義，況望多名譽。(《集釋》卷九)

此詩「以兩家生子，孩提時朝夕相同，無甚差等。及長而一龍一豬，
或為公相，勢位赫奕，或為馬卒，日受鞭笞，皆由學與不學之故。」
(《甌北詩話》) 然後引出教誨，勉勵兒子讀書悟道。

　　其它，昌黎曉諭讀書的例子，還很多。詳參第三章第一節「以詩
明道」。不贅。

第三節　論詩源流

　　《韓愈集》中，詩作 398 首，古詩與律絕約佔其半。昌黎一生專
力於古詩創作。在當代，他與孟郊是完全仿古的詩人。昌黎五古，以
何為祈向，取法於誰？當有自己的看法。譬如，李白、杜甫、韓愈三
家同論古詩，就有異同，未嘗不可以視為取法所向。建安詩，李白謂
為「綺麗不足珍」。杜、韓則以稱許。對南朝詩，三家褒貶則大異：

李白不棄「晉宋齊梁」，杜甫不棄「徐庾，兼貶沈宋」，韓愈則只許「鮑謝」。

昌黎〈薦士〉詩裡，歷敘「五言詩流變」，就知祈向：

> 周詩三百篇，雅麗理訓誥。曾經聖人手，議論安敢到。五
> 言出漢時，蘇李首更號。東都漸瀰漫，派系百川導。建安
> 能者七，卓举變風操。逶迤抵晉宋，氣象日凋耗，中間數
> 鮑謝，比近最清奧。齊梁及陳隋，眾作等蟬噪。搜春摘花
> 卉，沿襲傷剽盜。國朝盛文章，子昂始高蹈。勃興得李杜，
> 萬類困陵暴。後來相繼生，亦各臻閫隩。

三百篇之外，蘇、李詩、古詩十九首、建安七子、鮑、謝、陳子昂、
李、杜，固然是說詩的源流正變；隱然也是他取法的對象。

歷來諸家對此，多表讚歎：

> 此薦孟郊之詩。而首段敘詩源委，極其簡盡。李太白便謂
> 建安之詩「綺麗不足珍」，杜子美則自梁陳以下無貶詞，
> 故惟韓公之論最得其衷。（李光地《榕村詩選》）〔註1〕

> 公此詩歷敘詩學源流。自三百篇後，漢魏止取蘇李建安七
> 子，六朝止取鮑謝，餘子一筆抹倒，眼明手辣，識力最高。
> （顧嗣立《昌黎先生詩集注》卷二〈薦士〉條）〔註2〕

> 世言韓退之「文起八代之衰」，貶詩言之也。唐詩承齊梁
> 陳隋之後，風氣萎靡不振，自陳子昂崛起復古，李杜勃興，
> 始開盛唐之風。然太白未嘗棄晉宋齊梁，於謝宣城尤極推
> 重。子美則不棄徐庾，兼貶沈宋。至退之，除鮑謝外，皆
> 不齒及矣。退之〈薦士〉詩云云，雖爲薦孟郊作，其論詩
> 之旨，悉具於是矣。（夏敬觀《說韓》）〔註3〕

諸家從詩之流變觀察，譽昌黎「識力最高」。此外，筆者另有想法，
此正反映了昌黎古詩的繼承與借鑒，也是他「以詩爲教」的內容。

〔註1〕《集釋》之「集說」引，頁539。
〔註2〕同上注，「集說」引，頁540。
〔註3〕同上注，「集說」引，頁541。

第四節　並尊李杜

　　昌黎極力推崇李白杜甫，以繼承李杜自任，自負亦大：

　　　　李杜文章在，光焰萬丈長。(〈調張籍〉)

　　　　勃興得李杜，萬類困陵暴。(〈薦士〉)

　　　　遠追甫白感至誠。(〈酬司門盧四兄雲夫院長望秋作〉)

　　　　昔年因讀李白杜甫詩，長恨二人不相從。(〈醉留東野〉)

《新唐書‧杜甫傳贊》：「昌黎韓愈於文章愼許可，至歌詩，獨推曰：
『李杜文章在，光燄萬丈長。』誠可信云。」〔註4〕

　　昌黎推尊李、杜，惋惜不能同世而遊，以致日思夜想，癡癡戀戀：
「伊我生其後，舉頸遙相望，夜夢多見之，晝思反微茫。」

　　中唐之時，李杜並稱，時人或有軒輊。元和八年，元稹首發其「抑
李揚杜」之論，〈杜工部墓誌銘〉云：

　　　　詩人以來，未有如子美者。時山東人李白，亦以奇文取稱。
　　　　時人謂之李杜。餘觀其……樂府歌詩，誠亦差肩於子美矣。
　　　　至若鋪陳終始，排比聲韻，大或千言，次猶數百，詞氣豪
　　　　邁，而風調清深，屬對律切，而脫棄凡近，則李尚不能歷
　　　　其藩翰，況堂奧乎？〔註5〕

白居易亦云：

　　　　又詩之豪者，世稱李杜。李之作，才矣奇矣，人不逮矣；
　　　　索其風、雅、比、興，十無一焉。杜詩最多，可傳者千餘
　　　　篇。至於貫穿今古，覶縷格律，盡工盡善，又過於李。然
　　　　撮其〈新安吏〉、〈石壕吏〉、〈潼關吏〉、〈塞蘆子〉、〈留花
　　　　門〉之章，「朱門酒肉臭，路有凍死骨」之句，亦不過十三
　　　　四，杜尚如此，況不逮杜者乎！(白居易與元九書)

此論新出，又或得聞於張籍，昌黎不表認同，作〈調張籍〉：

　　　　李杜文章在，光焰萬丈長。

　　　　不知羣兒愚，那用故謗傷。

〔註4〕《新唐書杜甫傳》卷二百一。

〔註5〕《元氏長慶集》卷五十六。

蚍蜉撼大樹，可笑不自量。(《集釋》卷九)

至於，此詩是否因元稹而發，古來有爭議。如周紫芝〈竹坡詩話〉、朱彝尊、方成珪《箋正》皆謂此詩未必指元稹言。無論如何，昌黎表述其「李杜並尊」的立場，則無疑問。宋人嚴羽據家以申述：

> 李、杜二公正不當優劣。太白有一、二妙處，子美不能道；子美有一二妙處，太白不能作。子美不能為太白之飄逸，太白不能為子美之沉鬱。太白夢遊天姥吟、遠別離等，子美不能道；子美北征、兵車行、垂老別等，太白不能作。論詩以李、杜為準，挾天子以令諸侯也。〔註6〕

近人析論，指出元白的評論著眼於詩律與諷諭，視角偏頗：

> 元、白論李、杜優劣的著眼點，主要在詩律與諷諭兩方面。在這兩方面，元、白的詩歌曾受有杜詩極大的影響；例如元的樂府古題十九首及新樂府十二首，白的新樂府五十首及秦中吟十首等作品，都是祖述杜的〈三吏〉、〈三別〉等篇。他們都是杜甫的崇拜者。但李白作詩雖不喜講究格律，也絕少描繪社會現實，以諷諭為旨，卻自有其他方面的成就，如果不顧李白別方面的成就，單就詩律和諷諭兩者遽然斷言杜勝於李，這多少是出於崇杜者的偏見。〔註7〕

當然也有認為李勝於杜的，如明人楊慎即是。王世貞說：「近時楊用修為李左袒。輕俊之士，往往耳傳。要其所得，俱影響之間。」(《藝苑卮言》)

　　評價李杜優劣，本應該全面的觀察，客觀的論定的。

　　昌黎尊崇李杜，肯定各有超詣，至今還是最客觀、最公正的態度。

第五節　追摹李杜

　　昌黎不但並尊李杜，而且效法李杜，兼有其長。近人錢基博即謂：「(昌黎)文起八代之衰，而詩亦參李、杜之長，融裁以別開一派。

〔註6〕《滄浪詩話》之〈詩評〉。
〔註7〕葉慶炳：〈李杜比較觀〉，《唐詩散論》，頁84。

張籍跟他學文，包括學詩。昌黎就「抑李揚杜」說，作〈調張籍〉。
調者，教也，是教導的意思；這是以詩爲教的例子：

李杜文章在，光焰萬丈長。
不知羣兒愚，那用故謗傷。
蚍蜉撼大樹，可笑不自量。
伊我生其後，舉頸遙相望。
夜夢多見之，晝思反微茫。
徒觀斧鑿痕，不矚治水航。
想當施手時，巨刃磨天揚。
垠崖劃崩豁，乾坤擺雷硠。
惟此兩夫子，家居寧荒涼。
帝欲長吟哦，故遣起且僵。
翦翎送籠中，使看百鳥翔。
平生千萬篇，金薤垂琳琅。
仙官勑六丁，雷電下取將。
流落人間者，太山一豪芒。
我願生兩翅，捕逐出八荒。
精誠忽交通，百怪入我腸。
刺手拔鯨牙，舉瓢酌天漿。
騰身跨汗漫，不著織女襄。
顧語地上友，經營無太忙。
乞君飛霞珮，與我高頡頏。(《集釋》卷九)

開宗明義，首揭「並尊李杜，不可軒輊」的旨意。
「李杜文章在，光焰萬丈長。不知羣兒愚，那用故謗傷。蚍蜉撼大樹，
可笑不自量。」此後，論者可以噤聲了。

「伊我生其後，舉頸遙相望。夜夢多見之，晝思反微茫。」自述
仰望前輩，日夜追摹的經過。筆者舉例。按孔子當年學〈文王操〉的
步驟：曲譜、技巧、音情、人格；最後宛然目睹其人，脩然而長，眼
望四方，欲行仁政；裡面的進路，可以參照。

「徒觀斧鑿痕，不矚治水航。想當施手時，巨刃摩天揚。垠崖劃

崩豁，乾坤擺雷硠。」以「治水之航」「摩天之刃」比喻李杜詩開天
闢地；「垠崖劃崩豁，乾坤擺雷硠」，體現了兩人雄奇的詩風。

「惟此兩夫子，家居寧荒涼。帝欲長吟哦，故遣起且僵。翦翎送
籠中，使看百鳥翔。平生千萬篇，金薤垂琳琅。仙官勅六丁，雷電下
取將。流落人閒者，太山一豪芒。」比喻李杜，爲上帝所派遣仙人；
「翦翎送籠中，使看百鳥翔」，吟哦於人間，讓世人學唱。

元和六年作〈雙鳥〉詩，一說比喻韓孟，筆者以爲未嘗不可以比
喻李杜：「我願生兩翅，捕捉出八荒。精神忽交通，百怪入我腸。刺
手拔鯨牙，舉瓢酌天漿。騰身跨汗漫，不著織女襄。」細細描繪了自
己神追目縈的苦學，以至精神相交，百怪入腸的情景。而「刺手拔鯨
牙，舉瓢酌天漿。騰身跨汗漫，不著織女襄。」比喻升天入海，窮形
盡相，刻入題意十二三分。

「乞君飛霞珮，與我高頡頏。」迴結上文貼出調字，非爲調教，
亦欲一齊學習李杜之美，而非只顧抑揚而已。

《唐宋詩醇》分析：「此示籍以詩派正宗，言已所乎追心慕，惟
有李杜，雖不可幾及，亦必升天入地以求之。籍有志於此，當相與爲
後先也。所以推崇李杜至矣。」

昌黎倡古道，好寫古詩；喜長篇古詩，以李杜爲「正宗」，手追
心慕，乃爲當行。昌黎如何融合二家之長？錢基博據此詩詳細剖析，
指爲功力所在：

> 蓋以想像出詼詭，以單駛見奔迸，其源自李；而以生劃爲
> 刻畫，以排奡臻妥帖，則得之杜也。杜工於刻畫；而李富
> 有想像。李任性自然，初非琢鍊之勞；而愈則以生劃爲琱
> 鎪，此其得之於杜，所以殊於李也。杜物態曲盡，工爲寫
> 實之篇；而愈則以想像融事實，此其得之於李，所以異於
> 杜也。李天懷坦蕩，不爲淒屬；而愈則淒屬而有殊坦蕩。
> 杜身世迍邅，不爲沈鬱；而愈則恣肆而不爲沈鬱。(《韓愈志·
> 韓集籀讀錄》卷六)

第六節　詩之妙用

　　昌黎除了上述的論點，還有論「詩之爲用」「詩之爲藝」。本節整理「詩之爲用」，下分詩文異趣、詩以忘憂、窮愁易工敍述：

一、詩文異趣

　　昌黎陽山貶後，曾撰〈上兵部李侍郎書〉，提到詩文異趣的觀點。他分開詩文的用途，文是「扶樹教道，有所明白」的，詩是「舒憂娛悲，雜以瓌怪」「諷於口而聽於耳」的「時俗之好」。易言之，昌黎說：「古文是傳道的，是聖賢的述作事業；而詩雖是仕途生活中消愁遣悶、『餘事』所爲，卻有大事在。」此點，本書第一章詩心研究，已有敍述。近人說韓氏：「習慣使古文和傳道聯繫，而使詩和生活聯繫」，〔註8〕大抵如此。若說他「很少用詩來傳道」，〔註9〕就不周延。請參第三章「以詩明道」，此不細表。昌黎不僅分別了詩作和古文的不同作用，指出了它們不同的語言特徵：古文取其「明白」，詩則強調其「瓌怪」和樂於諷誦。這是詩文異趣的思想。

二、詩能銷憂

　　當儒者患難時，作詩有妙用的。此見於長慶時所撰的〈韋侍講盛山十二詩序〉。文首，從韋處厚貶作盛山刺史，作詩十二篇敍起：

　　　　韋侯昔以考功副郎守盛山。人謂韋侯美士，考功顯曹，盛
　　　　山僻郡；奪所宜處，納之惡地，以枉其材。韋侯將怨且不
　　　　釋矣。或曰：不然。夫得利則躍躍以喜，不利則戚戚以泣，
　　　　若不可生者，豈韋侯謂哉？

處窮而作詩，原是儒者的修持：

　　　　韋侯讀六藝之文，以探周公孔子之意；又妙能爲辭章，可
　　　　謂儒者。

接下來，昌黎暢論儒官處窮之道，分爲自取與非自取兩種；若是自取，

〔註8〕季鎮淮〈韓愈的詩論和詩作〉，《中華學術論文集》，（北京：中華書局，1981年11月第一版）頁439。

〔註9〕同上注。頁440。

如何修持？昌黎文中沒有說。筆者求證於昌黎貶潮的行儀，就如昌黎〈潮州謝上表〉所說的「戚戚嗟嗟」了；而貶潮途中所作的詩，細觀之，亦是此意；若非自取，則是作詩以銷解憂愁：

> 夫儒者之于患難，苟非其自取之，其拒而不受於懷也，若
> 築河堤以障屋霤；其容而消之也，若水之於海，冰之於夏
> 日；其玩而忘之以文辭也，若奏金石，以破蟋蟀之鳴，蟲
> 飛之聲，況一不快於考功、盛山一出入息之間哉！（《集注》
> 卷四）

怎樣「拒而不受於懷也」？怎樣「若築河堤以障屋霤」，「若水之於海，冰之於夏日」？便靠作詩起作用，「其玩而忘之以文辭也」。昌黎比喻，有如演奏音樂，可以「破蟋蟀之鳴，蟲飛之聲」；透過優美的文辭的寫作與賞玩，就可忘記「不快」事，這反映了昌黎游於藝的態度。

韋侍講，即韋處厚，《唐書本傳》載：「字德載，京兆萬年人。中進士第，又擢才識兼茂科，舉賢良方正異等。憲宗時，歷考功員外郎，坐與宰相韋貫之善，出爲開州刺史。穆宗立，爲翰林侍講學士，再遷中書舍人。文宗時爲相。」〔註10〕韋處厚出貶開州，作《盛山詩》十二詩，三年，後徵拜戶部郎中。當時應和者如元稹等凡十人，都是曾經外貶而復召用的官員。

盛山，就是開州。巴東郡盛山縣，武德元年改爲開州。〔註11〕

鍾嶸主緣情說。發揮詩人感於四時物色以爲抒情之義：

> 若乃春風春鳥，秋月秋蟬，夏雲暑雨，冬月祁寒，斯四候
> 之感諸詩者也。嘉會寄詩以親，離群託詩以怨。至於楚臣
> 去境，漢妾辭宮；或骨橫朔野，或魂逐飛蓬；或負戈外戍，
> 殺氣雄邊；塞客衣單，孀閨淚盡；或士有解佩出朝，一去
> 忘返；女有揚蛾入寵，再盼傾國。凡斯種種，感蕩心靈，
> 非陳詩何以展其義；非長歌何以騁其情？（《詩品》）

〔註10〕　《新唐書韋處原傳》卷一百四。
〔註11〕　〈開州韋侍講盛山十二詩序〉王儔補註，《新刊經進詳註昌黎先生文》
　　　　　卷二十一。

詩歌作用是甚麼？鍾嶸說：「使窮賤易安，幽居靡悶，莫尚於詩矣。」引《詩》可群怨爲證。

　　昌黎此序，顯然繼承「窮賤易安，幽居靡悶」的觀點；但昌黎通過本身的實踐，將詩的妙用形象化，就見精采。宋代歐陽修便演化爲「舒憂娛悲」說。

三、窮愁易工

　　在〈荊潭唱和詩序〉裡，昌黎說：「從事有示愈以〈荊潭酬唱詩〉者，愈既受以卒業，因仰而言曰：夫和平之音淡薄，而愁思之聲要妙，讙愉之辭難工，而窮苦之言易好也。是故文章之作恆，發於羈旅草野，至若王公貴人，氣滿志得，非性能而好之，則不暇以爲。」

　　曹丕〈典論論文〉：「貧賤懾於饑寒，富貴流於逸樂。」當詩人有文學的自覺，「懼乎時之過矣」，能於困窮中，苦思創作，以求飛騰聲名於後世；此時也，「發於羈旅草野」，「窮苦之言」、「愁思之聲」最爲討好。而王公貴人，氣滿志得，優遊卒歲，「無暇以爲」。即使有心創作，養尊處優，沒有眞情，亦難動人。此「和平之音淡薄」「讙愉之辭難工」所以然。

　　此可證於昌黎詩作。貞元至元和七年，浮沉宦海，貶於陽山，量移江陵，此時作詩，「窮苦」「愁思」，敘事抒懷、飲酒賞花，要妙而易好；元和八年後官位愈升，但爲唱酬、詠物、閒遊之詩，此時也，音辭「淡薄」而「難工」。

第七節　詩之爲藝

　　有關詩的藝術技巧，昌黎主要是陳述自己心得；乃至贊人評詩，皆作如是觀。下分師法造化、崇尙詩膽兩項析述。

一、師法造化

　　昌黎論「巇巧」，「鐫劖造化」。

　　　文字覷天巧。(〈答孟郊〉)

　　　榮華肖天秀。(〈薦士〉)

　　　若使乘酣騁雄怪，造化何以當鐫劖。(〈酬司門盧夫院長望秋作〉)

這裡，透露了創作的技巧。

　　「天巧」、「天秀」，都是自然。文字如何模寫自然？「文字覷天巧」，如何「覷巧」？

　　作文之道，孟子說：「能與人規矩，不能使人巧。」此巧當須從心而悟，非洞識天機者不能說。

　　錢鍾書綜論天工與人工。認爲道術，本是人心通天、人工代天之作，推而至百藝，皆爲天人湊合：

　　　夫天理流行，天工造化，無所謂道術學藝也。學與術者，人事之法天，人定之勝天，人心之通天者也。《書·皐陶謨》曰：『天工人其代之。』《法言·問道篇》曰：『或問彫刻眾形，非天歟？曰：以其不彫刻也。』凡百道藝之發生，皆天與人之湊合耳。顧天一而已，純乎自然。藝由人爲，乃生分別。〔註12〕

人工如何代替天工？怎樣創生藝術？這是「天人湊合」的結果。這種「天人合一」的思想，我國早已有之，見於《中庸》、《易傳》。錢氏綜論道藝兩大宗，分爲師法自然與潤飾自然：前者，「文字覷天巧」五字概括：

　　　一則師法造化，以模寫自然爲主。其說在西方，創於柏拉圖，發揚於亞理斯多德，重申於西塞羅，而大行於十六、十七、十八世紀，其焰至今不衰。沙士比亞所謂「持鏡照自然」者是。昌黎〈贈東野詩〉：「文字覷天巧」一語，可以括之。覷字下得最好。蓋此派之說，以爲造化雖備眾美，而不能全善全美，作者必加一番簡擇取捨之工，即「覷巧」之意也。〔註13〕

〔註12〕錢鍾書《談藝錄》(香港：龍門書局，1965 年 8 月) 頁 71～72。

〔註13〕同上注，頁 72～73。

後者，「筆補造化天無功」七字可以總包。錢先生說：

> 二則主潤飾自然，功奪造化。此語在西方萌芽於克利索斯東，大備於柏洛丁納斯，近世則培根、牟拉托利、儒伯、公固兄弟、波德萊亞、韋斯妻，皆有悟厥旨。唯美派作者，尤信奉之。但丁所謂「造化若大匠製器，手戰不能如意所出。須人代之斲范，長吉「筆補造化天無功」一句，可以提要鉤元。此派論者不特以爲藝術中造境之美，非天成境界所及，至謂自然界無美可言，祇有資料，經藝術驅遣陶鎔，方得佳觀。此所以天無功而有待於補也。〔註14〕

昌黎「文字覷天巧」、「榮華肖天秀」、「鑴劖造化」等語，就是說造化雖備眾美，而不能全善全美，必須經作者藝術心靈一番簡擇取捨加工，以爲模寫自然，使之肖合「天巧」、「天秀」，即是「覷巧」的意思。但師法自然，必須得其當然，寫事要能窮理。此爲師法自然的意思。

二、崇尚詩膽

劉勰揭示文心，昌黎則貴詩膽。

韓愈一生，「正道直行」，「骨相稜嶒」，充滿「膽氣」，如反對藩鎮割據，維護唐朝統一；攘斥佛老，提出道統；消化駢文，提倡古文等皆是。

近人指他「在舉世恥相師的風氣下，毅然地以師自任，毅然地以文爲教。」〔註15〕又說：「漢人訓詁之學是以字爲教，宋人義理之學，是以道爲教，唐人文章之學，則以文爲教。訓詁之學重在說明，義理之學重在解悟，而文章之學，則重在體會。」〔註16〕

昌黎貴詩膽，便是「以文爲教」，包括詩教。

自言餘事作詩；其詩作，「以古文筆法爲之」，就需要「膽氣」。他在〈送無本師歸范陽〉盡情發揮其義：

〔註14〕同上注。
〔註15〕郭紹虞《中國文學批評史》，頁243。
〔註16〕同上註，頁244。

無本於爲文，身大不及膽。吾嘗示之難，勇往無不敢。蛟龍弄角牙，造次欲手攬。眾鬼囚大幽，下覷襲玄窞。天陽熙四海，注視首不頷。鯨鵬相摩窣，兩舉快一噉。夫豈能必然，固已謝黯黮。狂詞肆滂葩，低昂見舒慘。姦窮怪變得，往往造平淡。(《集釋》卷七)

昌黎教賈島作詩，訓練他「詩膽」，其實，就是他的創作經驗：弄「蛟龍角牙」，囚「大幽眾鬼」，注視天陽「不頷首」，「快口噉鯨鵬」。

「詩膽」，就是文心；創作詩歌，大膽地想像，至情地誇飾，上天入地。肆「狂詞」，務「奇倔」，求怪變，「險語破鬼膽」，「高詞媲皇墳」。

俞瑒贊美昌黎說：「作詩入手須要膽力，全在勇往上，見其造詣之高。」又說：「凡昌黎先生論文諸作，極有關係。其中次第，俱從親身歷過，故能言其甘苦親切乃爾。」

錢基博亦稱昌黎作詩，有膽然後有筆：

> 劉勰揭文心，而愈則尚詩膽；其〈送無本師歸范陽〉曰：
> 「(略)。」此詩貴有膽，然後有筆之說也。詩之體，至杜
> 甫而備；詩之膽，至韓愈乃大。〔註17〕

然則，以文筆入詩，盡其雄奇怪變，奇崛而歸於雅正。所謂：「橫空盤硬語，妥帖力排奡」，即言用事之妙：「蓋言能縛殺事實與意義相合也。」〔註18〕而奇橫之趣，自然之致，全在奇正相生之上。

先敷柔後奮猛，由榮華出捷疾，似相異而映發。怪變與平淡，妥帖與排奡，辯證地統而爲一；錢先生揭其秘訣：

> 觀〈薦士〉詩所以稱孟郊：「……敷柔肆紆餘，奮猛卷海潦。
> 榮華肖天秀，捷疾逾響報。」則先敷柔而後奮猛，由榮華
> 而出捷疾，似與送無本之說不同，而意實相發；蓋變怪必
> 造於平澹，妥帖而後力排奡。奇橫之趣，自然之致，二者
> 並進，乃爲成體。〔註19〕

〔註17〕《談藝錄》。
〔註18〕胡震亨《唐音癸籤》卷四。
〔註19〕《談藝錄》。

又稱：昌黎「以文筆爲詩」，猖狂恣睢、拔天倚地，已不復知其爲有韻之文，這就是詩膽：

> 今誦其詩，萬怪惶惑，往往盛氣噴薄而出，跌宕淋漓，曲折如意，不復知其爲有韻之文；不惟五七言古，猖狂恣睢，肆意有作；而律絕近體，寂寥短章，亦復拔天倚地，句句欲活。〔註20〕

第八節　韓門詩教

　　杜甫之後，詩風分二路發展，一路爲韓孟，尚奇警；一路爲元白，主輕淺。二人俱學杜甫，韓愈得其峻，居易得其平。前者，後日流爲奧衍，爲郊、島，再爲宋代的江西詩派。後者，益衍爲綺，爲溫李，再變爲宋代的西崑派。詩學的源流本末，大概如此。

　　昌黎詩，以李杜爲師，苦學創新；以孟賈爲友，觀摩切磋。

　　昌黎所以成家立派，與韓門弟子有關。以下先敘友朋、弟子。

　　據錢基博《韓愈志》〈韓友四子傳〉，載李觀、歐陽詹、樊紹述、柳宗元四人，對韓愈的古文運動，張旗鼓、振聲勢，是羽翼。

　　據錢基博《韓愈志》〈韓門弟子記〉，李翱、皇甫湜雄於文；孟郊、賈島、盧仝、李賀工爲詩；張籍兼能。

　　這班韓門弟子，孟郊、賈島、張籍、盧仝、張署、崔立之、盧雲夫能詩，彼此切磋唱酬，以資觀摩；由此而觀，可以進窺昌黎的詩學。

　　當時，元稹、白居易詩名頗大，只是昌黎朋友，唱酬甚少，甚麼原因？筆者以爲，元白自有詩論，兩相唱酬，自成盟主；這是主要原因。至如韓白之間的唱酬，不贅。

一、推譽孟郊

　　當代詩人中，昌黎惟好孟郊、賈島。對孟郊尤爲傾倒：

　　「我願化爲雲，東野化爲龍，四方上下逐東野。」（〈醉留東野〉）

〔註20〕《韓愈志·韓集籀讀錄卷六》。

對他的五言詩，力推爲「李杜後一人」，見上引〈薦士〉。細究起來，
有三個原因：（一）同心好古；（二）詩風奇倔。（三）觀摩相長。

昌黎贊賞孟郊其人其詩，見之於詩：

> 孟生江海士，古貌又古心，嘗讀古人書，謂言古猶今，作
> 詩三百首，窅默咸池音。（〈孟生〉）

> 行身踐規矩，甘辱恥媚竈。孟軻分邪正，眸子看瞭眊，杳
> 然純而清，可以鎮浮躁。（〈薦士〉）

> 郊生六七年，端序則見，長而愈騫，涵而揉之，內外完好，
> 色夷氣清，可畏可親。……惟其大翫於詞而與世抹殺，人
> 皆劫劫，我獨有餘。（〈貞曜先生墓誌銘〉）

> 作詩三百首，窅默咸池音。（〈孟生〉）

> 東野動驚俗，天葩吐奇芬。（〈醉贈張秘書〉）

> 有窮者孟郊，受材實雄驚。冥觀洞古今，象外逐幽好，橫
> 空盤硬語，妥貼力排奡。敷柔肆紆餘，奮猛卷海潦。榮華
> 有天秀，捷疾逾響報。（〈薦士〉）

因爲孟詩「吐奇」「驚俗」，「橫空橫語」「妥貼排奡」，大有古風，與
當時浮艷的濫調截然兩樣：而「托興深微，而結體古奧」（《四庫全書
提要》），無一點俗韻。

韓孟兩人行古道、作古詩，自然成爲忘年交；又因功力匹敵，喜
作〈聯句〉鬥韻。所作〈聯句〉，計有〈同宿〉、〈秋雨〉、〈雨中寄孟
幾道〉、〈納涼〉、〈征蜀〉、〈城南〉、〈遠遊〉、〈鬥雞〉、〈有所思〉、〈遣
興〉、〈贈劍客李園〉、〈莎柵〉十二篇，以資切蹉，以展其才，以抒其
氣。趙翼說：「大概韓孟俱好奇，故兩人如出一手。」（《甌北詩話》）
最能揭出要旨。這也是昌黎「以詩爲教」的示範教學。後世所謂「韓
孟抑揚」論，實非昌黎注意所在。

「以詩爲教」詳參見本書第三章第一節「以詩明道」。

有關「韓孟詩風」，錢基博曾經論析：

> 韓愈之詩，浩氣發得闊，常情寫得詭；而郊爲詩，直筆拗
> 之曲，淺意抑之深，所以詩骨甚遒，詩濤未壯。觀郊戲贈

　　無本，有句云：「詩骨聳東野，詩濤湧退之」，所以自許者
　　固自有在。愈之詩如其文，猖狂恣睢，肆意有所作；而郊
　　則斂雄爲道，出之矜鍊，欲以少許勝多許，此詩濤所以湧
　　退之，而郊欲避所短而不犯者也。〔註21〕

　　綜而論之，論才性，二人各殊；論題材，孟詩嘆老嗟窮，憤時嫉
俗，感人之志有餘而持人之行不足；論詩體，孟長於樂府五言，韓則
兼備眾體。總體而論，則東坡、遺山已爲有定論。〔註22〕昌黎身爲盟
主，胸襟廣大，所做〈聯句〉，以爲觀摩資長。

二、善誘張籍

　　昌黎與張籍有許多重關係，既是畏友，也是師生，又是兒子的塾
師、也是同僚。關係甚爲親切。

　　其初，貞元十三年昌黎從事於汴州，孟郊自南方來，推薦張籍；
十四年秋，張籍在汴州舉進士，昌黎爲考官，籍中等。十五年春，登
進士第。東歸，即往徐州謁昌黎，盤桓一月後辭去，昌黎贈以〈此日
足可惜〉長詩。元和元年，昌黎召授國子博士。此時，與張籍、張徹、
孟郊四人京師重聚，欣然作〈會合聯句〉。年冬，住昌黎廳宅，認識
韓昶，作爲教子的準備；載於〈贈張籍〉詩中。元和五年，授韓昶詩。
元和八年因「李杜抑揚」論，於〈調張籍〉詩裡，除了表示「尊李杜」
亦有期許的意思。長慶元年，昌黎回朝，主持國子監，推薦張籍爲博
士。四年，請告養病城南莊園，籍休官二月陪侍在側，泛舟南溪；及
昌黎彌留之際，交辦後事。親親之情如同骨肉。〔註23〕

　　《新唐書・本傳》載，張籍，字文昌，和州烏江人。第進士，任
爲太常寺太祝，十年不遷，韓愈薦爲國子博士。歷水部員外郎、主客
郎中。當時有名士皆與游，而昌黎尤賢重之。〔註24〕

〔註21〕《韓愈志》〈韓門弟子記〉第五，頁101。
〔註22〕《詮評》八十一節「韓孟抑揚」注6、7，頁208～212。
〔註23〕參羅聯添《張籍年譜》。
〔註24〕《新唐書・張籍本傳》。

　　昌黎贈張籍詩，不在少數，多爲「以詩爲教」的例子。顯著者如
〈詠雪贈張籍〉、〈此日足可惜〉、〈喜侯喜至〉、〈贈張籍〉、〈調張籍〉、
〈病中贈張十八〉、〈與張十八同效阮步兵一日復一夕〉、〈翫月〉等等。
〈此日足可惜〉引詩見頁 233～238。〈贈張籍〉提到認識韓昶的故事，
古人易子而教，就是如此：

> 吾老著讀書，餘事不掛眼。有兒雖甚憐，教示不免簡。
> 君來好呼出，踉蹌越門限。懼其無所知，見則先愧赧。
> 昨因有緣事，上馬插手版。留君住廳食，使立侍盤盞。
> 薄暮歸見君，迎我笑而莞。指渠相賀言，此是萬金產。
> 吾愛其風骨，粹美無可揀。試將詩義授，如以肉貫弗。
> 開祛露毫末，自得高寒嶄。我身蹈丘軻，爵位不早綰。
> 固宜長有人，文章紹編劃。感荷君子德，恍若乘朽棧。
> 召令吐所記，解摘了瑟僴。顧視窗壁間，親戚競覘彎。
> 喜氣排寒冬，逼耳鳴睍睆。如今更誰恨，便可耕灞滻。
>
> （《集釋》卷七）

元和十一年張籍五十一歲，眼疾初癒，居延康里；昌黎肯定其詩藝，
有詩句：

> 詩文齊六經。（〈題張十八所居〉）
>
> 張籍學古淡，軒鶴避雞群。（〈醉贈張秘書〉）

　　昌黎授張籍以文，長慶四年（824），既逝，張籍以長詩爲祭。詩
凡百六十六句，八十二韻，倣〈此日足可惜〉之體；按〈此日足可惜〉，
主從通韻，陽韻爲主，庚、江、青、東、冬爲從；而〈祭退之〉亦主
從通韻，陽韻爲主，庚、青韻爲從。上距貞元十五年（799）作〈此
日足可惜〉，冉冉二十五年。詩中縷縷，感今撫昔，懷念重恩，恭示
承教，以爲侑報。此昌黎「以詩爲教」至爲溫馨之例也。

　　張籍集中，有古詩、樂府、律絕。世人稱其樂府，「清麗深婉」
（《貢父詩話》），思深而語精（《歲寒堂詩話》）。

三、誘化賈島

賈島，字浪仙，范陽人。早歲爲浮圖，名無本。元和五年冬，至長安，懷詩欲謁韓愈、張籍，不遇。六年春，自長安赴洛陽，始與韓愈相見。其年秋，隨昌黎入長安，居青龍寺。初識孟郊。十一月，歸范陽，韓愈有詩送之。元和七年，在范陽，韓愈有寄書。後入住長安延壽里，與張籍爲鄰。長慶二年，曾應進士舉，與平曾等同貶，時稱舉場十惡。開成二年九月，坐飛語責授遂州長江主簿。五年，秩滿，遷爲普州司倉參軍。會昌四年卒。〔註25〕

元和六年春，賈島洛陽，拜師於昌黎。昌黎當以詩爲教。十一月，歸范陽，韓愈贈以〈送無本師歸范陽〉。全詩說「詩膽」，此當爲昌黎詩教的內容：

> 無本於爲文，身大不及膽。吾嘗示之難，勇往無不敢。蛟龍弄角牙，造次欲手攬。眾鬼囚大幽，下覰襲玄窞。天陽熙四海，注視首不頷。鯨鵬相摩窣，兩舉快一噉。夫豈能必然，固已謝黯黮。狂詞肆滂葩，低昂見舒慘。姦窮怪變得，往往造平淡。風蟬碎錦纈，綠池披菡萏。芝英擢荒榛，孤翮起連菼。（《集釋》卷七）

裡面主要講授「姦窮怪變」的入路。末句送別：「勉率吐歌詩，慰以別後覽」，責成他回家後努力。

詩中四句：「風蟬碎錦纈，綠池披菡萏。英芝擢荒榛，孤翮起連菼」，頗有意思，值得一說。所舉四種物象，形容其詩，如風蟬煥錦、池披菡萏、榛擢英芝、菼起孤翮，獲得可喜的進步。爲何昌黎以風蟬爲喻？這與賈島喜以風蟬自詠有關。

賈島生活困窮，詩裡多寄蟬鳴寓意，如〈早蟬〉：「早蟬孤抱芳槐葉，噪向殘陽意度秋。」累應舉士不第，竟作〈病蟬〉：「病蟬飛不得，向我掌中行。折翼猶能薄，酸吟尚極清。露華凝在腹，塵點誤侵睛。黃雀并鳶鳥，俱懷害爾情。」遂爲公卿所惡，逐出闈外，號爲十惡。此爲後話。

〔註25〕參李嘉言：《賈島年譜》。

賈島一介和尚，茹素，自詠爲風蟬，住於寺院，荒山草叢；今日，學詩有成，譬如風蟬身披錦繡，是很優美的。由此概見，昌黎以詩教化的情況。

賈島與韓愈認交，有所謂「推敲」的公案。不贅。

自孟郊之死，韓愈稱譽賈島，以繼孟郊。〈贈賈島〉詩曰：

> 孟郊死葬北邙山，日月風雲頓覺閑；
>
> 天恐文章渾斷絕，再生賈島在人間。(《集釋》卷十二)

經此揄揚，賈島之名遂著。這是昌黎的廣大胸襟。

四、愛惜盧仝

朋友之中，盧仝是一位高古介僻的人。初隱少室山，號「玉川子」。通春秋。家貧，唯圖書堆積，後卜居洛陽，住的是數間破屋。家裡侍候的是個不裹頭的長髮奴，一個老而無齒的赤腳婢。盧仝終日苦吟，無以維生，幸賴鄰僧送米。朝廷知其清介，兩次徵爲諫議大夫，「不起」。當時韓愈爲河南令。有日，盧氏爲惡少所擾，投訴於韓氏；昌黎方欲申理，盧仝又顧慮盜憎主人，自動不予起訴，韓愈因而益服其度量，於是作〈寄盧仝詩〉紀事，大尊其人其學，有「先生事業不可量，惟用法律自繩已；春秋三傳束高閣，獨抱遺經究終始」的句子。元和間，月蝕，盧仝感慨之餘，聯繫時事，賦成〈月蝕詩〉，以譏刺元和朋黨，韓愈極稱其工。〔註26〕並效其體，寫成〈月蝕詩效玉川子作〉。實則，刪減盧仝的冗語，而非效玉川之體，所以稱爲效玉川子作，就反映了昌黎做爲人師的謙遜。而刪減冗語，作爲示範，就是詩教。

盧仝詩作，語尚奇譎，自成一格。《全唐詩》有記。

五、揄揚多方

昌黎以詩爲教，弟子之中，學詩有成，便多方揄揚，以爲鼓勵，或者傚效對方的詩體寫一首，或者描繪其詩的風格，以下舉例：

〔註26〕參見辛文房《唐才子傳》。

評張署:「君詩多態度,藹藹春空雲」(〈醉贈張秘書〉)。

評崔立:「文如翻水成,初不用意為」(〈寄崔二十六立之〉),「崔侯文章苦捷敏,高天駕浪輸不盡……才豪氣猛易語言,往往蛟螭雜螻蚓」(〈贈崔立之評事〉),皆能具體形容其詩風。

評盧雲夫:「雲夫吾兄有狂氣,嗜好與俗殊酸鹹。日來省我不肯去,論詩說賦相諵諵。坐秋一章已驚絕,猶言低抑避謗讒。若使來酬騁雄怪,造化何以當鐫劖。(〈酬司門盧四兄雲夫望秋作〉)譽他的詩「字向紙上皆軒昂」,字字皆活等是。

韓門弟子還有侯喜、區冊、劉師命、劉詩服、張徹、尉遲汾等人,參第三章第三節釣魚詩。

本章小結

昌黎他收召弟子,以詩為教。論詩有四個重點:著重立身、讀書悟道、論詩源流、並尊李杜;此見於黃節《詩學》。

昌黎的詩論是有繼承與創新兩面。

如其「以詩明道」、「反映政治民生」、「以詩寫生活」,就是「詩之三訓」說的繼承;「不平則鳴」亦是繼承司馬遷「發憤著書」說而加擴充。

「並尊李杜」說,是繼承;「追摹李杜」兼有其美,則是創新了。〈韋盛山詩序〉所謂:玩文辭,去不快,難道不是《詩品》的繼承與創新?

〈荊潭唱和詩序〉:「夫和平之音淡薄,而愁思之聲要妙,讙愉之辭難工,而窮苦之言易好。」所謂千金難買少年貧,必須經歷酸鹹苦辛,接受百般磨鍊,方有真情實感,煥發生命的精采,才有真詩,這是韓愈的寫作體驗,也是他的詩教。歐陽修的「窮愁易工」,源出於此。

第七章　韓愈詩特色研究

　　昌黎「以古文筆法入詩」，簡稱「以文爲詩」，就是特色。因爲大變中唐的詩風，而詩道廣大難論；對此詩風，由宋及清，贊譽的固然多，也不免於訾議。茲整理諸家之說如次。

第一節　諸家稱許贊譽

　　自宋以後，認同昌黎詩的特色，加以贊譽的，有十一家：

1. 呂吉甫贊其詩極詣：引見惠洪《冷齋夜話》：「沈存中、呂惠卿吉甫、王存正仲、李常公擇，治平中，在館中夜談詩。存中曰：「退之詩押韻之文耳，雖健美富贍，然終不是詩。」吉甫曰：「詩正當如是。吾謂詩人以來亦未有如退之者。」〔註1〕

2. 蘇軾譽其詩至美，云：「書之美者莫如顏魯公，然書法之壞自魯公始。詩之美者莫如韓退之，然詩格之變自退之始。」〔註2〕

3. 劉辰翁稱爲「文人之詩」：「文人兼詩，詩不兼文，杜雖詩翁，散語可見。惟韓、蘇傾竭變化，如雷霆河漢，可驚可快，必無復可憾者，蓋以其文人之詩也。」〔註3〕

〔註1〕惠洪《冷齋夜話》，引見《集釋》附錄，頁1327。
〔註2〕魏慶之《詩人玉屑》，引見《集釋》附錄，頁1329。
〔註3〕劉辰翁〈趙仲仁詩序〉，引見《集釋》附錄，頁1330。

4. 趙秉文譽其以文爲詩:「少陵知詩之爲詩,未知不詩之爲詩,及昌黎以古文渾灝,溢而爲詩,而古今之變盡。

5. 陸時雍稱爲「詩中有文情」:「青蓮居士,文中常有詩意;韓昌黎伯,詩中常有文情,知其所長如此。〔註4〕

6. 葉燮稱昌黎大變唐風:「唐詩爲八代以來一大變,韓愈爲唐詩之一大變。其力大,其思雄,崛起特爲鼻祖。宋之蘇、梅、歐、黃,皆愈爲之發其端,可謂極盛。〔註5〕

7. 《唐宋詩醇》論昌黎詩出於雅:「韓愈文起八代之衰,而其詩亦卓絕千古。論者常以文掩其詩,甚或謂於詩本無解處。……直斥其詩爲不工,則群兒之愚也。大抵議韓詩者,謂詩自有體,此押韻之文,格不近詩。……此實昧於昌黎得力之所在,未嘗沿波以討其源,則眞不辨詩體者也。〔註6〕

8. 方東樹推譽昌黎以古文爲七古:「詩莫難於七古,七古以才氣爲主。……杜公、太白,天地元氣,眞與史記相埒,二千年來,只此二人。其次則須解古文者而後能爲之。觀韓、歐、蘇三家,章法剪裁,純以古文之法行之,所以獨步千古。〔註7〕

9. 陳沆持平之論:「謂昌黎以文爲詩者,此不知韓者也。謂昌黎無近文之詩者,此不知詩者也。……當知昌黎不特約六經以爲文,亦直約風、騷以成詩。〔註8〕

10. 陳三立稱爲特色,不能爲病:「韓公詩繼李杜而興,雄直之氣,詼詭之趣,自足鼎峙天壤,模範百世,不能病其以文爲詩,而損偏勝獨至之光價也。〔註9〕

11. 夏敬觀推與李杜並立:「以論其詩,上本經誥,下採西漢人之文

〔註4〕陸時雍《詩鏡總論》,引見《歷代詩話續編》,頁1421。
〔註5〕葉燮《原詩》,引見《清詩話》。
〔註6〕清高宗《唐宋詩醇》卷二十七,頁768。
〔註7〕方東樹《昭昧詹言》卷十一,頁232。
〔註8〕陳沆《詩比興箋》卷四,頁190。
〔註9〕陳三立〈題韓詩臆說〉,程學恂《韓詩臆說》序。

賦。其訓詁之深厚，氣體之淵懿，皆自學來，所以能於李杜外自樹一幟，唐之詩人無其比也。〔註10〕

以上諸家，是肯定昌黎的「以文為詩」。

此外，又有八人提出訾議：

1. 黃魯直認為不工：「杜之詩法，韓之文法也。詩文各有體。韓以文為詩，杜以詩為文，故不工爾。」〔註11〕

2. 蘇子瞻批為「無所解」：「……退之於詩，本無解處，以才高而好爾。」〔註12〕

3. 陳後山批評「非本色」：「退之以文為詩，子瞻以詩為詞。……雖極天下之工，要非本色。」〔註13〕

4. 沈存中批為押韻之文：「沈存中、呂惠卿吉甫、王存正仲、李常公擇，治平中，在館中夜談詩。存中曰：『退之詩押韻之文耳。』」〔註14〕

5. 王世貞批為無所解：「韓退之於詩，本無所解，宋人呼為大家，直是勢利之語。」〔註15〕

6. 王夫之批為酒令：「若韓退之以險韻、奇字、古句、方言，矜其餖輳之巧。巧誠巧矣，而於心情興會，一無所涉，適可為酒令而已。」〔註16〕

7. 黃子雲批「不由正道」：「昌黎極有古音，惜其不由正道，反為盤空硬語，以文入詩，欲自成一家言，難矣。」〔註17〕

8. 王闓運批為「不成章」：「韓退之起八代之衰，文詩皆未成章。」

〔註10〕夏敬觀《說韓》，《集釋》附錄，頁1358。
〔註11〕陳師道《後山詩話》。
〔註12〕陳師道《後山詩話》。
〔註13〕陳師道《後山詩話》。
〔註14〕惠洪《冷齋夜話》，引見《集釋》附錄，頁1327。
〔註15〕王世貞《藝苑巵言》卷四，引見《歷代詩話續編》，頁1011。
〔註16〕王夫之《薑齋詩話》卷二。
〔註17〕黃子雲《野鴻詩的》，引見《清詩話》。

〔註18〕

諸家的訾議，焦點在：「以文為詩」。對此關節性的批評，欲得其平，當探其本。

第二節　諸人異說平議

陳後山指摘韓愈「以文為詩」不是本色，係根據「詩文各有體」而發。見於《後山詩話》引黃魯直之語。

陳後山以為「詩體」和「文體」截然兩樣，各有體格，不容相混：文不能入詩，詩不能入文；否則，破壞了文學體格。若然如此，未免「膠柱鼓瑟」了。先說文學的演進。

文學演進的歷程大率始於謳謠、進而詩歌、後而散文。中國古籍所傳葛天氏之八闋（《呂氏春秋・大樂篇》），伊耆氏之蠟辭（《禮記・郊特牲》）及古孝子斷竹之歌（《吳越春秋》），堯時擊壤之頌（《帝王世紀》），至今日其名目雖存，而遺文逸句，莫能盡識；雖然真偽無從臆測，大抵都是上世之謳謠，可以斷言。而古代詩歌傳流至今，供人考信的，大概以詩經為最完整。至後才有被譽為文章總集之六經。

次論詩文的共同點。

詩文既由語言所寫，彼此的基點如語法、文法必有一定的相同，都可以敘事、寫景、抒情、議論，這些不難明白。茲以詩經為證：〈葛覃〉自詠歸寧，〈芣苢〉詠婦人採芣苢，〈采蘩〉詠諸侯夫人祭祀，此為敘事之例；〈氓〉之「淇水湯湯」，〈竹竿〉之「淇水悠悠，檜楫松舟」，〈黍離〉之「彼黍離離，彼稷之苗」，〈風雨〉之「風雨淒淒，雞鳴喈喈」，此為寫景之例；〈卷耳〉寫行役者思家，〈漢廣〉愛慕遊女而不可得，〈汝墳〉婦人喜其夫於役歸來，此為抒情之例；至如〈小雅・節南山〉之「節彼南山，維石巖巖，赫赫師尹，民具爾瞻。」《大學》引作「有國者不可不慎」之證，〈大雅・

〔註18〕王闓運《湘綺樓論作詩門徑》，引見《集釋》附錄，頁1353。

蕩〉明論周人得國之正，〈抑〉戒「訏謨定命，遠猶辰告」以下，含大段議論，此爲議論之例。可見詩文同源而相似處不少；大抵所異者在於辭藻，韻律。詩向來列入韻文類，講究「辭藻美」、「音律美」、「對稱美」，是恰當的。梁啓超稱爲「美文」不爲無因。

再從文體論的角度考察。

我國文體論發軔於魏晉、盛于齊梁。晉初，陸機作《文賦》，論及各體文章特質與風格，便說：

> 詩緣情而綺靡，賦體物而瀏亮，碑披文以相質，誄纏綿而悽愴，銘博約而溫潤，箴頓挫而清壯，頌優遊以彬蔚，論精微而朗暢，奏平徹以閑雅，說煒曄而譎誑。

雖然一體一句，已足認爲乃我國文體論的濫觴。至梁，昭明太子蕭統《文選》的自序裡，亦有論及：

> 箴興於補闕，戒出於匡弼；論則析理精微，銘則序書清潤，美終則誄發，圖像則贊美。

《昭明文選》只是一部文學總集，還不能說它是文體論的專著。直到劉勰著成《文心雕龍》，前半部廿五篇專論文體，纔是我國現存最早的文體論專著。《文心》前五篇：原道、徵聖、宗經、正緯、辨騷是「文之樞紐」；此後的明詩、樂府、詮賦、頌讚、祝盟、銘箴、誄碑、哀弔、雜文、諧讔，所論都是有韻的；自史詩、諸子、論說、詔策、檄移、封禪、章表、奏啓、議封、書記，所論都是無韻的。這便是「文、筆」之分。文筆一辭，見於范曄《後漢書》自述，直到唐代，仍舊不變。如唐人以「孟詩韓筆」並稱，即此觀念。那時，詩屬於「文筆」之「文」。到唐代，古文運動大盛，「文筆」之分一變而爲「詩文」之別。惟意義廣狹不同：唐以前，「文筆」之別即「駢散」之分，內涵甚廣，不專於「詩」和「古文」；中唐以後一變而爲「詩文」對稱，內涵變狹，詩專指古今體詩，文專指古文了。陳後山是宋人，觀念受到影響。他論昌黎「以文爲詩」的觀點，大抵是指以「古文筆法運入詩中」，並無指摘破壞了詩體。

復次，考察昌黎詩各體的分佈。《昌黎集》中詩作凡 398 首，各體均備，表列如下：

	古詩	律詩	絕句	排律	聯句	四言	樂府	
五 言	128	48	27	14	14	6	14	
七 言	51	17	79	0	0			
總 計	179	65	106	14	14	6	14	398 首
百分比	45%	16.33%	27%	3.5%	3.5%	1.5%	3.5%	100%

其中，以古詩最多。有 179 首，佔 45%，幾爲詩集之半。

試就古詩的體格考察。爲甚麼單選古詩？原因有三：一、韓愈古詩偏勝，份量最多；二、律、絕、排律、聯句皆有一定的格律可循；三、四言詩和樂府純正典雅。

唐人科舉考「試貼詩」，就是律詩，科舉是功名所繫，故唐人無不工詩（尤其律詩）。絕句爲律之截半，排律爲律詩之排衍，聯句是二人以上聯作，功力匹敵，講求工整，本質是律詩；既有格律可循，其語法、平仄、對仗、用韻莫不遵守格律，不可造次，以貽俗人之誚。在唐代，律詩和古文的距離是遠的。昌黎長於古詩、律詩亦工穩，下引前輩詩話以證：

（一）嚴虞惇：「論公詩，皆云古詩勝於律詩，不知律詩之工穩，總非後人所能及。」（《秀野堂本韓詩批》）

（二）馬位：「昌黎古詩勝近體。而近體中惟〈湘中酬張十一功曹〉，〈奉酬振武胡十二丈大夫〉，及〈西林寺題蕭二兄郎中舊堂〉，〈次潼關先寄張十二閣老使君〉諸作，矯矯不群，可以頡頏老杜。他如『春風紅樹驚眠處，似妒歌童作豔聲。』『暖風抽宿麥，清雨卷歸旗。』『鳴笛急吹爭落日，清歌款款送行人。』唐諸人莫及也。近體中得此，所謂已探驪得珠，餘皆長物矣。」（《秋窗隨筆》）

（三）趙翼：「昌黎詩中，律詩最少，五律尚有長篇，及與同人唱和之作；七律則全集僅十二首（按應爲十七首）。蓋才力雄厚，惟

古詩，足以恣其馳驟，一束於聲式格律，即難展其所長，故不肯多作。然律中〈詠月〉、〈詠雪〉諸詩，極體物之工，措詞之雅；七律更無一不完善穩妥，與古詩之奇崛判若兩手⋯⋯。」（《甌北詩話》）

　　至於原因之三，昌黎的四言詩和樂府純正典雅，如〈元和聖德詩〉，李義山譽為：「句奇語重喻舜字，點竄塗改生民詩。」（〈韓碑〉）《唐詩別裁集》則曰：「典重峭奧，則二雅三頌，辭則古辭秦碑。盛唐中昌黎獨擅。」可見韓氏的四言詩風格純正典雅，不愧為「雅頌之亞」，〔註19〕無怪獨步中唐了。至如韓氏以古樂府命題作詩，如：〈琴操十首〉便深得古意，甚為得體，程學恂謂：「〈琴操〉十首皆勝原詞⋯⋯有漢魏樂府所不能及者。」（《韓詩臆說》）可見他的四言和樂府甚得古法古意。

　　綜上，昌黎在律絕、排律、聯句以至四言和樂府皆深合格範。今日，專論其古體詩，觀察有沒有「以文入詩」的現象，如果有，是否切合體格。

　　古體詩分五古和七古，以下析論。

一、五　古

　　五言以蘇李贈別詩為始祖，早有定論。〔註20〕〈古詩十九首〉昔人謂為「風餘」、「詩母」。《詩品》：「古詩，其體源出國風。」此皆為兩漢的作品。發展至建安七子，雲蒸霞蔚，獨標「風骨」，《詩眼》譽之為：「建安詩辯而不華，質而不俚，風調高雅，格律遒壯。其言直致而少對偶，指事情而綺麗，得風雅騷人之氣骨，最為近古者也。」〔註21〕其中曹子建更被《詩品》推譽為「譬如人倫之周孔，鱗羽之有龍鳳。」一變而為晉宋、再變而為齊梁，「采麗競緊、而興寄都絕」，〔註22〕「建

〔註19〕黃鉞〈元和聖德詩〉眉註：「典麗喬皇，頌而不諛，雅頌之亞。」《韓詩增注證訛》。

〔註20〕明・孫鑛評李陵與蘇武三首：「此五言之祖。」《詮評》五十節註2，頁118。

〔註21〕《詩人玉屑》卷十三，建安條。

〔註22〕陳子昂〈與東方糾修竹篇並序〉，《新校陳子昂集》卷之一。

安風力盡矣」，〔註23〕直到初唐陳子昂才首豎革命的旗幟，以復古爲號召：

> 文章道弊五百年矣。漢魏風骨，晉宋莫傳，然而文獻有可徵者。僕嘗暇時觀齊梁間詩，采麗競繁，而興寄都絕，每以永歎，竊思古人，常恐逶迤頹靡，風雅不作，以耿耿也。昨於解三處，見明公〈詠孤桐篇〉，骨端氣翔，音情頓挫，光英朗練，有金石聲，遂用洗心飾視，發揮幽鬱，不圖正始之意，復覩於茲。（〈修竹篇序〉）

其後，李白說「自從建安來，綺麗不足珍」、於是而有「梁陳以來，艷薄斯極，將復古道，非我而誰」的抱負。元結《篋中集》亦有「風雅不興，幾及千歲」之歎；韓愈屢言「好古」，〈薦士〉即論詩流變：

> 周詩三百篇，雅麗理訓誥。曾經聖人手，議論安敢到。五言出漢時，蘇李首更號。東都漸瀰漫，派別百川導。建安能者七，卓犖變風操。逶迤抵晉宋。氣象日凋耗。中間數鮑謝，比近最清奧。齊梁及陳隋，眾作等蟬噪。搜春摘花卉，沿襲傷剝盜。國朝盛文章，子昂始高蹈。勃興得李杜，萬類困陵暴。後來相繼生，亦各臻閫奧。有窮者孟郊，受材實雄驁。（《集釋》卷五）

首段論古詩，可說是論五古的流變。若和韓氏所作的 128 首五古結合來看，更有其深長的意義。

自後《滄浪詩話》說：「入門須正，立志須高，功夫須從頭頂上做來，謂之向上一路」，大抵從韓氏此論以爲啓發。宋人蘇、黃無不教人從詩、騷、漢魏入手。明人胡震亨云：

> 五言古先熟讀國風、離騷。源流洞徹，乃盡取兩漢雜詩，陳王全集，及子桓、公幹、仲宣佳者，枕籍諷詠，工深日遠，神動機流，一旦吮毫，天眞自露。骨格既定，然後沿洄阮、左，以窮其趣；頡頏陸謝，以采其華，傍及陶、韋，以澹其思；博考李、杜，以極其變。〔註24〕

〔註23〕《詩人玉屑》卷十三，「六代」條引詩評。
〔註24〕《癸籤》卷三，法微二引，頁 17～18。

仍然是沿襲韓氏的論點。

　　五言古詩，發展至唐，遂有長篇、短篇之分。大抵唐以後則趨於長篇。

　　論五言古詩風格，胡元瑞說是以「意象渾融」、「溫雅和平」為尚。〔註25〕以「不轉韻為正」。〔註26〕沈德潛《說詩晬語》說：「漢五言一韻到底者多」可證。〔註27〕又說不可用律調（律句），〔註28〕至於筆法和篇法則以「左史」義法行之。觀乎沈氏主張以「左史」義法運於詩中之說，不啻認許「以文入詩」！試抄錄諸家的論述，以資比較：

　　沈德潛論「五古長短法」云：「五言古，長篇難於舖敘，舖敘中有峰巒起伏，則長而不漫；短篇難於收斂，收斂中能含蘊無窮，則短而不促。又長篇必倫次整齊，起結完備，方為合格；短篇超然而起，悠然而止，不必另綴起結。」

　　又論「少陵五言長篇」云：「五言長篇，固須節次分明，一氣連屬。然有意本連屬而轉似不相連屬者；敘事未了，忽然頓斷，插入旁議，忽然聯續，轉接無象，莫測端倪，此運左史法於韻語中，不以常格拘也。千古以來，且讓少陵獨步。」〔註29〕

　　蘇師文擢在「運左史法於韻語中」句下注：

> 約而言之，則提頓法與夾敘夾議法……所謂提頓法者，行文於敘述運氣之餘，忌一瀉平直，故時加頓挫，即頓即提。其法見於司馬遷〈報任安書〉最為明顯，所謂吞言咽理者是也。……杜甫於〈進雕賦表〉自云：「沈鬱頓挫，隨時敏捷」……蓋即指此。其夾敘夾議法，則以〈伯夷列傳〉、〈屈原列傳〉最為規範。〔註30〕

〔註25〕同上注，頁17。
〔註26〕《藝藪》卷四，法微三引遯叟，頁33。
〔註27〕《詮評》五十三節云：「漢五言一韻到底者多。」頁124。
〔註28〕王敬美：「律詩句有必不可入古者，古詩字有必不可為律者。」《藝藪》卷三，法微二，頁17。
〔註29〕《說詩晬語詮評》，第七十七條。
〔註30〕《說詩晬語詮評》，七十七條之注2。

方東樹綜論五古作法有六目之多，其五云：「文法以斷為貴，逆攝、突起、崢嶸飛動、倒挽、不許一筆平順。挨接入不言出不辭。離合虛實，參差伸縮。」其六云：「章法有見於起處，有見於中間，有見於末收，或以二句頓上起下，或以兩句橫截。」又云：「氣勢之說，……但嫌太盡，一往無餘，故當濟以頓挫之法。如所云：『有往必收，無垂不縮』。『將軍欲以巧伏人，盤馬彎弓惜不發。』此惟杜韓最絕。太史公之文如此，六經周秦皆如此。」〔註31〕

可見五言古詩長篇，原有詩法，又與文法相通，可見「以文入詩」才是五古長篇的規範。

二、七　古

七言詩，劉勰謂出自詩、騷，〔註32〕胡元瑞謂出離騷、樂府，〔註33〕《唐音審體》謂：「七言詩始於漢歌行、而盛於梁，唐初諸家皆倣之。陳拾遺創五言古詩，變齊梁之格，未及七言。開元中，其體漸變……旋乾轉坤，斷以李杜為歌行之祖。李杜出而後之作者不復以駢儷為能事。」〔註34〕

七言古詩之名，確立於唐代，體制則集詩、騷、樂府之大成。有以長短句為歌行，有以純七言者為七古，但一般言之，概以七古為歌行。大抵，唐人七古分轉韻與不轉韻二體。前者以王、楊、盧、駱四子體為代表。其體制多四句一轉韻，韻意雙轉，乃承齊梁四句一絕之

〔註31〕《昭昧詹言》卷一。

〔註32〕《陔餘叢考》卷二十三：「金玉詩話謂七言起於柏梁，然劉勰謂出自詩騷，孔穎達舉『如彼築室於道謀』為七言之始。然不特此也，如『自今伊始歲其有』、『君子有穀貽孫子』等句甚多。顧寧人謂楚辭招魂、大招，去其些只，即是七言。按『邊藏就岐何所依』、『殷有惑婦何所識』等句，本無些只，則竟是七言也，特尚未為全篇，至柏梁通體七言，故後世以為七言之祖耳。」。

〔註33〕胡元瑞曰：「凡詩諸體皆有繩墨，惟歌行出自離騷樂府，故極散漫縱橫。」《癸籤》卷三，法微二引，頁19。

〔註34〕《詮評》八十九節「盛唐諸家歌行」注2，頁231。

製而來，〔註35〕又多用偶句，乃齊梁體之變而未盡者；〔註36〕後者則以韓愈爲代表，一韻到底，不對偶，以不入律句爲體格。沈德潛說：

> 歌行轉韻者，可以雜入律句，借轉韻以運動之，純綿裡針，軟中自有方也。一韻到底者，必須鏗金鏘石，一片宮商，稍混律句，便成弱調也。不轉韻者，李杜十之一二，韓昌黎十之八九。後歐蘇諸公，皆以韓爲宗。〔註38〕

轉韻七古和一韻到底的七古，在平仄上大不相同。大致來說，轉韻的七言以入律爲常；一韻到底的七古以不入律爲常。〔註39〕

至於七古長篇的篇法，范德機《木天禁語》云：

> 七言長古，篇法分段如五言，過段亦如之。稍有異者，突兀萬仞，則不用過句陡頓，便說他事。杜多如此，岑參專尚此法，爲一家法，字貫前後重三疊四，用兩三字貫串，極精神好誦。岑參所長。讚嘆如五言再起，且如一篇三段設了前事，再提起從頭說去，反覆有情，如〈魏將軍松子障歌〉是也。歸題乃篇末一二句繳上起句，又謂之顧首，如〈蜀道難〉、〈古別離〉、〈洗兵馬〉行是也。送尾則生一段餘意，結束或反用，或比喻用，如〈墜馬歌〉曰：「君不見嵇康養生被殺戮，」又曰：「如何不飲令人哀。」長篇有此。便不迴促，甚有從容意思。〔註40〕

沈德潛《說詩晬語》有五節討論七古筆法：八十三節：「七古以唐爲

〔註35〕 蘇師文擢云：「初唐歌行，隱承六代短賦之體製，其音節務諧叶，詞藻務工麗，節次務分明。有以四句爲一解者，如王勃之〈滕王閣詩〉，張若虛〈春江花月夜〉是也。有以八句爲一解者，盧照鄰之長安古意是也。亦有兩句四句六句八句相繼爲一解者，劉廷芝公子行代悲白頭翁是也。要之皆爲韻意雙轉，且平仄互用，以成其抑揚開合之勢。《詩藪》所謂「王楊諸子歌行，韻則平仄互換，句則三五錯綜，而又加以開合，傳以神情，宏以風藻，七言之體至是大備。」又謂「王盧出而歌行咸中節度」者是也。《詮評》八十五節「歌行句式之變」注3。
〔註36〕 《詮評》八十九節，注2。又八十七節，注2引《原詩》。
〔註38〕 《說詩晬語詮評》卷上九十四條。
〔註39〕 《漢語詩律學》第二十九節之十。
〔註40〕 《詮評》八十五節，注2。

楷式」；八十五節：「歌行句式之變」；八十六節：「歌行起結法」；八
十七節：「歌行轉韻」；八十八節：「七古難於結局」。《昭昧詹言》亦
屢言七古必通於古文者始能之。綜上所言，可見七古的筆法、篇法與
古文筆法結下不解之緣。

最後，再從古體詩的語法討論。古體詩常見的，而近體詩所罕見
的語法有六：

1. 連介詞：「與」、「而」、「以」、「且」、「之」、「於」等。

2. 代詞：「其」、「之」、「彼」、「所」、「者」、「然」、「爾」等。

3. 連接詞：「一何」、「何其」、「勿復」、「忽復」、「忽已」、「日已」、
   「雖云」、「忽如」、「無乃」等。

4. 語氣詞：「也」、「矣」、「乎」、「耳」等。

5. 詩經中的虛字：「言」、「兮」、「載」、「聿」、「匪」、「惟」等。

6. 古被動式（用「爲」字者）〔註41〕

近人王力《漢語詩律學》經深入研究，得到結論：「古體詩的
語法，幾乎完全是古代散文的語法。」故認爲「凡寫古風，必須依
照古代散文的語法。若運用散文中所無，而近體詩所有的形式，就
可以認爲語法上的律化。」〔註42〕又說：「完全、或差不多完全依
照散文的結構來做詩，叫做『以文筆爲詩』。這種詩和近體詩距離
最遠。」〔註43〕

綜上所述，可見以「古文」筆法運入古體五言和七言中是「常法」，
尤其五言長篇古詩，不能不運用古文筆法。

這裡應更提出，昌黎「以古文筆法入詩」的內核。

唐人凡寫古風，即是仿古寫詩。四言的古詩，多認爲模仿《詩經》
兩作，五言的古風，根本是正統的古體詩。七言古詩，亦即模仿古人
的七言古詩，惟七古只有〈栢梁體〉，故此，唐人七言古風格律，多

〔註41〕《漢語詩律學》第三十五節之二，頁495。
〔註42〕同上注，第三十五節之一，頁495。
〔註43〕同上注，第三十五節之四，頁497。

從七律演變而來。李杜七古，較似古詩的格律，故多爲後人效法。唐宋以後的古風不能和六朝以前的古詩相比，因爲不免混入近體詩的平仄、對仗、語法。故有人分之爲「古調」、「唐調」。昌黎模仿古人，寫作長篇古詩，避開「律化」，不但力避律句，用自然的語法，少用對仗，以用本韻爲常，以上才是所謂「以文爲詩」的內核關鍵。

　　總結上節「詩文各有體」所論，律詩與古文距離遠；歸結上節「古詩的體格」所論，古詩與古文距離近。律詩，當然不可以「古文」筆法入詩，相反，古詩可以，而且是正規！詩文各有體，古詩、律、絕各有其體，不可混同而論。陳後山之說，只是隨意閒談，不足深論。

　　劉熙載《藝概》論古詩之法「伏應轉接、夾敘夾議、開闔盡變」，〔註44〕無異於古文篇法。方東樹《昭昧詹言》：「古詩莫難於七古」，必須具「天地之元氣」如李杜，其次則須解古文者而後能爲之，如韓歐蘇三人。洵爲確論。

第三節　陳寅恪之激賞

　　昌黎以文爲詩，陳寅恪非常激賞。他從唐代文化史，弘觀鉅視，從佛經倡頌譯文入華翻譯的困難處申論，指稱昌黎以文爲詩，使詩文合一，韻散同體，譽爲空前絕後之功，其言精采：

> 退之以文爲詩，誠是確論；然此爲退之文學上之成功，亦吾國文學史上有趣之公案也。據《高僧傳》弌《譯經》中《鳩摩羅什傳》略云：「初，沙門慧叡才識高明，常隨什傳寫。什每爲叡論西方辭體，商略同異，云：『天竺國俗甚重文製，其宮商體韻以入絃爲善。凡覲國王，必有讚德，見佛之儀以歌歎爲貴，經中偈頌皆其式也；但改梵爲秦，失其藻蔚，雖得大意，殊隔文體，有似嚼飯與人，非徒失味，乃令嘔噦也。』什常作頌贈沙門法和云：『心山育明德，流薰萬由延。哀鸞孤桐上，清音徹九天。』凡爲十偈，辭喻

〔註44〕《藝概・詩概》卷二。

皆爾。」蓋佛經大抵兼備「長行」即散文及偈頌即詩歌兩種體裁。而兩體辭意又往往相處應。考「長行」之由來，多是改詩爲文而成者，故「長行」乃以詩爲文，而偈頌亦可視爲以文爲詩。天竺偈頌音綴之多少，聲調之高下，皆有一定規律，唯獨不必叶韻。六朝初期，四聲尚未發明，與羅什共譯佛經諸僧徒雖爲當時才學絕倫之人，而改竺爲華，以文爲詩，實未能成功，惟仿偈頌音綴之有定數，勉強譯爲當時流行之五言詩，其他不迫顧及。故字數雖有一定，而平仄不調，音韻不叶，生吞活剝，似詩非詩，似文非文，讀之作嘔，此羅什所以嘆恨也。如馬鳴所撰《佛所行讚》，爲梵文佛教文學中第一作品。寅恪昔年與鋼和泰君共讀此詩，取中文二譯本及藏文譯本比較研究，中譯似尚遜於藏譯，當時亦引爲恨事，而無可如何者也。自東漢至退之以前，此種以文爲詩之困難問題迄未有能解決者。退之雖不譯經偈，但獨運其天才，以文爲詩，若持較華譯佛偈，則退之之詩詞旨聲韻無不諧當，既有詩之優美，復具文之流暢，韻散同體，詩文合一，不僅空前，恐亦絕後。(《論韓愈》)

又稱「以文爲詩」，爲兩宋蘇辛所效法：

後來蘇東坡、辛稼軒之詞亦是以文爲之，此則效法退之而能成功者也。(《論韓愈》)

本章小結

昌黎詩特色爲「以文爲詩」。開後世詩人無量法門。

他寫作長篇五七言古詩，即「以古文筆法入詩」。

昌黎的古風，因爲避開近體詩的格律，故意以自然語句，用本韻去寫，這是所謂「以文爲詩」的內核關鍵。

結　論

經由七章討論，試擷其精華，以為結論：

一、韓愈的詩心

自古以來，論詩論文，無不重視人格操守；因為有德者有言，而其詩則為心聲流露。

清人葉燮、方東樹諸家，提到「主持風雅」、「以道自任」，這是韓愈的志業；昌黎詩中說本分話，即孟子所謂容光水瀾。

昌黎仕途坎坷，而大行大節。曾子曰：「士不可以不弘毅，任重而致遠，仁以為己任，不亦重乎？死而後，不亦遠乎？」昌黎的志業，就是仁者的胸襟。他懷抱「經世濟民」的志，而其餘事所作詩文，亦燦燦然成大家。

二、韓愈詩淵源

昌黎仁義存心，性情忠鯁，愛才若渴，胸襟廣闊，這是先天一面；而其後天學習，則為完成外在因素，而自成其面目。本章所論，具體地看見他的淵源與借鑒；遠溯風雅，近法李杜；於是，詩文雙美。

三、韓愈詩內容

《毛詩正義》所謂：「詩有三訓，承也，志也，持也。」昌黎的詩，明顯地，是繼承傳統的詩學。

而其內容，就是「三訓」的具體落實。北宋時，歐陽修稱其詩，「資談笑、助諧謔，敘人情，狀物態。」就是看到「溫柔敦厚以持其心」一面。

四、韓愈詩風格

昌黎詩風格，有「豪雄」「奇倔」「清麗」「平淡」四種。

主要風格爲「豪雄」。因爲長於古詩，就才性所至，以古文筆法行之，故如「長江大河，瀾翻洶湧，滾滾不窮」、「可喜可愕」、「怪變百出」，「磊落豪橫，挫籠萬有」。不徒然是「奇崛」而已。昌黎律絕風格清麗。晚年，經過艱苦怪變、烹幹變化而成，歸於平淡。

五、韓愈詩技巧

昌黎「自鑄新詞」。凡經前人慣習之熟意、熟境、熟勢、熟調、熟字、熟典，一概力禁，擺落一切、冥心獨造；再因學有所本，又能妥帖排奡。

六、韓愈的詩論

昌黎古文理論，大抵可移以論詩。韓愈的詩論，有繼承與創新兩面。主要是他自己的創作經驗。而他在〈韋盛山十二詩序〉裡：大贊詩歌的作用，動聽的音律，可以「破蟋蟀之鳴，蟲飛之聲」，而賞玩優美文辭，可忘記「不快」之事；昌黎作詩，就是依仁游藝的思想。

七、韓愈詩特色

昌黎詩特色爲「以文爲詩」，由宋至清，贊譽者多；略有訾議，至今已成定論。昌黎的古風，因力避近體詩的影響，少用對仗，用自然與語句，用本韻爲常，這是所謂「以文爲詩」的關鍵。

韓愈多作長篇五七言古詩，當然需用史漢筆法爲之。這個方法爲後世詩人所效法。

參考文獻

一、韓愈詩文集

1. 〔唐〕韓愈撰,《昌黎先生文集》四十卷外集十卷,宋蜀刻本。

2. 〔唐〕韓愈撰,〔宋〕文讜註、王儔補註,《新刊經進詳註昌黎先生文》宋蜀刻本。

3. 〔唐〕韓愈撰,《昌黎先生文集》四十卷外集十卷附外集,景印宋本。

4. 〔唐〕韓愈撰,〔宋〕魏仲舉《五百家注昌黎文集》,文淵閣四庫全書本。

5. 〔唐〕韓愈撰,〔宋〕祝充音注《音注韓文公文集》四十卷外集十二卷,文祿堂本。

6. 〔唐〕韓愈撰,〔宋〕廖瑩中集註《東雅堂昌黎集註》,文淵閣四庫全書本。

7. 〔宋〕方崧卿,《韓集舉正》,台北:藝文印書館,影印文淵閣本。

8. 〔宋〕朱熹,《昌黎先生集考異》十卷,上海:古籍出版社,山西祁縣圖書館藏宋刻本,1985 年 2 月。

9. 〔清〕方世舉箋注,《韓昌黎詩集編年箋注》,上海:古籍出版社續修四庫全書集部,台北:莊嚴文化事業有限公司,1997 年 6 月。

10. 〔清〕顧嗣立輯,《昌黎先生詩集注》,台北:臺灣學生書局,民國 56 年 5 月。

11. 〔清〕顧嗣立刪補,黃鉞證訛,《昌黎先生詩增注證訛十一卷》。

12. 〔清〕王元啓,《讀韓記疑十卷》,嘉慶二十二年秋刊。

13. 〔清〕方成珪撰、陳準校刊《韓集箋正》五卷附《年譜》一卷,瑞

安陳氏湫漻齋校本。

14. 〔清〕陳景雲,《韓集點勘》,景印文淵閣本。

15. 〔清〕沈欽韓撰《韓集補注》,光緒十七年三月廣雅書局刊。

16. 〔清〕馬其昶,《韓昌黎文集校注》,香港:中華書局,1984。

17. 錢仲聯撰,《韓昌黎詩繫年集釋》,臺北:世界書局,民國 75 年 10 月,四版(此舊版)。

18. 錢仲聯撰,《韓昌黎詩繫年集釋》,上海:上海古籍出版社,1984 年 8 月(此新版)。

19. 童第德,《韓集校詮》,北京:中華書局,1985 年 1 月。

20. 〔宋〕魏仲舉編《韓文類譜》,上海:古籍出版社,續修四庫全書本。

21. 羅聯添編《韓愈古文校注彙輯》,台北,國立編譯館,民國 92 年 6 月。

22. 屈守元、常思春主編,《韓愈全集校注》,成都:四川大學出版社,1996 年。

23. 閻琦校注《韓昌黎文集注釋》,西安,三秦出版社,2004 年 12 月。

二、韓愈研究類

1. 錢基博撰,《韓愈志》,香港:龍門書店,1969 年 10 月。

2. 黃雲眉撰,《韓愈柳宗元文學評價》,香港:龍門書局,1969。

3. 〔日〕清水茂撰,《韓愈》,東京,岩波書店,昭和 33 年 1 月。

4. 蘇師文擢著《韓文四論》,香港,自印本,1978 年 1 月。

5. 羅聯添著,《韓愈研究》,臺北:臺灣學生書局,民國 70 年 11 月。

6. 孫昌武著,《唐代古文運動通論》,天津:百花文藝出版社,1984 年 4 月。

7. 閻琦著,《韓詩論稿》,西安:陝西人民出版社,1984 年 10 月。

8. 劉國盈著,《唐代古文運動論稿》,西安:陝西人民出版社,1984 年 7 月。

9. 蕭占鵬著,《韓孟詩派研究》,臺北:文津出版社,民國 83 年 11 月。

10. 陳克明著,《韓愈述評》,北京:中國社會科學出版社,1985 年 7 月。

11. 孫昌武著《韓愈散文藝術論》,天津,南開大學出版社,1986 年 7 月。

12. 何法周著《韓愈新論》,開封,河南大學出版社,1988 年 8 月。

13. 鄧潭州著,《韓愈研究》,湖南教育出版社,1991 年。

14. 〔宋〕呂大防等撰,徐敏霞校輯《韓愈年譜》北京,中華書局,1991

年 5 月。

15. 劉國盈著,《韓愈評傳》,北京:北京師範學院出版社,1991 年 6 月。

16. 〔韓〕李章佑著,《韓愈의古詩用韻》,慶北:嶺南大學校出版部,1982 年 7 月。

17. 成復旺著,《韓愈評傳》南寧:廣西教育出版社,1997 年 8 月。

18. 陳新璋著,《韓愈傳》,廣州:廣東高等教育出版社,1999 年 11 月。

19. 張清華著,《韓學研究》,南京:江蘇教育出版社,1998 年 8 月。

20. 陳克明著《韓愈年譜及詩文繫年》成都,巴蜀出社,1999 年 8 月。

21. 段醒民撰,《韓愈詩用韻考》,臺北:輔仁大學中文研究所碩士論文,民國 58 年。

22. 吳達芸撰《韓愈生平及其詩之研究》台北:國立台灣大學中研究碩士論文,民國 61 年 5 月。

23. 張慧蓮著,《韓愈詩觀及其詩》,台北:輔仁大學中研所碩士論文,民國 66 年。

24. 李建崑撰,《韓愈詩探析》,台北:國立台灣師範大學國文研究所博士論文,民國 80 年 11 月。

三、總集、別集

1. 〔梁〕蕭統撰,《昭明文選》,臺北:文化圖書公司,民國 53 年 2 月。

2. 〔唐〕陳子昂,《新校陳子昂集》,台北:世界書局,民國 69 年 11 月。

3. 〔唐〕元稹,《元氏長慶集》,日本京都,中文出版社,1972 年 6 月。

4. 〔唐〕白居易,《白氏長慶集》,臺北:漢京文化事業有限公司,民國 73 年 3 月。

5. 〔宋〕郭茂倩撰,《樂府詩集》,中華書局,1779 年 11 月。

6. 〔清〕清高宗撰,《全唐詩》,北京:中華書局,1979 年 8 月第 2 版。

7. 〔清〕董誥等,《全唐文》,北京:中華書局,1983 年 11 月。

8. 〔清〕錢謙益撰,《箋注杜詩》,臺北:台灣中華書局,民國 56 年 5。

9. 高步瀛撰,《唐宋文舉要》,臺北:宏業書局,民國 62 年 3 月。

四、詩文批評類

1. 〔梁〕劉勰撰,《文心雕龍》,臺北:台灣開明書局,民國 55 年 11 月臺 4 版。

2. 〔梁〕鍾嶸著,《詩品》,〔清〕何文煥,《歷代詩話》,臺北:藝文印

書館，民國 60 年 2 月。

3. 〔日〕遍照金剛，《文鏡秘府論》，北京：人民文學出版社，1975 年
   5 月。

4. 〔唐〕司空圖，《二十四詩品》，〔清〕何文煥，《歷代詩話》，臺北：
   藝文印書館，民國 60 年 2 月。

5. 〔宋〕歐陽修，《六一詩話》，〔清〕何文煥，《歷代詩話》，臺北：藝
   文印書館，民國 60 年 2 月。

6. 〔宋〕陳師道，《後山詩話》，〔清〕何文煥，《歷代詩話》，臺北：藝
   文印書館，民國 60 年 2 月。

7. 〔宋〕魏泰，《臨漢隱居詩話》，〔清〕何文煥，《歷代詩話》，臺北：
   藝文印書館，民國 60 年 2 月。

8. 〔宋〕周紫芝，《竹坡詩話》，〔清〕何文煥，《歷代詩話》，臺北：藝
   文印書館，民國 60 年 2 月。

9. 〔宋〕呂本中，《紫薇詩話》，〔清〕何文煥，《歷代詩話》，臺北：藝
   文印書館，民國 60 年 2 月。

10. 〔宋〕許顗，《彥周詩話》，〔清〕何文煥，《歷代詩話》，臺北：藝文
    印書館，民國 60 年 2 月。

11. 〔宋〕葉少蘊，《石林詩話》，〔清〕何文煥，《歷代詩話》，臺北：藝
    文印書館，民國 60 年 2 月。

12. 〔宋〕葛立方，《韻語陽秋》，〔清〕何文煥，《歷代詩話》，臺北：藝
    文印書館，民國 60 年 2 月。

13. 〔宋〕姜夔，《白石詩說》，〔清〕何文煥，《歷代詩話》，臺北：藝文
    印書館，民國 60 年 2 月。

14. 〔宋〕嚴羽，《滄浪詩話》，〔清〕何文煥，《歷代詩話》，臺北：藝文
    印書館，民國 60 年 2 月。

15. 〔元〕范梈，《木天禁語》，〔清〕何文煥，《歷代詩話》，臺北：藝文
    印書館，民國 60 年 2 月。

16. 〔宋〕楊萬里，《誠齋詩話》一卷，丁福保輯，《歷代詩話續編》，北
    京：中華書局，1997 年 3 月。

17. 〔宋〕曾季貍，《艇齋詩話》一卷，丁福保輯，《歷代詩話續編》，北
    京：中華書局，1997 年 3 月。

18. 〔宋〕黃徹，《磐溪詩話》十卷，丁福保輯，《歷代詩話續編》，北京：
    中華書局，1997 年 3 月。

19. 〔宋〕范晞文，《對床夜語》五卷，丁福保輯，《歷代詩話續編》，北
    京：中華書局，1997 年 3 月。

20. 〔宋〕張戒,《歲寒堂詩話》二卷,丁福保輯,《歷代詩話續編》,北京:中華書局,1997 年 3 月。

21. 〔金〕王若虛,《滹南詩話》三卷,丁福保輯,《歷代詩話續編》,北京:中華書局,1997 年 3 月。

22. 〔明〕楊慎,《升庵詩話》十四卷,丁福保輯,《歷代詩話續編》,北京:中華書局,1997 年 3 月。

23. 〔明〕王世貞,《藝苑卮言》八卷,丁福保輯,《歷代詩話續編》,北京:中華書局,1997 年 3 月。

24. 〔明〕瞿佑,《歸田詩話》三卷,丁福保輯,《歷代詩話續編》,北京:中華書局,1997 年 3 月。

25. 〔明〕陸時雍,《詩鏡總論》一卷,丁福保輯,《歷代詩話續編》,北京:中華書局,1997 年 3 月。

26. 〔清〕王夫之,《薑齋詩話》,丁仲祜訂,《清詩話》,臺北:藝文印書館,不註出版年月。

27. 〔清〕馮班,《鈍吟雜錄》,丁仲祜訂,《清詩話》,臺北:藝文印書館,不註出版年月。

28. 〔清〕顧嗣立,《寒廳詩話》,丁仲祜訂,《清詩話》,臺北:藝文印書館,不註出版年月。

29. 〔清〕王士禎,《詩友詩傳錄》,丁仲祜訂,《清詩話》,臺北:藝文印書館,不註出版年月。

30. 〔清〕王士禎,《詩友詩傳續錄》,丁仲祜訂,《清詩話》,臺北:藝文印書館,不註出版年月。

31. 〔清〕王士禎著,《池北偶談》,濟南:齊魯書社,2007 年 7 月。

32. 〔清〕汪師韓,《詩學纂聞》,丁仲祜訂,《清詩話》,臺北:藝文印書館,不註出版年月。

33. 〔清〕沈德潛,《說詩晬語》,丁仲祜訂,《清詩話》,臺北:藝文印書館,不註出版年月。

34. 〔清〕葉燮,《原詩》,丁仲祜訂,《清詩話》,臺北:藝文印書館,不註出版年月。

35. 〔清〕薛雪,《一瓢詩話》,丁仲祜訂,《清詩話》,臺北:藝文印書館,不註出版年月。

36. 〔清〕馬位,《秋窗隨筆》,丁仲祜訂,《清詩話》,臺北:藝文印書館,不註出版年月。

37. 〔清〕黃子雲,《野鴻詩的》,丁仲祜訂,《清詩話》,臺北:藝文印書館,不註出版年月。

38. 〔宋〕胡仔纂集,《苕溪漁隱叢話》,北京:人民文學出版社,1984年5月。

39. 〔宋〕魏慶之撰,《詩人玉屑》,北京:中華書局,1959年8月。

40. 〔明〕胡震亨撰,《唐音癸籤》,上海:上海古籍出版社,1981年5月。

41. 〔明〕胡應麟撰,《詩藪》,臺北:中華書局,民國62年9月。

42. 〔明〕吳訥撰,《文章辨體序說》,香港:太平書局,1977年9月重印。

43. 〔明〕徐師曾撰,《文體明辨序說》,香港:太平書局,1977年9月重印。

44. 〔明〕楊慎著,王仲鏞箋證,《升庵詩話箋證》,上海:上海古籍出版社,1987年12月。

45. 〔清〕清高宗,《唐宋詩醇》,台灣,中華書局,民國60年。

46. 〔清〕趙翼撰,《甌北詩話》,臺北:廣文書局,民國51年7月。

47. 〔清〕趙翼撰,《陔餘叢考》,臺北:新文豐出版公司,民國64年11月。

48. 〔清〕方東樹撰,《昭昧詹言》,北京:人民文學出版社,1962年11月。

49. 〔清〕劉熙載撰,《藝概》,上海:上海古籍出版社,1978年12月。

50. 〔清〕王鳴盛撰,《蛾術編》,台北:信誼書局,道光廿一年世階堂藏版本。

51. 〔清〕何焯,《義門讀書記》,台北:中華書局,1987年6月。

52. 〔清〕陳沆撰,《詩比興箋》,上海:上海古籍出版社,1981年12月。

53. 程學恂撰,《韓詩臆說》,臺北:台灣商務印書館,民國59年7月,台一版。

54. 范況撰,《中國詩學通論》,香港:商務印書館,1959年5月。

55. 臺靜農編,《百種詩話類編》,臺北:藝文印書館,民國63年5月。

56. 朱光潛撰,《文藝心理學》,臺北:台灣開明書店,民國55年3月。

57、李嘉言撰,《賈島年譜》,台北:大西洋圖書公司,民國59年1月。

58. 錢鍾書撰,《談藝錄》,香港:龍門書店,1965年8月。

59. 朱任生,《詩論分類纂要》,臺北:台灣商務印書館,民國60年8月。

60. 何師敬羣著,《益智仁室論詩隨筆》,香港:人生出版社,民國51

年 12 月。

61. 周康燮編,《唐詩研究論集》,香港:崇文書局,1971 年 5 月。

62. 黃節撰,《詩學》,臺北:學海出版社,民國 63 年 1 月。

63. 姚永樸撰,《文學研究法》,臺北:廣文書局,民國 65 年 10 月 4 版。

64. 黃永武著《中國詩學》(設計篇)、(鑑賞篇),(思想篇)、(考據篇)台北:巨流圖書公司,民國 77 年 11 月一版九刷。

65. 蘇師文擢撰,《說詩晬語詮評》,香港:自印本,1978 年 9 月。

66. 王師韶生著,《懷冰室文學論集》,香港:志文出版社,民國 70 年 4 月。

67. 吳文治編,《韓愈資料彙編》,北京:中華書局,1983 年 9 月。

68. 柯慶明、曾永義編,《兩漢魏晉南北朝文學批評資料彙編》,臺北:成文出版社,民國 67 年 9 月。

69. 羅聯添編,《隋唐五代文學批評資料彙編》,臺北:成文出版社,民國 67 年 9 月。

70. 朱自清著,《朱自清古典文學論文集》,上海:上海古籍出版社,1981 年 7 月。

71. 鄭奠、譚全基編,《古漢語修辭學資料匯編》,北京:商務印書館,1980 年 7 月。

72 陳貽焮撰,《唐詩論叢》,長沙,湖南人民出版社,1981 年 10 月。

73. 〔日〕小川環樹著、譚汝謙編、陳師志誠譯,《論中國詩》,香港中文大學出版社,1986 年。

74. 陳貽焮著,《論詩雜著》,北京:北京大學出版社,1989 年 5 月。

75. 劉開揚撰,《唐詩通論》,臺北木鐸出版社,民國 72 年 4 月。

76. 廖蔚卿撰,《六朝文論》,臺北:聯經出版事業公司,民國 70 年 3 月。

77. 王力撰,《漢語詩律學》,上海:上海教育出版社,1979 年 11 月第 6 版。

78. 葉慶炳著《唐詩散論》,台北:洪範書店,民國 76 年 1 月 3 版。

79. 〔日〕松浦友久著,《中國詩歌原理》,瀋陽:遼寧出版社,1990 年 7 月。

80、錢鐘書撰,《錢鐘書論學文選》,廣州:花城出版社,1991 年 9 月。

五、經史子類

1. 《詩經》,嘉慶二十一年,江西南昌府學重刊宋本十三經注疏本。

2. 《論語》，嘉慶二十一年，江西南昌府學重刊宋本十三經注疏本。

3. 《孟子》，嘉慶二十一年，江西南昌府學重刊宋本十三經注疏本。

4. 《禮記》，嘉慶二十一年，江西南昌府學重刊宋本十三經注疏本。

5. 《左傳》，嘉慶二十一年，江西南昌府學重刊宋本十三經注疏本。

6. 《史記》，北京：中華書局，二十四史點校本。

7. 《漢書》，北京：中華書局，二十四史點校本。

8. 《後漢書》，北京：中華書局，二十四史點校本。

9. 《三國志》，北京：中華書局，二十四史點校本。

10. 《晉書》，北京：中華書局，二十四史點校本。

11. 《宋書》，北京：中華書局，二十四史點校本。

12. 《齊書》，北京：中華書局，二十四史點校本。

13. 《梁書》，北京：中華書局，二十四史點校本。

14. 《南史》，北京：中華書局，二十四史點校本。

15. 《北史》，北京：中華書局，二十四史點校本。

16. 《隋書》，北京：中華書局，二十四史點校本。

17. 《舊唐書》，北京：中華書局，二十四史點校本。

18. 《新唐書》，北京：中華書局，二十四史點校本。

19. 〔唐〕唐玄宗敕修，《大唐六典》，永和，文海出版社，民國 63 年。

20. 〔宋〕司馬光，《新校資治通鑑注》，台北：世界書局，民國 76 年。

21. 〔清〕王先謙，《荀子集解》，《諸子集成》本。

22. 〔晉〕王弼，《老子注》，《諸子集成》本。

23. 〔清〕王先謙，《莊子集解》，《諸子集成》本。

24. 〔清〕郭慶藩，《莊子集釋》，《諸子集成》本。

25. 〔清〕王先慎，《韓非子集解》，《諸子集成》本。

26. 〔清〕王鳴盛《十七史商榷》，上海：上海書店出版社，2005 年 12 月。

六、期刊論文類

1. 李詳撰，〈韓詩證選〉《國粹學報》，己酉第 4 至 8 號，宣統 1 年 7 月 20 日。

2. 錢穆撰，〈雜論唐代古文運動〉《新亞學報》，第 3 卷第 1 期，香港：新亞研究所，1957 年 8 月。

3. 陳寅恪，〈論韓愈〉《中國古典散文研究論文集》，北京：人民文學出版社，1959 年 2 月。

4. 涂公遂撰，〈詩與政教〉《中國詩季刊》，第 13 卷第 2 期，民國 71 年 6 月。

5. 唐振常撰，〈韓愈排佛老議〉《古典文學論叢》第 1 輯，山東，齊魯書社，1980 年 8 月。

6. 王啟興撰，〈韓愈詩歌藝術初探〉，《古典文學論叢》第 1 輯，山東，齊魯書社，1980 年 8 月。

7. 茍春榮撰，〈韓愈的詩歌用韻〉《語言學論叢》第 9 輯，北京：商務印書館，1981 年 9 月。

8. 季鎮淮，〈韓愈的詩論及詩作〉《中華學術論文集》「中華書局九十周年紀念」，北京：中華書局，1981 年 11 月。

9. 蘇師文擢撰，〈古典詩用典之原則及方法〉《邅加室講論集》，香港：自印本，1983 年 1 月。

10. 蘇師文擢撰，〈韓愈對佛徒之接觸與態度〉《邅加室講論集》，香港：自印本，1983 年 1 月。

11. 費海璣撰，〈韓愈的新認識〉《文學研究續集》，臺北：臺灣商務印書館，民國 60 年 1 月。

12. 陳允吉撰，〈韓愈的詩與佛經偈頌〉《中國古典文學叢考》（第一輯），上海：復旦大學出版社，1985 年 7 月。

13. 柯萬成撰，〈鳳翔法門寺佛骨考〉《徐復觀先生紀念論文集》台北：臺灣學生書局，民國 75 年 12 月。

14. 姚奠中撰，〈從唐詩到宋詩的演化〉《姚奠中論文選集》，太原：山西人民出版社，1988 年 7 月。

15. 任訪秋撰，〈韓愈論〉《中國古典文學論文集續編》，開封：河南大學出版社，1990 年 11 月。

16. 傅璿琮，倪其心合撰，〈天寶詩風的演變〉《唐代文學論叢》總第八輯，西安：陝西人民出版社，1986 年 12 月。

17. 李健章，〈韓愈以文爲詩辨〉《武漢大學學報》（哲社版），1979 年第 6 期，頁 32～44。

18. 胡守仁，〈論韓愈詩〉《江西師院學報》1982 年第 1 期，頁 5～17。

19. 葛曉音，〈從詩人之詩到學者之詩──論韓詩之變的社會原因和歷史地位〉《學術月刊》1982 年第 4 期，頁 73～80。

20. 閻琦，〈論韓愈的以文爲詩〉《西北大學學報》，1983 年第 2 期，頁 49～58。

21. 李光富，〈略論韓愈詩歌的平淡風格〉《四川大學學報》（哲社版），1984 年第 3 期，頁 78～81。

22. 黃挺，〈自然、雄厚、博大——試論韓愈詩的藝術風格〉《韓山師專學報》（社科版），1984 年 2 月，頁 1～10。

23. 莊星，〈評韓愈的教子詩〉《韓山師專學報》（社科版），頁 20～24。

24. 傅錫壬，〈韓愈南山、猛虎行二詩作意辨識〉《淡江學報》1984 年 5 月（第 21 期），頁 293～301。

25. 呂美生，〈韓愈文以載道新探〉《安徽大學學報》（哲社版），1985 年 1 月，頁 75～80。

26. 嚴壽澂，〈從元和詩風之變看韓柳詩〉《文學遺產》，1987 第 4 期，頁 80～87。

27. 吳晟，〈幽默：韓愈詩文另一種美學風格〉《江西師範大學學報》（哲學社會科學版），1988 年第 2 期，頁 44～48、55。

28. 吳明賢，〈韓愈詩文異趣論〉《文史哲》，1988 年第 4 期，頁 41～45。

29. 許可，〈論韓愈與佛僧交往〉《韓愈研究論文集》，廣東人民出版社，1988 年 10 月，頁 64～74。

30. （新加坡）楊松年，〈韓愈以文爲詩說析評〉《韓愈研究論文集》，廣東人民出版社，1988 年 10 月，頁 190～201。

31. 黃永年，〈論韓愈〉《陝西師大學報》（哲學社會科學版），1989 年第 3 期，頁 52～58。

32. 董志廣、成其聖，〈略論魏晉時期的嘲戲之風〉《雲南師範大學學報》（哲學社會科學版），1990 年第 3 期（總第 104 期），頁 14～18。

33. 馬重奇、李慧，〈韓愈古詩用韻考——兼與白居易古詩用韻比較〉，《陝西師大學報》（哲學社會科學版），1990 年第 1 期，頁 71～78。

34. 鍾東，〈韓愈文心與其詩章法〉《廣州師院學報》（社會科學版），1992 年第 2 期，頁 64～69。

35. 季鎮淮，〈韓愈論〉《文學遺產》1995 年第 2 期，頁 54～59。

36. 湯貴仁，〈論韓愈〉《韓愈研究》（第一輯），孟州市，中州古籍出版社，1996 年，頁 26～37。

37. 涂宗濤、蕭文苑，〈論韓愈的樂道人之善〉《韓愈研究》（第一輯），孟州市，中州古籍出版社，1996 年，頁 110～118。

38. 郭晉稀，〈韓愈詩論〉《韓愈研究》（第一輯），孟州市，中州古籍出版社，1996，頁 240～249。

39. 〔日〕靜永健，〈中唐詩壇上的韓愈與白居易〉《韓愈研究》（第一輯），

孟州市，中州古籍出版社，1996 年，頁 250～260。

40. 趙玉楨，〈從山水詩看韓愈的美學追求〉《韓愈研究》（第一輯），孟州市中州古籍出版社，1996 年，頁 261～271。

41. 隗苩，〈論韓愈的平易詩風〉《韓愈研究》（第一輯），孟州市，中州古籍出版社，1996 年，頁 284～290。

42. 陳新璋，〈從「接受美學」看蘇軾對韓愈詩歌的評價〉《韓愈研究》（第一輯），孟州市，中州古籍出版社，1996 年，頁 291～300。

43. 閻琦，〈元和末年韓愈與佛教關係之探討〉《韓愈研究》第二輯，廣東高等教育出版社，1998 年，頁 22～38。

44. 陳韓星，〈論韓愈與僧侶的交往〉《韓愈研究》第二輯，廣東高等教育出版社，1998 年，頁 39～57。

45. 陳春莉，〈論韓愈的出處〉《韓愈研究》第二輯，廣東高等教育出版社，1998 年，頁 81～90。

46. 陳詠紅，〈論韓愈詩歌的審美意識〉《韓愈研究》第二輯，廣東高等教育出版社，1998 年，頁 102～111。

47. （日本）下定雅弘，〈試論韓詩的詩體變化〉《韓愈研究》第二輯，廣東高等教育出版社，1998 年，頁 112～127。

48. 韓褘哲，〈韓愈詩歌創作目的淺探〉《韓愈研究》第二輯，廣東高等教育出版社，1998 年，頁 128～139。

49. 吳偉雄，〈論韓愈的絕詩〉《韓愈研究》第二輯，廣東高等教育出版社，1998 年，頁 140～150。

50. 孫昌武，〈韓愈的語言藝術〉《韓愈研究》第二輯，廣東高等教育出版社，1998 年，頁 174～189。

51. 陳新璋，〈宋代的韓愈研究〉《韓愈研究》第二輯，廣東高等教育出版社，1998 年，頁 292～304。

52. 曾子魯，〈宋明兩代評韓綜論〉《韓愈研究》第二輯，廣東高等教育出版社，1998 年，頁 314～328。

53. 曾楚楠、沈啓綿，〈饒宗頤與韓學研究〉《韓愈研究》第二輯，廣東高等教育出版社，1998 年，頁 329～342。

54. 柯萬成，〈韓愈詩繫年考辨二十則〉《科技學刊》，第十二卷，第二期，頁 145～164。

55. 柯萬成，〈韓愈詩四家繫年異同比較研究〉《文理通識學術論壇》，第四期，頁 97～128。